跨越版畫、攝影、造影　十五至廿一世紀的視覺驚奇與知識發現

圖像誕生的關鍵故事
視覺工廠

◎莫尼克‧西卡爾（Monique Sicard）著

◎陳姿穎　譯

La Fabrique du Regard

圖像誕生的關鍵故事

視覺工廠

◎莫尼克・西卡爾（Monique Sicard）著
◎陳姿穎　譯

La Fabrique du Regard

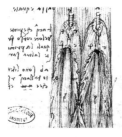

目　錄

●第一部 版畫 ────────────────

第一章　裸視　25

文藝復興時期的**達文西**和**帕里西**都重視肉眼觀察，並由此發展科學研究和藝術技藝。然而，觀察結果應該對外公開、甚至大量複製嗎？他們繪製的到底是科學還是藝術圖像？

第二章　解剖　41

西方始於十四世紀初的人體解剖，曾是珍貴的研究場景。**格雷高利兄弟**和**維薩留斯**利用木刻版畫，記錄、展示、傳播當時的解剖成果，讓大眾見證一種全新的人體觀察機制。

第三章　物種普查　53

十五世紀前半葉，動物學著作大量使用插圖，帶動了物種清查與視覺動員。**貝隆**繪製的海洋怪魚和**杜勒**繪製的犀牛，儘管受人質疑有誤，仍透過出版傳播進入人們的認知。

第四章　天文望遠鏡　61

十七世紀初，**伽利略**運用天文望遠鏡觀察月球、太陽和土星，翻轉了認識地球和宇宙的眼光。人們相信了他畫下的觀察圖為真實，就是相信望遠鏡產生新世界的邏輯可能性。

第五章　顯微鏡　69

虎克和**雷文霍克**在十七世紀末將顯微鏡下的觀察結果以插圖向世人展示，一種微物的哲學就此誕生。此種新技術製造出奇異的視覺世界，卻也因為性能不足引發科學論戰。

第六章　拒絕圖像　77

十八世紀的博物學家大量運用圖像記錄考察結果，**林奈**用標本夾保存植物而不繪製圖像，他以為系統化的命名分類才能描述生命世界，但他的分類法卻反常地刺激了圖像製造。

第七章　真實的人體　81

十八世紀初發明的四色版印刷技術，讓**戈提耶達戈帝**成功製作出寫實的人體解

剖圖、動物圖片和地震圖。圖像衝擊了想像力，引誘了讀者，並銷售一空。但奇觀與科學之間如何拿捏？

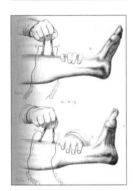

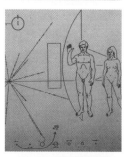

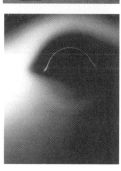

顛覆攝影作為證據的合法性

郭力昕

　　《視覺工廠》的前言一針見血指出，由於我們長期無知於各類視覺裝置，與它們製造的攝影資訊，因此標榜客觀中立的攝影圖像，得以冠冕堂皇地擺出提供事實與資料的姿態，創造虛構與魔法。

　　在《明室》裡，羅蘭·巴特站在一個寫實主義者的立場，直稱攝影並非藝術，而是魔術。他固然並不認為攝影是真實的拷貝，但相信照片對於過去曾經存在的事物，具有確證力量。巴特傷感於母親的逝去，遂從一張母親童年的照片，展開具有文化辯證與心理分析深度的思考。

　　不過，巴特認為照片可確證過去的說法，不免招引了批評。傅科派的攝影理論學者約翰·塔格（John Tagg），就直指巴特的傷逝與創痛，讓他只能墜入以「攝影真實」彌補現實缺憾的懷舊渴望；在這種倒退的幻想下，照片如何透過複雜的社會實踐過程與言說系統，成為「證據」，建構意義、甚至幻想，就無法再有探討的空間。塔格進而透過社會學與歷史研究，論證了西方社會十九世紀以來的攝影，做為監控身體之法律證據、安定國家秩序、合法化政府政策、以及生產肖像商品等等的建構工具。

　　學術理論的對話與辯難，大概不容易引起社會閱聽大眾、甚至攝影實務領域工作者的注意與興趣。放眼今日國內外的傳播媒介，仍然大量依賴眼見為憑的所謂「新聞攝影」與各類圖像資料，讓它們繼續建構著人們對世界的認識或想像，與認識／想像世界的方法。並且，圖像的生產者，繼續以科學之名，合法化這種認識與方法。為什麼媒體工作者至今不敢離開這種虛妄的實證主義「專業」信念？是因為「攝影見證客觀世界」這個概念本身，其實一直就是一個高度可販賣的，並且被合法化、體制化了的商品？或者，攝影專業工作者，是否一旦離開這個自我催眠的概念，即必須面臨進退失據的窘境？抑或是，拆解這個迷思的「科學證據」仍然

不夠多？

　　《視覺工廠》的作者蒐集了大量的科學技術發展史的資料，透過生動清晰的陳述，「理性客觀」地提醒我們，一個可以在照片上作假、加工以創造各類利益的圖像資料，或者一張只是「多種現實的其中之一」的照片，卻在許多科學家與他們發明的機具與技術下，變成「一個中立、唯一、客觀、且無所不在的世界，一個不需要觀察者就可以存在的世界」，或者一張「已經從現實的痕跡，變成證明現實存在的證據」、「從單純的注視變成行動」的照片，在科學與技術的發展史上，一直是大有問題的。此書中譯本的問世，對我們這個需要進步觀點之普及科學知識的社會，與專業的影像媒體工作者，都有極好的提醒或啓發價值。

（本文作者爲政治大學廣電系講師）

眼見為憑？！

陳恒安

　　喜歡賞鳥的人，到野外時都會帶著望遠鏡與一本「鳥書」（圖鑑）。大三那年修生態學，老師在鳥類調查的野外實驗課中加入一些趣味活動，包括鳥類普查種數有獎徵答與著色比賽。著色比賽公佈結果時，獲獎的前幾名，意外地並不是同學公認「最美麗」或「最像」的那幾件作品。後來才知道，鳥書的重點在於呈現各種鳥類的「特徵」，以幫助「辨識」。原來，鳥書的作用比較像是旅遊地圖的對應，而不是最接近真實的、鉅細靡遺的衛星空照圖！也就是說，圖像的出版與流通，不只是觀察者視覺經驗的記錄、傳播與分享，還必須符合使用者的心理期待。

　　如果我們將眼光轉向西方歷史，看看人類如何面對圖像的歷史，或許可以知道我們究竟在多大的程度上可以大聲宣稱「眼見為憑」！自文藝復興解剖學家、顯微鏡學家與天文學家們開始把圖像當成科學的工具，將技術物所生產的圖像視為一種關於已知世界，或肉眼不可見的自然的詳細目錄。因此，圖像逐漸成為再現或詮釋自然的科學工具，甚至幾乎代表自然本身。藉著分享圖像，人類建構關於自然的知識。十九世紀，出現記錄動態圖像的技術，也就是攝影。新技術的普及為「運動」這個古老的觀念，提供一種新的科學意象。到了二十世紀的 X 光、超音波等等更是令科學家與大眾驚艷。總之，技術拓展人類的感官，圖像則使人類得以想像原子分子尺度、生物體的尺度、地球的尺度乃至宇宙的尺度的種種現象。

　　不過技術操作的可能性卻也產生了一些內在的衝突。因為無論是版畫、照相或攝影的圖像都可以經過技術加工修改。因此，做為科學工具的圖像，它的科學合法性受到了質疑。我們處於一個困境：一方面我們必須藉由圖像來認識世界，另一方面卻不見得能夠察覺它已經為了符合使用者的心理預期而被修改。

《視覺工廠》這本法文原文書於一九九八年出版。作者以版畫、攝影與造影三大部分，分析原屬於美學，也就是個人、非理性、感性領域的圖像，如何與慣常被視爲中立、客觀、理性的科學領域產生互動。對於無論教改怎麼改都還是認爲美學與自然科學八竿子打不著關係的我們，這本書其實提供了一個歷史的解釋。也就是說，美學與科學的基礎都在於感官，特別是視覺經驗，提供了我們關於世界的圖像。理性的觀察與非理性的審美並不必然互相排斥，可以多留意的反倒是傳播知識的媒介如何爲特定的使用者生產、傳播並詮釋圖像。這對於習慣閱讀圖像的新世代來說，或許特別地重要。

（本文作者爲成功大學歷史系助理教授）

視覺介面的系譜學

龔卓軍

　　如果說存在著一門「觀看的考古學」，《視覺工廠》可以說是這門考古學的檔案室，這些琳瑯滿目的檔案，讓視覺技術的歷史，呈現了相關技術介面的發明與存在、運作，以非常不安定、極具張力的姿態，在可視性與可述性之間運動游移。

　　從第一章＜裸視＞開始，作者就透過文藝復興時代的兩位畫家，提出藝術視覺介面的創造與科學視覺介面的傳播之對比，指向了「裸視」本身再現的不可能性。換句話說，藝術家達文西要求技術介面的保密，科學家帕里西則力求技術介面本身廣為散佈。簡單地說，「裸視」一旦走向表現視覺經驗的介面圖象，就會延異為不同裸視表現模式的歷史運動。

　　就像注重直接目視的臨床醫學，建立目視所見與病理解釋之間的關聯，也不過是近兩百年的事。從臨床醫學注視的觀點來看這本書對視覺技術介面史的書寫，讓我們不禁想起當代思想史上的一個小插曲：傅柯的《臨床醫學的誕生》的副標題曾經被標定為「觀看的考古學」。但為何後來這個副標題被取消了呢？

　　德勒茲曾分析，這是因為現象學式的原初「裸視經驗」，似乎不可能不受到論述的影響，或者說，至少在可視性與可述性之間，有一個絕對無法化約的距離，這也就是這本書突顯出「視覺技術介面史」的價值所在。換言之，我們可以看到，分類醫學與臨床醫學如何延異出不同的視覺運作方式，不僅僅涉及分類醫學的病理論述，也涉及了臨床醫學視覺技術介面的發展，更進一步地說，視覺技術介面在身體操作、知識論述空間、社會配置空間中的歷史命運，是以多重決定的方式變現為各式各樣的實踐，因此，本書以版畫、攝影、造影三大技術型作為視覺介面史的系譜流變焦點，似乎是在為一本更精細的視覺介面系譜學施行初步的系譜分析。

就現象學與系譜學的角度來說，本書將解剖、望遠鏡、顯微鏡、攝影、顯微攝影、感應電療、考古透視技術與種種造影術放入視覺介面發展的技術史當中，可以說將「裸視經驗」甚至是所有的「直接」視覺經驗做了初步的「問題化」工作，讓讀者了解到「視覺介面」的運作並非理所當然，及其技術成立所涉及的複雜歷史與思考鬥爭。然而，本書「問題化」的脈絡從西方的歷史經驗來說雖足以成立，但對中文世界的讀者來說，顯然需要另一個層次的視覺介面反思。

　　除了「科學／藝術」、「知識／權力」、「眞實／虛擬」這些屬於第一世界的傳統視覺問題叢結之外，對於不得不接受視覺全球化潮流的我們來說，視覺介面與「殖民／後殖民」問題、觀看與被看者透過介面而形成潛意識主體的「分裂／歇斯底里」狀態、大眾視覺介面的「政治審美化／影像消費」循環，都是在閱讀《視覺工廠》之餘，值得我們閉上眼睛，在練習「不看」、練習做個盲人的狀態下，稍稍用概念思考的問題。

（本文作者爲中山大學哲學所助理教授）

前言

我們如何能夠相信圖像（image）[1]——我們還能相信嗎？明知圖像並非實物，地圖不等於疆土，我們還能將它們當作絕對的證據嗎？

觀看！將無形變為有形！我們對事物的認識，絕大多數都透過圖像而建立；物品、程序、現象、地點、面貌，唯有透過圖像才能接觸的東西多不勝數。作為科學理性的保證與工具，溴化銀感光劑、電子影音設備、水彩畫、碳粉畫等等圖像表現的方式奠定了所有學科的基礎。如果少了照片和圖像，生物學、地理學、天文學，和醫學會是什麼樣子？事關重大：不論我們承認與否，我們的精神世界的確充滿了科學生產的畫面。

知識圖像使人認為它們反映「現實」，或者替代現實，使人注意**所有**圖像的客觀外在，不論是科學的、藝術的、媒體的、工業的，或甚至沒有章法的圖像。然而，我們卻鮮少由認識論的角度去思考影像內外之間的對應。彷彿畫面與生產的技術裝置毫無關係。彷彿版畫、攝影、和影像就是我們自己的視覺所見，尤其——彷彿它們不是製造出來**被人觀看**的。經由非物質的圖像本來應該是深入事物、清楚無誤地達到絕對認識的必要條件。可是，解剖學的版畫、戰場的照片、以及宇宙的圖像，這些畫面的製作過程、技術籌畫、與組織安排彷彿完全隱形了，大眾從未聽聞。它們要求絕對完全地透明！奇怪的是，科學的理性似乎容忍這種圖像與世界直接連接的方式。

還回中介（médiations）應有的地位，可促使人們保護經由一系列活動才獲得的圖像成果。它的真實性唯有透過參與製作過程才得以呈現。沒有技術設備與組織機構的作用，便不可能構成圖像。還回圖像具象之實體，重視**它們的作用和意涵**，理解**它們的真實意義**，最終以解讀圖像的方式來代替純粹的資料閱讀。如此才能夠銜接視覺裝置與它們所製造的認知效果。如此我們或許才終於能夠發現，我們的確是在觀

1 譯註：本文將 image 譯為「圖像」，泛指利用繪製、攝影、和科技手法製作的平面圖像。

察事物。

　　什麼是視覺？當知識的建立必須透過圖像、光學儀器、以及機器來看見肉眼永遠看不見的東西，在這種情況下，了解又是什麼？我們永遠只是在光影中尋求真相。我們只是透過煤氣燈製造出的明與暗來看見東西。面對一個環境——我們的環境——在它半明半暗的結構之下，我們只是透過技術或社會的視覺裝置來了解事物。這些視覺裝置如何引導視線的構築，進而引導思想的建立呢？

　　將認識歸功於各種管筒，將感知歸功於各式機器，這樣降低層次的作為確實會嚇跑許多藝術家和科學家。更不必說哲學家了。對於那些熱愛形狀與顏色的人們、喜愛想像的思想家，推動感官史或思想史的人、以及熱愛抽象事物的人來說，將圖像變成技術物品是一種挑釁。我們不得不承認技術是非常不受歡迎的東西。所有人都不喜歡它。也許技術人員例外。但是我們建議大家反其道而行，因為技術既不盲從於認識，也不是科學的副產品。它也不是科學理論的應用：蒸汽機的問世遠早於熱力學第二定律發現之前。技術既是複製品也是加工過的材料，既是藝術也是工藝，既是一種經驗累積的能力，也是生產，它和文化並不是對立的：它本身**就是**文化。在展現一張臉或一幅風景之前，攝影就是攝影。在顯示骨瘤之前，X光片只是X光攝影技術的一部份。在成為藍色球體或紅色光線前，合成影像也只是數位技術的組成部份。因此，將圖像當成一種技術性物品而對它感到興趣，可以促使我們果斷地在接收影像的同時也解讀它。

　　本書的目的並不是為了給誰打分數，也不是對鳥類或魚類的觀察和複製進行優劣判別，而是在試圖了解集體視覺和視覺文化是如何形成的：明白它們是透過哪些效果，受哪些圖像和儀器裝置的支配，借助什麼樣的機制受到認證？

　　因為知識產業與信念之間糾葛緊密，其中包括信念的必然結果：說服別人相信。在初步階段，觀者對視覺裝置越是無知，圖像就越能夠在第二階段發揮它的功能。正因為標榜中立，它們才更容易傳遞堅決的觀點：正因為擺出事實，它們才能夠發揮虛構的作用。在大聲宣稱自身獨立的同時，圖

像連接了文化，並且也談論文化。知識圖像既是資料也是魔法，它一舉成就了證明事實同時亦感動人心的戲法。

本書將先後探討版畫、攝影、和造影。不單只是研究版畫、照片、科學圖像等成品，也包括生產和傳播它們的工具。

在十五、十六世紀，版畫促使人們洞察世界。直接觀察在此時確立，並且在稍後受到各種工具的輔助而加強，如顯微鏡、天文學設備、醫學上使用的視覺設備、以及新的解讀方式等等。

十九世紀中期，攝影深刻地改變了論證的基礎以及觀察和理解的方式。勒藍・史丹福（Lelan Stanford）在加州賽馬場裝設的大型攝影設備，杜馨・德・布隆涅（Duchenne de Boulogne）的面部電擊實驗，以及艾堤安・于勒・馬萊（Étienne Jules Marey）在黑色背景上拍攝的白色物體等等，這些為了取得逼真影像的創舉，都使得現實有了實質上的改變。攝影不再只是被動的記錄，而是創造特定事物的方式。

誕生於十九世紀末的造影技術（醫學、衛星、數位影像等等……），迫使人們建立新的信任感。從此，我們必須相信某些形狀，儘管我們只見過它們直接源於視覺儀器的影像。肉眼直接所見、光學視覺、攝影視覺，現在又加上設備精良、唯有透過圖像分析才能了解世界的視覺。這些圖像有時被當作照片一般接受，彷彿真的有什麼事情確實發生過，被人目睹，並且透過圖像留下了紀念的痕跡。彷彿胎兒的超音波照片跟客廳壁爐上掛的攝影照片沒什麼分別。

從達文西的肉眼觀察到探路者號（Pathfinder）上精良的觀測儀器，從文藝復興時期插圖豐富但讀者有限的基礎讀物，到今日網路大量散播圖像造成的視覺全球化，視覺裝置統領著我們的知識與視線。它們給我們什麼，我們就吸收什麼。

在這樣的條件下，我們最終能夠如何解讀圖像呢？我們選擇成為怎樣的解讀者？我們又應該成為怎樣的解讀者呢？

寫作一部完整的圖像史可望而不可及，所以這裡敘述的只是**某些**歷史事件，是一部虛線式的歷史，絕不奢望面面俱

到。這些微小、確切、彼此連接、密不可分的事件，和解讀這些圖像的理論一樣，或許可以幫助我們了解現代的圖像。不受參考資料、規則或觀念的拘束，這裡的每一段歷史，都會使深藏在資料中仍然活躍的象徵部分顯現出來，並且呈現出它多樣的功能。

這部作品是和許多專家及圖像製作者交流的產物，人數之多在此無法全數列出：歷史學家、數學家、生物學家、物理學家、哲學家、人種學家、社會學家、符號學家、攝影或當代藝術的專家、醫生等等……沒有他們，這些圖像的歷史將永遠埋藏在他們腦中，既有的形式也就無法受到質疑。應該感謝他們，是他們重現了科學活動的文化基礎。科學活動唯有否定主觀性，才能找到正式且「普遍的」合理性。

第一部　版畫

第一章　裸視

李奧納多·達文西，一四五二至一五一九年
貝爾納·帕里西，一五一〇至一五八九或九〇年

達文西光輝的一頁

「想要用文字來表現人體外形和組成部分的人，我勸你們放棄這個念頭吧——因為你們描寫的越是精細，就越限制讀者的心靈，讓他離你們描寫的東西越來越遠。」[1]達文西如此說道：沒有任何東西比繪畫更能描繪真相，即使最精細的觀察也望塵莫及。

達文西的手稿與筆記中有大量圖畫獨立於文字之外，它們的性質並非插圖，而是一種新的訊息，傳遞一種無法言傳的東西：沒有結論的觀察和伴隨而來的一連串問題，解釋性的直接觀察，以及對所得結果的確信。一頁頁手稿裝訂的書冊與捲軸手稿一脈相承：將其中的文字從頭讀到尾，會發現連續而沒有次序的呈現方式令人迷惘，沒有標題頁，不分章節，也沒有段落。

用一張張的書頁取代捲軸，騰出雙手直接抄寫而不必經過朗讀聽寫，這種輕語言、重視覺的方式，早在十五世紀之初就已形成；無聲的閱讀同時推動了批判性的思想。書冊使閱讀變得無聲，在頁面上提供文字新的空間，書冊是利於觀看的：當抄寫手稿變成單純的書寫工作時，手稿的頁面也就成為一幅圖像。達文西稱之為繪畫的實踐。這種方式反過來對觀察的模式造成了劇烈影響。

《萊切斯特手稿》（Codex Leicester）[2]共有七十二頁，達文西在其中分析了水流、地球、以及月亮的運動。這部手稿長約四十三公分，寬二十四公分，穿插在文字當中的圖畫共超過三百五十幅。成書為十八張全張，每張包括四頁。裝訂成冊是後來的事[3]。達文西以如鏡中倒影的反轉方式書寫，由每個單張的第四頁開始，接著寫第三頁、第二頁，最後寫

1 李奧納多·達文西，全張A14反面，現存於法蘭西學院圖書館（Bibliothèque de l'institut de France）。
2 李奧納多·達文西，《萊切斯特手稿：科學的藝術》（Le Codex Leicester, l'art de la science），一九九七年存於巴黎盧森堡博物館。
3 譯註：早期的書籍形式，是由捲軸演進為一頁頁裝訂的書冊。印刷術發明之際，書籍的印製和裁切裝訂，分屬於不同的生產環節。當時印刷使用全張紙（sheet）印製，每張紙上包括四頁面，必須再進一步作裁切和裝訂。顧客到書店選購時，店家再把尚未裝訂的單張，由顧客挑選的裝幀方式裝訂。

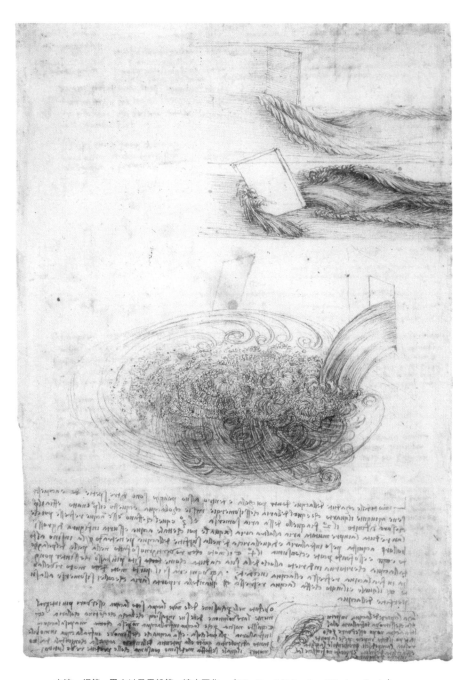

水流，鋼筆、墨水以及黑粉筆，達文西作。（The Royal Collection, Windsor Castle）

滿一張手稿。他盡量每頁只談論一個題目；前後兩頁的內容很少連貫。不過同一全張中的四頁內容都反映著共同的題材。雖然圖畫通常在頁面中有指定位置，但整個頁面配置卻顯示文字和圖畫之間有某種自由的變換方式：根據情況不同，速寫和圖畫或者置於文字之前，或者尾隨其後。

創造漩渦

達文西不懂希臘文或拉丁文，因此人生大半時間很少受到希臘羅馬的創作和影響[4]；新生的印刷術帶來翻天覆地的影響，在他身上也未留下任何直接的痕跡。達文西遠離圖書館，遠離王公貴族，人們常提到這位學者與世隔絕。他不期望夸夸其談會有任何結果，只對大自然和事實抱有希望。人們很少感覺他的思想咄咄逼人，或者他的寫作有挑釁意味，儘管它們對知識的可靠與否提出了根本上的質疑。反轉的字體保護了手稿的秘密，因為學者達文西並不期望立刻對外傳播會有什麼好結果；頭腦清醒的他，必定預感到倉促傳播的危險。

他對大自然的直接觀察，採取以事實為基礎的眼光。達文西同時也是一位製造者。一四七〇到一四七五年間，他在佛羅倫斯（Florence）的維洛奇歐工坊（l'atelier d'Andrea del Verrochio）學藝。除了繪畫之外，他還學習鑄銅、石雕、測繪地圖、建造房屋、以及修築防禦工事等技藝，全都是需要科學知識的活動。他的理論知識形成的方式，與思辯科學的方法相去甚遠：在圓內接三角形、六角形、八角形或二十四邊形，是使用等距圓規作圖的結果；化圓為方的問題則是將圓柱體沿一直線滾動所得……

這些知識同時滋養了達文西作為學者與畫家兩方面的創作。撰寫《萊切斯特手稿》的同時，達文西也投入了大型壁畫《昂加里之役》（La Bataille d'Angiar）的創作。前者對於水流及浪花的運動有豐富的描述。後者的戰爭場面則需要深入研究呈漩渦狀飛揚的塵土。這幅未完成的壁畫有如一個巨大漩渦，其中呈現了各種人與獸的形象。達文西無法不懂就

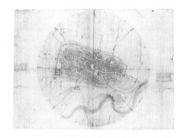

以鳥瞰觀點繪製的 Imola 地圖，達文西作。（The Royal Collection, Windsor Castle）

4 譯註：達文西在四十二歲開始學拉丁文，因此這裡寫「人生大半時間」，而非全部。其手稿亦有部分拉丁文。

《昂加里之役》的馬匹研究，達文西作。（The Royal Collection, Windsor Castle）

畫，要懂則必須要觀察。在他身上，精細準確的觀察滿足了
獲取知識的迫切需求，知識本身直接依賴於觀察。

　　他批評有「太多的」藝術家缺乏繪畫所必要具備的知
識：「要把裸體人物的肢體按照動作和姿勢安排在正確的位
置，重點是畫家必須了解神經、骨骼、肌肉、肌腱等在解剖
學上的結構，以明白是哪一條神經或肌肉決定哪一個動作，
並且在畫作中強調這些部位，而非像很多畫家強調肢體其他
的部分；他們爲了顯示大家風範，把裸體畫得僵直而毫無韻
味，讓人看了根本想不到那是人體，還以爲是一袋核桃；根
本不曉得那是裸露的肌肉，還以爲是一捆蘿蔔。」[5]因爲，
「那些熱衷於實踐卻根本不懂科學的人們，就好像駕駛員登上
一艘沒有舵也沒有羅盤的船一樣，永遠不知道自己要往哪裡
去……」。重點是必須保持警覺的思想，隨時準備創作圖像：
「不要模仿某些畫家……，他們拋下作品去運動、去散步，儘
管思想上的倦怠已經妨礙了他們的視覺，影響了他們對各種
事物的感受力。他們經常遇到這種情況：親戚朋友向他們打
招呼，儘管他們看到也聽見了，親戚朋友在他們眼中卻有如
透明一般，因爲他們視而不見、聽而不聞。」

　　古人教導學者應該只注重固定的事物和簡單的形狀，達
文西卻對這些道理和勸告置若罔聞。他**首先**服從視覺的指

5 李奧納多．達文西，
L79正面，現存於法蘭西
學院圖書館。

暴風雨研究，達文西作。
（The Royal Collection, Windsor Castle）

示，堅決釐清不明確的輪廓。無法描繪的漩渦嚇不倒作為學者的達文西，也嚇不倒作為畫家的他。他以藝術家的身分描繪暴風雨：「海面翻騰、浪花四起、波濤洶湧，狂風穿過暴風雨，捲起細小的水珠，像一層厚實的水霧將大海包覆。你要描繪其中的船隻，船帆撕裂了，折斷的纜繩和破布在風中呼呼作響，桅桿橫落在甲板上，怒濤將船艦打得粉碎，人們抓住沉船的殘骸哀嘆。你要描繪烏雲，它們被狂風甩向高高的山巔，或像和打在礁石上的海浪一樣，扭曲形成漩渦。因為水珠、霧氣、和厚厚的雲層，使得天空也變得慘澹黑暗，令人害怕。」[6]

達文西的文章如畫，畫亦如文章：「……你，畫家，如果你不懂得畫圖，無異於一個不懂得遣詞用字的演說家。」

作為學者，他參考了泰奧發斯特（Théophraste）[7]的作品《漲潮和退潮，漩渦和水》（*Du flux et du reflux, des tourbillons et de l'eau*），研究水流對橋樑與堤壩的影響：「所有的橋樑都往水流的相反方向瓦解崩塌，水流衝擊橋的上部，破壞橋的下部……」[8]

幾何形狀的存在不先於觀察，亦不先於必須經過觀察的

6 李奧納多‧達文西，素描第12665號，現存於溫莎皇家圖書館（Bibliothèque royale de Winsor）
7 譯註：泰奧發斯特（約西元前372-287），希臘哲學家，亞里斯多德的學生，後來繼承亞里斯多德主持其創立的「逍遙學派」（Secte Péripatetique）。
8 李奧納多‧達文西，《萊切斯特手稿》，散頁16B，第十六張反面。

繪畫；它是觀察和繪畫認識實物的結果。「在海浪後方的浪花，它的形狀永遠是三角形的，它的角度由第一片浪花與浪頭開始下降的那一點之前的浪花所構成……在西偉塔‧維查港（Civita Vecchia）的防波堤前面，方向相反的兩道海流相互撞擊，在衝擊中，它們的水流由表面到底部彼此撞擊，形成完整的漩渦。濺起的水花中冒出了許多幾何形狀。這個順向的漩渦如果出現在水中或空中，力量足以將土地掏挖起來。當能量較強的水流衝擊能量較弱的水流時，漩渦會形成一條曲線，外突的弧形會穿入能量較強的水流之中。」[9]達文西之後，幾何學理論突然匱乏起來：視覺成為排除所有先驗理論、排除所有先入為主偏見的接收器。很久以後，當攝影和電影佔據了這些從前只能用肉眼目睹的事物以及它們複雜的形狀，幾何學便遠離了，遠遠地拋棄了這些「它無法看懂的曲線」。直到一九七○年代，電腦的應用方便了碎形幾何學[10]的研究，這才又喚醒了人們對自然界複雜形狀的興趣。

　　繪畫和文字描述並非次於觀察，而是畫家與作家的首要工作。正因為達文西作畫、寫作，他才得以成為一名傑出的觀察者。無論是文字或對現實的場面的專注觀察，都無法比擬用畫筆描繪出的圖畫：「你以為與其觀看圖畫，倒不如直接參與解剖。假使可以在解剖的身體上看到圖畫表現的所有細節，那麼你可能是對的。可惜並非如此。……因為身體的薄膜和靜脈、動脈、肌腱、肌肉、骨骼、以及將所有東西染成一片紅色的血液全混在一起，實在太容易搞錯了。」[11]

窗口與望遠鏡

9 李奧納多‧達文西，《大西洋古抄本》（*Codex Atlantique*）
10 譯註：以不規則形狀為研究對象的幾何學。關於「碎形」與其圖形請見本書第十九章。
11 李奧納多‧達文西，《解剖》（*Quaderni d'Anatomia*），現存於溫莎皇家圖書館。

連接容器的虹吸裝置研究，達文西作，出自《萊切斯特手稿》。

觀察者總不停徘徊於兩個極端之間：一會兒說「我」，一會兒又要置身於感知現場之外。**我屬於畫家；對事物的見解**則屬於學者。後者與畫家不同，他處於兩難的選擇之中：事物脫離了觀察是否存在？「如果你站在離水面大約四十公尺高的橋上，要看太陽在河水裡的倒影，你將會看到一個類似於太陽的物體飄在水面上。如果將上述動作中看到的全部影像集中起來，就會得到一幅很獨特的影像，呈現一根火柱的形狀……」[12]

達文西構築的世界，是他親眼目睹、親身感受的世界，但是他卻竭力擺脫作者的主觀：達文西堅持，繪畫應該使用人人都明白的普遍語言。因此，蒙娜麗莎雙手的姿勢可解釋為謙遜、服從。她符合達文西對畫家的指導。「應該用謙恭的姿勢來表現女人，雙腿併攏，雙臂交抱，頭往前傾，微呈頷首。」[13] 畫必須能夠說話。達文西勸告他的畫家讀者們說：「請注意美麗的容貌。但不是你們認為的美貌，不是大眾所認為的美貌。」

因此，在達文西的畫作和素描中，既有複雜的客觀事實，同時也遵循視覺規範和透視原則。所以在他的畫作中，從打開的窗口直接看見的世界，和從望遠鏡裡間接觀察到的世界，兩者並行。畫家筆下的圖形尋求外觀的相似。科學家筆下的圖形則尋求實物之間不可見的關聯、相似的內部結構與外部構造、以及隱蔽的運作。

畫家進行色彩運用、空間透視，尋求取悅觀眾（當時已有這種觀念）、滿足公眾的期待。學者則必須畫出示意圖，同時清楚知道自己可能使觀眾不悅。在畫家準確無誤的畫作與科學家圖像的專業資料之外，應該再加上工程師的設計圖。汽車、飛行器、輪船，不論它們在運轉之中，或者只作為設計圖，靜靜長眠於紙上，都不再只是文獻資料：它們是想像力的展現。

貝爾納·帕里西：藝術家的圖像

達文西去世的前幾年，貝爾納·帕里西（Bernard Palissy）

12 李奧納多·達文西，D 6正面，現存於法蘭西學院圖書館。
13 李奧納多·達文西，《論繪畫》（*Traité sur la peinture*），253，第五十一張反面，第一百零六頁
14 譯註：法國西南偏南沿海夏宏特省（Charentes）的一個地區。

出生於聖東日（Saintonge）[14]，他也和達文西一樣致力於準
確反映大自然的種種事物。達文西認爲觀察者的立場才是最
重要的，帕里西則認爲事物本身就是一種獨特的存在，有它
自己的生存形式。比起達文西，帕里西更加相信世間事物和
現象的背後存在神的力量。

　　達文西努力給予**看見**的世界一個影像，停留在透視原理
的研究。至於帕里西，他創造了一種徹底的複製技術，以黏
土壓模直接取得蜥蝪、蛇、以及生活在海蓬子叢[15]裡的青蛙
等動物的模型。

　　帕里西利用這種方法，爲一隻擱淺的海豹留下了模型。
在達文西那些被濃霧籠罩的複雜圖示之後，接續的是一種與
大自然之間直接、未經加工的關係，可以作爲自然事物的代
表：帕里西的作品直接取自實物。把壓模製作出來的動物模
型上了釉彩之後，簡直到達**以假亂真**的地步，連活生生的青
蛙、蠑螈、蜥蝪都會把它們錯當同類。如果說，攝影是按影
像的品質與其作爲實物指標的特質加以定義的話，那麼早在
攝影技術出現之前，帕里西已經是第一流的攝影師了。

　　在一個終於擺脫飢荒和主要流行病，經濟蓬勃發展的國
家中，帕里西是一個社會新階級的代表[16]。這個階級雖然貧
窮卻充滿希望。雖然帕里西看不懂也不會說拉丁文，但是，
或許正多虧了這個原因，他才能夠毫不猶豫地以嶄新的眼光
去看這個世界，質疑現有知識的特權。

15 譯註：海蓬子（salicornia），
又稱鹽角草，一種鹽地植
物，適於生長在含鹽很高
的泥灘。

16「（神）給某些人更多
的科學知識，給另一些人
更多的土地。他給某些人
科學知識，但是沒有給他
們財富；他給某些人財
富，卻又沒有給他們科學
知識；結果使的人們不得
不互相依靠。」——出自
貝爾納‧帕里西，《真正
的聚寶盆：全法國的人將
因此學會擴展和增加他們
的財富》（Recepte veritable,
par laquelle tous les homes
de la France pourront
apprendre à multiplier et
augmenter leurs thrésors,
s.d.）。

帕里西的彩釉動物只是**模型**，是簡化現實的實物替代品，並非完美的複製。檢驗它們的運作對於帕里西的陶藝工匠事業相當有利：如果活生生的動物都會弄錯，如果真的青蛙都會聚在假青蛙的周圍，如果大自然都會中了圈套，這就證明製作者的技藝精湛。

　　對於群居在他的夢想花園[17]中那些人工洞穴裡的兩棲類和爬蟲類，帕里西是這樣描寫的：第一間陳列室外表像一塊普通岩石，內部塗滿鮮豔的釉彩。裡面大火熊熊燃燒，使得釉彩融化流淌，繪出奇異的圖案以及許多「非常有趣的念頭」，生動地暗示出經常縈繞作者心頭的地底火山與地質形貌。洞壁閃閃發光，「狀如碧玉、如斑岩、如玉髓」。在那裡，蜥蜴和蠑螈到處亂跑，塑像由頭到腳都和它們一模一樣，它們凝視著自己帶有脊椎骨的小小軀體，就像在照鏡子。就這樣，這些小動物安居於岩洞裡，就和在大自然中一樣。

　　花園裡，眼鏡蛇和腹蛇臥地捲曲，和對開蕨、金髮蘚、鐵線蕨等等溼地植物混在一起。魚、烏龜、青蛙、蚊子等等從充水的溝渠裡跑出來。蠑螈和蜥蜴匍伏在岩石上，外型別致，栩栩如生。真真假假，共聚一堂，以假亂真，庶幾難辨。動物分不清同類，人也辨別不出它們的真假。

　　陶瓷動物的形象，在此目的是為了通過幻覺和真實的重疊，造成神奇迷人的效果。然而，假的石洞、假的蕨類、假的蠑螈，不僅只是巧妙的障眼法。它們不單與神的造物外形相似，而且有著神奇的作用。它們讓人注意到製作者的智慧與高超的技藝。這樣的人造景物具有一種神聖的特質，拉大了「藝術家」和塵世間的距離：創造者和造物之神的距離更近了。

科學家的圖像

　　與達文西一樣，帕里西也製造科學的圖像。不過，這些圖像卻沒有用畫筆落實成圖畫，而是完整地保存在文字中。在十六世紀中期，帕里西只不過是個普通的陶藝工匠，卻對

17 出處同註十六。

泥土的歷史帶有一種前所未有的眼光。不同於學者的言論，也「不同於千百萬過去或現在的人們」，對於聯繫大海、天空、河灘和山脈的水循環運動，他表示了全新的看法。

可是，到了十七世紀中期，在帕里西革命性的成果已經過了一個世紀之後，基爾歇（Kircher）[18]神父依然在一幅有名的版畫中，錯誤地向人們展示浩瀚的地下水循環：地下水來自大海，在地心熱力的驅趕下，從地底升到山上，成為山泉水。

不過帕里西的理論仍然撼動了古老的論點。他認為：「河水來自於烏雲降下的雨水。」「有人以為水流通過地下水道從平原來到山上，這種想法是錯的。」他用地面水蒸發至空中的循環圖，取代當時流行的地下水循環圖，建立了源自山泉，接著流入小溪、河川、大海，然後成雲、降雨的水循環示意圖。

水循環理論的發明者帕里西認為，水的確是由山泉冒出來的，但在這之前，它最先是由山上升起，像一團濃煙使天空陰暗，然後膨脹、散開、碎裂成雨點。當運動中的烏雲越升越高，就會凝結成雪。山上湧出的泉水就是這樣來自天降的雨，雨則是由海面或地面的水氣上升所形成。海上或平原上的水氣被雷雨、狂風、或暴風雨這些神的使者推送到山區。至於淡水井的水則來自與大海方向相反的雨水，鹹水井的水則直接來自海水。山比平原高，這是因為它和人類一樣有自己的骨架，否則它就會像牛屎堆一樣癱軟。石頭、礦物就是山的骨頭。流淌在表面的雨水改變著這具骨骼，滲入土壤和縫隙，不斷地往下流淌，直到遇到硬石塊或到達結構緊密的岩石上才停滯積聚，一遇開口，就會像噴泉一樣冒出。河水不能倒流上山，只能順山谷而下。這些水源的水量並不豐沛，但是它左右逢源，相助增長水位。和太陽、月亮一樣，水也依照神的旨意不停地運動，週而復始，生產繁殖。按照帕里西的說法，這就是泉水、噴泉、小溪、和河流的起源：不必往別的地方去尋找其他原因了。

和達文西一樣，帕里西留給我們的世界充滿了運動：流水來來去去、鹽分沉積、地球震動。帕里西和達文西一樣正

18 譯註：基爾歇（Athanasius Kircher, 1602-1680），耶穌會教士，羅馬大學的數學教授。為巴洛克時期的重要科學家。

面迎戰世界的複雜性。他們留下充滿活力的影像，造成極長遠的衝擊，儘管如今它們已沒入我們視而不見的普通常識之中。水循環的知識已納入知識寶庫，儘管自己沒有察覺，我們依然經常從中汲取養分。

帕里西傑出的觀察結果得自於日常生活的知識。炎熱沸騰的一鍋滾水取代了哲學家的書本。這位帶有傳奇性色彩的仁兄不停咒罵「古希臘人和古羅馬人」，他們不觀察大自然，不懂得多看，又用他們的文章傳遞錯誤的觀念。帕里西沒有望天空想，而是深入地球的臟腑，一刻不停地把他對事物的直接觀察傳遞給其他人。「你自己看！」「你看到啦！」這樣的句子經常出現在他的文章裡。看見，就已經是了解。在帕里西導演的實踐與理論的對話中，實踐永遠先於理論。正是因為有一段時間他在聖東日的鹽田擔任測量師，才研究起水的循環和海水的蒸發。正是因為觀察洗衣服和造酒的過程，他才開始研究傳遞化學物質的「鹽」。如此形成的觀點和達文西有顯著的不同：達文西觀察群山，從橋的欄杆上觀察下方，研究水壩的強度，但是他的觀察並非來自於農業、漁業、或者日常生活的種種活動。

傳播策略

帕里西創造的圖像與世界建立了新的關係；它們只有在確認和傳播的過程中才能夠獲得力量。帕里西不僅製造了事實，他還為這些事實建立了物質與精神的傳播策略。

西元一五七五年，他在巴黎街頭貼出了佈告，打算召集最博學的學者和慈善家，向他們展示礦石、貝殼化石、以及各種奇形怪狀的東西。在出版任何書籍之前，先讓這些德高望重的飽學之士親眼看過，他們便可能成為一大群正直而不容置疑的見證人。為了聚集最有學識、最有名望、最好奇的人士，帕里西在佈告上寫明每一個入場聽講的人都必須付一個銀幣的入場費。他還注意補充說，如果誰能夠證明他所說的純屬虛誑，他將奉還四倍的入場費。帕里西甘冒風險，只為尋求理論上的對壘。他知道那些「希臘人」和「羅馬人」

的支持者，既花了銀幣又花了時間，所以絕對不會放過他。他希望有人來反對他，提出比他的邏輯和事證更眞確更豐富的眞相。「可是多虧神祐，從來沒有人對我說過一句反對的話。」[19]

帕里西此舉得到了豐碩的報償：這位貧窮的陶土工匠因此得以會見納瓦爾（Navarre）[20]王后的醫生、國王胞弟的醫生、國王的首席外科醫生、著名的藥劑師、納爾本（Narbonne）[21]大教堂的創始人、藝術專家、數學專家等人士。可是他用的這個方法，對理論的認證效果更大於傳播效果：他的理論成書之後始終沒沒無聞。

藝術與科學的第一次分化

帕里西就這樣創造了兩種圖像：一種仿造實物，一種則解釋實物。一方是彩釉動物，另一方則是自然界運作的圖示。帕里西對後者的表現方式與達文西不同：帕里西的圖像屬於語言的範疇。然而，不論或寫或畫，兩人表達的都是經直接觀察所得的結果。

儘管存在著分歧，這兩種圖像都象徵著上天的力量，具有一種深刻的一致性。在水循環圖示中，神力透過一種不可推翻的理論邏輯展現。在夢想花園中，則展現爲完美的模仿技術。不過兩種圖像都已經有跡象顯示並反映了作者的雙重身份。

帕里西透過創作，成爲一名藝術家；他生產知識，所以又是科學家。儘管藝術和科學的界線在當時仍未確立。

直到十八世紀，藝術家這個詞仍有兩種意義：既指的是「創造新事物的人」，又指「工匠」。「工匠」這個詞是十六世紀中期才出現的。工匠（從事製造）和藝術家（從事製造和思考）之間的等級之分，也是直到十八世紀才出現的。

科學形式和初露端倪的藝術形式最初的分歧，在十五世紀因爲工業進步的影響，演變成了眞正的決裂。前後十幾年的時間，印刷術、鑄造技術、以及工業化的版畫雕刻都取得了不可逆轉的進步。文字創作、雕刻、製陶、繪畫、以及油

19 貝爾納・帕里西，《論泥土的藝術與其實用性，論彩釉和火》（*De l'art de la terre, de son utilité, des emaux et du feu*）。
20 譯註：西班牙北部靠近庇里牛斯山的一個地區。
21 譯註：今日法國南部歐德（Aude）省的其中一區。

畫都受到極大的震盪。帕里西是個認眞的完美主義者，他把自己的藝術視爲深入研究的成果，儘管在物質生活上遇到極大的困難仍鍥而不捨。對他而言，成批地大量生產與其必然結果──生產者遭埋沒──是一件令人痛心的事。他無法滿意不完美或未完成的作品，並且清楚知道如果要增進對世界的認識、改善人與人之間的關係，就一定要繼續「在黑暗中摸索」。他說，一件東西的價值取決於它的多寡程度。

他十分氣惱地講到在十六世紀上半葉，在加斯戈涅（Casgone）[22]的市集裡，燒製的小泥人售價如何低賤，市場上到處可見。在里摩日（Limoges）[23]，彩釉釦子一打只要三法郎起，它們的產量是如此之大，以至於它們的社會功能也大受影響：大量生產的結果使得價格降低，佩帶它們從此成了低下階層的標記，上流階層恥於使用這樣的釦子，寧願留給貧窮的低下階層去使用。同樣還可以見到有人以三蘇[24]價錢賣十二幅漂亮的油畫，銅框上的彩釉顏料塗得很完美。彩釉釦子、招牌、還有水壺、鹽罐、泥甕這些東西，當時人們還沒稱之爲「藝術品」，只說它們是「美麗的產品」，它們因爲變得太過常見而受到輕視。用於裝飾房屋或教堂的彩繪玻璃售價如此之低，使得生產者生活貧困。在法國西南部的村莊裡，甚至有賣破銅爛鐵的人在叫賣這些彩繪玻璃。生活如此艱困，讓這些一度屬於「彩繪玻璃貴族」的畫家們從此後悔自己爲何不是一介平民。

與此同時，書籍印刷的出現向製版工人開放了原先屬於畫家和「熟練畫匠」的領域，因而損害了後兩者的利益。帕里西認爲，是一個「叫阿爾貝的德國人」[25]所發明的東西把表現「聖母故事」的版畫大量拋向市場，他認爲這些版畫非常粗俗。實際上，繪畫這個行業所要求的資質已大不同於從前：畫家不僅要遵守透視原則，靈巧地表現眼前的世界，還必須掌握新的製版技術。

十五世紀末和十六世紀初，最有成就的版畫家都不是畫家，而是金銀工匠：書籍印刷的出現，只不過鼓勵他們將長久以來用於金屬首飾的技藝運用到紙張上罷了。新的傳播技術[26]不僅搞亂了習慣的做法，而且迅速激起了熱切的需求。

22 譯註：加斯戈涅，歷史上法國西南部的地區名稱，今日亞奎丹（Aquitaine）省附近。

23 譯註：里摩日，位於法國中部偏西。上述兩個地方都在聖東日附近。

24 譯註：sol，法國錢幣單位蘇（sou）的古稱，一種舊時的錢幣單位，價值等於二十分之一法郎。

25 帕里西原文就是這麼說的。（出自《論泥土的藝術……》）他指的是艾伯勒‧杜勒。

26 譯註：指雕版印刷。

從十五世紀起，艾伯勒‧杜勒（Albrecht Dürer）[27]的風格不僅在木刻版畫中大行其道，也可見於銅版畫，因為書籍插圖的需求與日俱增。紐倫堡（Nüremberg）[28]有沃格穆特（Walgemut）[29]的印刷工坊和大出版商安東‧柯貝爾格（Anton Koberger）[30]印刷機器，加上巴塞爾城（Bâle）[31]，這兩大城市（兩個地方杜勒都常去）成為歐洲兩大書籍生產中心。藝術的領域大肆開放的結果，改變了「藝術品」的意義。以大眾為訴求的目的也影響了這些版畫的構思。

帕里西認為，雕版印刷大量增加了畫作的數量，只會使人迅速遺忘原畫的創作者。作品從此成為一種用於展覽的商品，而不再是個人創作的成果。它的價格成了人們的首要考量，因而損害了作品的品質與作者的才華和想像力。

工業化的生產為雕版印刷與鑄造業引來數量龐大的人潮投入；由於彼此競爭激烈，他們只能過著貧困的生活。帕里西預感到即將來臨的困難，於是放棄了繪畫的事業，狂熱投入白釉的製造研究，這種釉顏料是所有顏色之母[32]：「你知道……有人給我看一只陶瓷杯子，拉胚和彩釉做的如此之美[33]，令我內心交戰，想起有人在我畫畫的時候，說的那些嘲笑的話。但是，看到我的畫在故鄉被人棄如敝屣，彩繪玻璃又沒有銷路，我開始想到如果能發現製造彩釉的方法，我就可以製造泥甕或者其他漂亮的東西，因為神已經給了我畫畫的能力；而且儘管我對黏土毫無認識，我從此仍要投入研究彩釉的工作……」[34]

帕里西的文章告訴我們，他頑強地工作、在實驗性的嘗試中碰到無數理論上、實踐上、物質上、甚至來自社會的困難。在專利權還不存在的時代，帕里西一直保守製造彩釉的秘密，幾乎不透露任何配方或製造的實驗情況。因為他知道里摩日彩釉工們的困苦，他們為了讓所有人都能享受彩釉產品，不假思索地透露了生產的技術，結果成了競爭的犧牲品。

第一次工業革命動搖了藝術家的地位，也迫使許多事物必須重新定義。人們必須選擇：是要變成工人，或把自己定位為藝術家；儘管這些字眼的用法無法確切涵蓋它們當時的

27 譯註：艾伯勒‧杜勒（1471-1528），生於德國紐倫堡，為著名畫家、版畫家。詳見本書第三章。

28 譯註：紐倫堡，位於德國中部偏東南方的城市。自中世紀起即為歐洲交通與經濟重鎮。

29 譯註：沃格穆特（Michael Wolgemut, 1434-1519），德國畫家兼版畫家，杜勒曾在他的工坊當學徒。

30 譯註：安東‧柯貝爾格（1440-1513），德國大印刷商，為杜勒的教父。他委託沃格穆特的印刷工坊製作許多木刻插畫。

31 譯註：德文名Basel，位於現今的瑞士西北部與德國交界處。

32 在最艱困的物質環境下經過十六年的研究，帕里西終於發現了白釉的秘密。他迅速將色彩的系列擴大，對承自中世紀西方的陶瓷彩釉技術進行了革命性的改造（早在羅馬時代前的伊特拉士坎帝國〔Étruire〕已有彩釉藝術）。

33 可能指的是一個產於義大利的釉彩杯子，或者帕里西當代的產品，或為古代的作品。

34 貝爾納‧帕里西，《真正的聚寶盆……》。出處同註十六。

意義。在十六世紀，工業化製造的特徵是指機械化的大量生產，以及必然伴隨的生產秘訣曝光。

工人成批製造物品，獲得工資作為回報，藝術家則選擇獨特的創作，經過勞動、思考、試驗、與錯誤，投入很多作者自身的個人色彩。普通製造者的生產和帕里西這樣的畫家兼陶藝家的藝術創作，其間的分別在於後者多了一份「獨特的靈魂」，和產品密不可分。藝術品因為有這樣的要求，所以必須署名；除此之外，深入的研究、作品的獨特性、以及保護生產的秘訣都是成為藝術品的要件。

對帕里西而言，「工人」、「工匠」、「藝術家」這些詞沒有意義；與之對應的經濟、社會、和文化地位也不明確。然而，三大軸心逐漸浮現，彼此之間關係緊張，令人深感不安。創作色彩豐富的彩釉洞穴時，帕里西是**藝術家**。建立新的水循環示意圖的帕里西是**科學家**。必須為大教堂大量生產彩繪玻璃的帕里西則是**工人**。

新的生產和複製工具，以及因為新的用途而出現的要求，都漸漸改變藝術作品和創作者的地位。帕里西出生於一五一〇年，距離達文西去世只有九年，他比後者受到更多藝術品和書籍生產革命的衝擊。這個人多疑、好抱怨，脾氣壞得出名，始終無法逃脫左右為難的境地：生產符合工業標準的產品，就顧不得藝術品的標準，但是符合藝術標準的東西又無法達到科學生產的要求。藝術家不能完全符合科學家的要求，這點在達文西身上已有體現；藝術家的作品著重於外表的模仿，從大師們的畫冊或大自然的泉源都一樣能夠汲取營養。科學家的作品則是剝去外皮或分解的東西，智慧的視覺必須直接觀察實物，穿透事物的內部；最極端的例子就是功能示意圖。

保密問題是爭論的核心。達文西將他寫的東西編成密碼，只讓入門弟子閱讀這些可能很危險的新理論；面對事物和觀念廣泛傳播帶來的新問題，帕里西處理的方式則不大相同。他一方面小心翼翼地保密陶瓷與彩釉的製作方法，另一方面又大量地公開農業、神諭、海上船難、一般科學、治療惡性疾病藥物等方面的知識。

藝術的技藝應該保密，科學研究的結果則應該廣爲傳播。

既感性又理性，既懷疑又信神，這些特質在帕里西這個好奇的十六世紀人身上還保有深刻且美好的協調。不管是研磨鈷藍、黃丹、或鉛灰[35]，還是揭露褻瀆神明的言行或放蕩的風俗、公開醫生的無知和胡作非爲、研究釉彩的熔點、或了解山頂存在貝殼化石的原因，視覺在其中的角色始終如一：爲的是喚醒世界、喚醒人的批判精神。每一次，事實都必定來自於對形狀、顏色、性質、和運動的嶄新觀察結果。每一次結果都必然尖銳地揭穿那些不肯正視現實的人。「（如果醫生）去病人家裡，匆匆忙忙地看診、把脈、檢查小便，然後就伸手拿錢走人……，這樣對可憐的病人來說就算是良好和適當的服務了，雖說醫生本來應該待上一個鐘頭，至少好好地給病人問診，以預防隨時可能會發生的意外事件，他們卻只是來了又走，拿了錢就說再見。」[36]

緊張造成的不安，迫使至此還算完整協調的一個人必須同時處在兩個互相矛盾的領域中。藝術家和科學家難以共存，並非因爲兩者觀察世界的眼光不同，而是因爲傳播觀察結果的方式不一樣。對於今日稱爲「科學」和「藝術」兩者之間最初的裂痕，傳播模式要比生產模式負上更大的責任。演講和文字是傳遞科學知識的媒介。經驗至上的知識，如農業、醫學、或航海，則著重於技術的運用。至於藝術作品，則必須透過物品的獨特性、署名、以及永恆的價值才得以存在。

文藝復興時期的人們對於建立理解世界的新方式貢獻很大，他們所經歷的，只是科學與藝術產生分歧的開端。長遠來看，關鍵問題將在於他們的自我定位，或爲藝術家，或爲科學家。同時身爲前者又兼爲後者，意味著從屬於兩個互相矛盾的體系，包括在面對機械化和工業化複製的問題上兩種立場的對立。

35 譯註：鈷藍、黃丹、與鉛灰均爲釉彩。

36 貝爾納・帕里西，《眞正的聚寶盆……》，出處同註十六。

第二章　解剖

格雷高利兄弟，一四九四年二月五日
安德列·維薩留斯，一五四三年

解剖檯

　　早在十五世紀印刷術發明之前，木刻版畫已經是大量複製圖片的便利方法。它促進視覺交流，鼓勵人們「勇於觀察」。屍體解剖最早始於十四世紀初。超越醫學權威的視覺在人體內部遊走，要求與醫學並肩而行、參與醫學的研究和傳播。版畫見證了煥然一新的人體觀察機制。

　　醫生（即**講課人**）穿著長袍，頭戴紅帽，鄭重其事地高坐在雕花的講台上。一具男屍平躺在講台下方用支架撐起的木板上。一個助手（即**解剖者**）手持一把長長的彎刀，捲起袖子，準備切割屍體；六名身穿紅袍或黑袍的醫生與學生圍

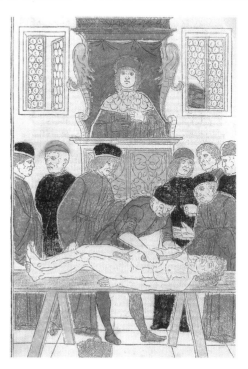

解剖。水彩著色木刻版畫，完成於一四九三年。蒙迪諾·迪·呂茲（Mondino di Luzzi）著《醫學手冊》（*De fasciculo de medicina*）的卷首插圖。(Bibliothèque nationale)

繞在屍體四周。其中一人（即**演示者**）用一根小棍指示大家該觀察的人體部位。在解剖檯下面的磁磚地板上，放著一個盛裝解剖廢棄物的籃子。

屍體正待切開，畫上的主角們目光嚴肅，場面莊嚴動人。講台上的醫生不再誦讀書本，而是在觀察；在某種程度上，他已經超越了古人的書本，給自己機會經由直接觀察獲取知識。醫生直視的目光掃視屍體，但是並沒有完全放棄朗讀書本。**講課人**仍象徵性地高踞學生之上，高踞觀察和學習的對象之上，尤其是遠離**解剖者**（碰屍體的人），也遠遠地離開**演示者**（對著屍體指指點點的人）。

上述版畫出自寫於十四世紀初的《醫學手冊》（*De fasciculo de medicina*）。畫作完成的時間比書要晚得多，應該在一四九三年，也就是格雷高利兄弟（喬凡尼和格雷高李奧〔Giovanni & Gregorio de Gregori〕[1]）在一四九四年二月五日出版該書的前一年。這幅畫很可能反映了一三一六年的大事：蒙迪諾·迪·呂茲在該年進行了一場名垂青史的解剖。格雷高利兄弟的書在兩百年間大受歡迎。在一五〇〇年之前已經印刷了七次。章節的安排直接反映出屍體各部分保存的困難：該書簡潔明瞭，先後論及腹部、胸部、頭部、骨骼、和四肢。

《醫學手冊》的前面幾頁另有一幅插圖，表現三位病人在診所裡等待的情形，屋裡還有許多亞里斯多德、蓋倫（Galien）[2]、希波克拉底（Hypocrate）[3]、阿維森（Avicenne）[4]等人的書：追求視覺的解放並未影響對前輩著作的敬意。實際上，觀察屍體比較像是一種記憶的方法，用來記住古籍中描述的解剖，超越這些文字的意圖還在其次。之後維薩留斯（André Vésale）在他的《人體結構論》一書中嘲笑這些高處在講台上的教授們，說他們「像鸚鵡學舌，完全不知所云，只是將書上讀來的東西死記硬背下來，卻從來不去親眼看看。」

一幅木刻版畫就是一個傳播的計劃。這個終極目的影響到整個生產的過程。下游決定上游：製圖、雕版、上色、出版、推銷，都考慮到增產傳播的需要。[5]

1 《醫學手冊》（*De fasciculo de medicina*）對開本，威尼斯喬凡尼·格雷高利與格雷高李奧·格雷高利於一四九三年所著。卡洛琳·卡爾濱斯基（Caroline Karpinski），〈一個普通便士，兩個彩色便士〉（Penny plain, tuppence colored），*The Mrtropolitan Museum of Art Bullentin*, vol.9，一九六一年五月，頁二三七至二五二。
2 譯註：蓋倫（西元前130－201）是西方史上第一位傑出的生理學家。他利用豬、猿猴及狗作為醫學研究的對象，並以此作為人體治療的基礎。
3 譯註：希波克拉底（約西元前460-377），古希臘醫生，被譽為西方醫學之父。他為行醫建立一套道德準則，是今日所有醫生就職宣誓的誓詞。
4 譯註：阿維森（980-1037），阿拉伯醫生兼哲學家、政治家。

同一幅圖片可以有不同的解讀方法。《醫學手冊》的插圖顯示了十四到十五世紀解剖學家們的視覺配置，爲我們提供了文獻資料。此外，它們也是一種紀錄，讓我們了解透過圖片來吸引社會注意力的技術與組織策略。以上兩種解讀方法並非獨立存在：感官對圖片的接收是兩者互動的結果，是外觀價值與陳述價值互動的結果。圖片在對這個世界做出陳述時，也表現自身的故事。

使用鏤花模版和木刻版技術，製作並傳播解剖課的特殊場面，就是利用展示和傳播知識的最新方法來傳遞一種思想。木刻版畫和色彩豐富、筆觸輕柔的傳統花體字書籍完全不同。《醫學手冊》僅有四種顏色：棕、紅、黑、黃。雕版鏤空的部分沒有上色，留下一片片空白。快速與大量的生產迫使人們使用鏤花模版快速印刷，結果限制了顏色的使用。因爲木刻版印刷時紙張必須保持平滑，圖案的輪廓線條因而製作得十分樸素[6]。美雖然被徹底地簡化，卻提高了傳播的效率。

然而，新式木刻版畫有明顯的不足之處：許多地方空白一片。還有，講台上的教授和台下的一位醫生，一隻手是白色，另一隻手卻是紅色；捲起袖子的那個人一腳鞋子是棕色，另一隻腳卻是紅色的。畫面整體上呈現某種愉快的氣氛。不過現場當時的氣氛一定十分緊張 —— 這畢竟是最早的人體解剖之一。

在十四世紀獲准進行的首批人體解剖，連帶催生一種獨特的解剖學圖像。醫生才是圖像的主體，屍體爲次：這些最早的版畫主要展現的不是解剖的器官，而是使內外科醫生們的功績永垂不朽的高超醫術。早在一三四五年，勃艮地（Bourgogne）王后的御醫基多·達·維吉瓦諾（Guido da Vigevanno）的手稿裡就有一幅木刻版畫插圖，是一名外科醫生捧著一具灰暗的屍體，樣子就像賣虎皮的獵人一樣威風凜凜。

《醫學手冊》裡的木刻版畫與上述如出一轍：它向讀者傳遞一個訊息，提供一紙證明，提高了參與解剖的人的身價。它一石二鳥，不僅紀念了一個歷史事件，**它本身就是一**

5 見馬克辛·普雷歐（Maxime Préaud），〈由著色到彩色印刷〉（Du coloriage à l'impréssion en couleur），福洛里翁·羅達利（Florian Rodari）主編《顏色剖析》（Anatomie de la couleur），巴黎：法國國立圖書館（Bibliothèque nationale de France），一九九六年。

6 譯註：因爲版畫印刷時，紙張必須均匀吸收雕版上的墨水才能印出圖案，簡單的線條可以避免圖案在印刷時變得模糊。原理與印章相同。

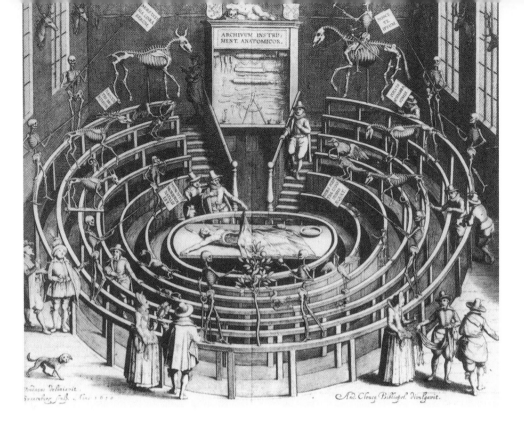

個歷史事件。圖片在刻畫人物上的表現與其社會功能的成就密不可分。木刻版畫可以複製無數次，這一現代化的特點充分證明我們應該記住這個為解剖學的復興打下基礎的大事[7]。

當時只准對罪犯的屍體進行解剖，絞刑架是屍體的主要來源。在波隆納（Bologne）和帕度瓦（Padoue）[8]這樣的小城市，每個人都互相認識，而且十分尊重死者，哪怕是死在絞刑架上的人。很少有人同意讓解剖學校霸佔屍體[9]。因此屍體來源很少：一所解剖學校每年只有兩到三具「正式的」屍體。那麼如何才能記住特別舉行的解剖課上的所見所聞呢？背誦解剖口訣是解決這個記憶問題的首要方法，圖片也是一個方法。薩繆·小愛爵頓（Samuel Edgerton Jr.）[10]認為，醫生面臨的問題主要在說服解剖學家和習慣書本而不太習慣解剖場面的贊助人，讓他們知道在肢解肉體的恐怖中同樣存在著美，在解剖實驗中可以產生藝術品。在這裡，木刻版畫和它的色彩，與現代醫學造影中的豐富色彩有相同的作用。

十七世紀荷蘭萊頓的解剖場景。

7 木版印刷直到十五世紀才真正地大行其道。事實上，這個過程不是突然完成的。文字比圖片更加詳盡，在很長一段時間一直引導著醫生們的眼光。

8 譯註：這兩個城市在當時是義大利兩大醫學研究中心。

9 參見薩繆·小愛覺頓（Samuel Edgerton Jr.），〈醫學、藝術、與解剖〉一文，出自《技術文化》（*Culture technique*）no.14。

10 同註九。

階梯教室

　　高踞於解剖檯之上、由知識權威佔據的講台，漸漸被階梯教室所取代。視覺結構顛倒過來。醫生不再高高在上地在台上講課；他走下講台，來到解剖屍體的旁邊。導師開始用心觀察，不過更特別的是，他開始觸摸、掂量、探索、估計熱度、形狀、硬度、重量、氣味、研究屍體是蒼白或紅潤。學生、醫生同事、以及大眾坐在一層層升高的位子上：解剖成了一場真正的表演。在十六世紀中期，階梯教室的建築結構還未固定。第一座永久性的階梯教室要等到一五八四年一月二十三日才在帕度瓦落成啟用。

　　在一五四三年，維薩留斯的《人體結構論》（ *De humani corporis fabrica* ）一書印行出版。帕度瓦大學是當時歐洲最有名的大學之一。這座小城在一四○五年歸屬強大富有的威尼斯共和國，經歷了一段知識的繁榮時期。威尼斯保護著這個帕度瓦**學府**，不過於親近，也不過於疏遠。作為交換條件，共和國的國民不可去別的大學讀書。紮根於帕度瓦的思想既自由卻又受控制，大膽的程度令人驚訝。然而大膽思想的存在有賴於促進思想傳播的技術與社會基礎。大學是書籍和人員過渡與交流之地。教授一任數年，教學負擔沉重，但薪資優渥，招聘的條件亦相當嚴苛。帕度瓦因此吸引了全歐陸最傑出的人才。討論受到鼓勵：它是革新的動力。為了促進交流，教授們被規定不得在課堂上照本宣科。

　　帕度瓦非常有名且富創新精神的醫學院，也是歐洲第一間進行臨床教學的學校。而且帕度瓦大學鼓勵走訪病人，正如鼓勵解剖屍體一般：學生們面對病患、屍體，接觸各種事物，與課堂教學一樣能夠學到許多東西。在帕度瓦出現的階梯教室既是言談交流的場所，也是視覺傳遞的地方。它的建築方式讓任何一個位置的人都能夠看到教授的演示，其形狀恰如一隻眼睛。

　　布魯塞爾人安德烈・維薩留斯來到帕度瓦完成他的學業。一五三七年十二月五日，他被任命為解剖學與外科學的講座教授。在十二月六日到二十四日之間，他以解剖一具十

八歲年輕男子的屍體爲基礎，進行他的第一堂解剖課。課程因爲屍體腐敗而被迫中斷，但是維薩留斯將屍體的骨架保存了下來。他在幾個月之後，發表了《六幅解剖圖》（*Tabulae anatomicae sex*），其中三幅展示靜脈和動脈，另三幅展示骨骼。這部作品是一項技術上的突破：它將文字和插圖融爲一體。亞積‧比若（Jackie Pigeaud）[11]和奧邁利（O'Malley）[12]都認爲，這是「第一次以圖片展示蓋倫的生理系統」。

然而，這個行動卻標示了蓋倫和維薩留斯在醫學上的根本決裂：視覺和書本的根本決裂。從技術和社會兩方面而言，《解剖圖》是即將出版的《人體結構論》的前奏。它們已經開始使用視覺的誘惑力，使解剖學這門最急需圖片的科學喜出望外。解剖學與外科學教授維薩留斯的講堂直接對人體進行解剖操作，無法產生引人入勝的魅力。但是，維薩留斯很快地提高了人們對解剖學的要求。版畫、素描、以及出版品的品質等，起了極大的作用，使得向來被人認爲次等的學科恢復應有地位。安德烈‧維薩留斯的任期延續到一五三九年，他的薪資也得到提高。

人體結構

人們翻閱《人體結構論》的大幅插圖時，無不爲之動容。

去皮的人體模型和骨架模型栩栩如生地挺立在人類世界的中心。懸崖峭壁、草叢、多節瘤的樹、以及圍牆包圍的城市，這些熟悉自然的背景，都讓人對去了皮的人體模型產生一種親切感。它們手裡拿著頭顱、站著三七步、翹著一邊屁股、把一片片自己的皮像旗子一樣揮舞，或者左肘撐在桌子的一角沉思。在地上，小土堆間散落著喉嚨、軟骨、還有一隻腳，不過這些對已經變得柔和的解剖場面來說，微不足道。插圖展示的不只是解剖學，還是一種泰然自若的新姿態：「人」開始認識自己，成爲自己世界的中心。

「人體結構」（fabrica）這個詞，可能是維薩留斯從柏拉圖學派「自然結構說」（fabrica naturae）[13]的信徒那裡借用

11 參見亞積‧比若（Jackie Pigeaud），〈帕度瓦的醫學和醫生〉（Médecine et médecin padouans），*Les Siècles d'or de la médecine, Padoue Xve-XVIIIe*，米蘭：Electa，一九八九年。

12 參見奧邁利（O'Malley），《布魯塞爾人安德烈‧維薩留斯（1514-1564）》（*Andreas Vesalius of Brussels, 1514-1564*），洛杉磯：Berkeley，一九六四年。

13 見亞積‧比若。出處同註十一。

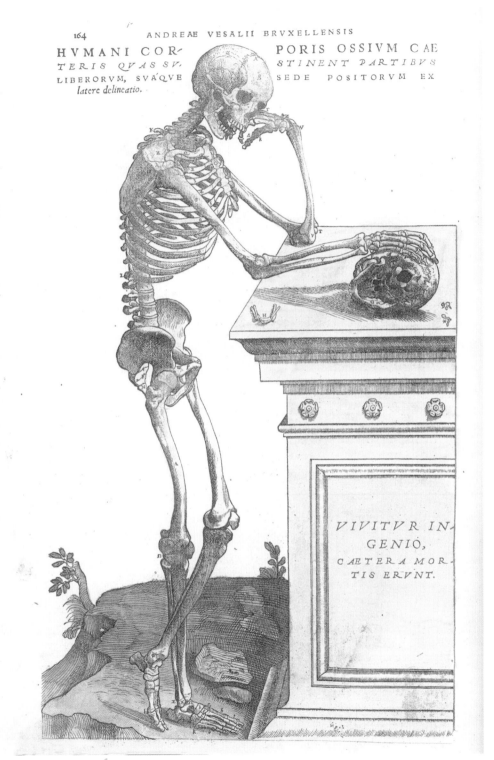

HVMANI COR-　　PORIS OSSIVM CAE-
TERIS QVAS SV-　　STINENT PARTIBVS
LIBERORVM, SVÁQVE　　SEDE POSITORVM EX
latere delineatio.

VIVITVR IN-
GENIÓ,
CAETERA MOR-
TIS ERVNT.

解剖學插圖。出自安德烈‧維薩留斯一四五三年著《人體結構論》中的木刻版畫。(J.-L. Charmet, Bibliothéque de l'ancienne faculté de médecine de Paris)

的。維薩留斯的人體是一幅自然的結構圖：它的構造不僅精簡，而且巧妙，是維薩留斯的意願與技藝的結晶。維薩留斯的「人體結構」是一個令人讚嘆的構造：其中只有生命所需的部分。不多不少，恰到好處。

該書卷首的插圖作於一五四三年，圖為階梯教室裡公開解剖一具女屍的情景。一大群人目光匯聚在女屍身上：一百多個醫生、學生、顯貴、或者一般看熱鬧的人，伸長了脖子，瞪大了眼睛，其狀難以形容。畫中牆壁上突出的草堆會讓人誤以為解剖是在戶外進行的。屍體停放在場景中央的白布上，導師緊鄰在旁——是安德烈·維薩留斯本人。畫裡一位理髮師[14]等待在旁，幾乎看不清楚，他雙肘撐在桌上，手裡還拿著刮鬍剃刀。在停放屍體的木板下面，隱約可見一個人在邊聽邊作筆記。**主講教師**和**演示者**的角色從此統由一人擔任。維薩留斯既是掌握和傳遞知識的人，同時也是觀察與演示的人。**外科解說人**的角色為他贏得了崇拜與尊敬。證據不再是書寫的文字，而是「眼見為憑」。知識從此服從於可被檢驗的證據。

畫面的左邊和右邊，遠離科學解剖場景的地方，具有象徵意義的一隻猴子和一隻狗被冷落在一邊，它們曾是蓋倫解剖學裡的寵兒[15]，現在仍對維薩留斯提供寶貴的幫助。圖中圍繞階梯教室的古典石柱上，懸掛著作者自家的紋章，被兩個小天使和獅子環抱，使人想到此景是發生在強大的威尼斯共和國國土上[16]。

在人群中央，一具雄偉壯觀的骨架居高臨下對著擁擠的醫生群。它胸懷知識——骨骼學是解剖學知識的基礎，骨架本身就是知識。這具骨架手裡拿著一根長竿，竿子下端與解剖大師準確指著婦人子宮的手指方向相交[17]。「人類繁衍的所在」就這樣佔據著整幅版畫的中心位置。不論在技術或組織配置方面，抑或在方法和觀念上，這場女性器官的解剖與蓋倫的醫學理論都有徹底的差異。更重要的是，這個差異在《人體結構論》卷首的這幅插圖中即已清楚呈現。維薩留斯認為「繁衍後代」是上帝避免人類滅種的絕妙手段。

《人體結構論》一書共包括超過兩百幅版畫插圖，是西

14 譯註：在當時外科處於極為低下的地位，外科的工作，如放血、切割人體等等，通常由理髮師來施行。

15 譯註：過去因禁止解剖人體，所以蓋倫的解剖學知識乃來自對狗與猴子的解剖。其中雖然有許多誤謬，但對後人不無幫助，因此這幅畫仍畫上了猴子和狗，表示對蓋倫解剖學的尊重。

16 譯註：過去西方的貴族或身分地位極高的人，皆有代表其家族的盾形徽章，稱為紋章。威尼斯共和國的象徵為一隻有翅膀的獅子。維薩留斯的文章在這幅畫中被獅子和天使包圍，象徵了他受到神與威尼斯共和國的雙重庇護。

17 原註：維薩留斯展覽目錄，布魯塞爾：埃爾卡德莫塔爾（Elkhademotal H.）與杜莫爾提耶（Dumortier C.）合作負責文字：《安德烈·維薩留斯，十六世紀解剖實驗與教學》，布魯塞爾：阿爾貝一世皇家圖書館（Bibliothèque royale Albert Ier），一九九三年十二月五日。

《人體結構論》卷首插圖。(J.-L. Charmet, Bibliothéque de l'ancienne faculté de médecine de Paris)

方醫學第一部解剖學巨作,而且也是第一部探討人體解剖並流傳國外的著作。在長達超過四個世紀的時間中,它一直是重要的參考資料。狄得羅(Diderot)和達朗貝爾(D'Alembert)的《百科全書》(*L'Encyclopédie*)所用的解剖圖也從中受到啓發。插圖讓人看到實物,可以避免使用太新而不完善的解剖學術語:當時,同一個器官往往有不同的名稱,而尚未命名的器官又只能用迂迴的方法來解釋。簡單、直接,就像公佈最後成績的一覽表,這些圖畫彌補了語言的不足與笨拙。

另一本著作《解剖論》(*De re anatomica libri*)[18]的卷首插圖更加著重強調了視覺與圖畫之間的關係,這本書是維薩留斯的伙伴兼繼承者(他在一五四二年繼承維薩留斯在帕度瓦的解剖學教授職位)的作品。畫中除了指導老師舉起屍體的一隻手臂向學生展示之外,所有的學生都圍繞在屍體的旁邊忙忙碌碌;他們或者按照親眼所見描繪躺著的屍體,或者一邊閱讀有插圖的解剖學著作。

在選擇製作插圖和出版《人體解剖論》的地點時,維薩留斯選擇了巴塞爾(見第一章註三一)而非威尼斯。偏愛一座遠離帕度瓦的城市,這個選擇可能有些出人意料。威尼斯在當時是一個很大的出版和版畫印刷中心,圖書審查也不太嚴格。然而,在一五四〇年代初期,這個城市在經濟上已經開始走下坡。反觀巴塞爾位於歐洲中心,是前往弗蘭德爾(Flandres)[19]的必經之路,它提供了向經濟蓬勃發展的歐洲北部前進的可能性。更何況維薩留斯又出生在歐洲北部。一五四二年,他來到巴塞爾監督作品製作的情況。他在那裡逗留了好幾個月。由多名藝術家繪製和雕刻的梨木畫版集中交給一名商人,用騾子駝著穿過了聖·哥達爾(Saint-Gothard)[20]山口。畫版到達的時間較文字部分稍遲,出版商洛安納·奧帕里努斯(Joannes Oparinus)翹首盼望,因為缺了哪一部份都無法開印。這位出版商以前和希臘文教授帕拉塞爾斯(Paracelse)合作過,新近才自立門戶成為出版商。在負責出版《人體結構論》前,他剛剛出版了《可蘭經》的第一本拉丁文譯本:這本書讓他受了幾個月的牢獄之災。

18 譯註:瑞阿爾多·科隆布(Realdo Colomb,1516-1559)著。一五五九年於威尼斯出版。

19 譯註:弗蘭德爾,自古為具有獨立文化和民族的區域,範圍包括今比利時、荷蘭南部、和法國北部。

20 譯註:聖·哥達爾山,阿爾卑斯山脈群山之一,位於瑞士與法國邊界。

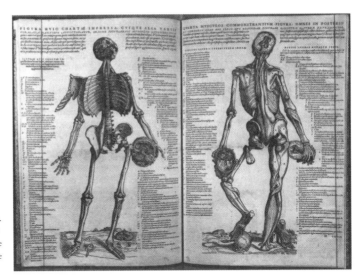

解剖學插圖。出自安德烈·維薩留斯一四五三年著《人體結構論》中的木刻版畫。(J.-L. Charmet, Bibliothéque de l'ancienne faculté de médecine de Paris)

《人體結構論》的編排不再像《解剖圖》一樣受制於器官保存的重重困難。如同實物論證一樣，它將兩百多幅插圖有條有理地分散在七個章節中。第一章講骨骼，它直接影響外型、姿勢、和動作的構造，是整個生理結構的基礎。第二章順理成章講肌肉。接著是聯絡系統：神經和血管。再來是器官：腹腔器官、胸腔器官、然後是顱腔。維薩留斯的人體不再是器官的拼湊，而是一個統一而完整的人。維薩留斯展示的「人」不再是蓋倫醫學意義下的人，因為維薩留斯「完全與眾不同」[21]：他展示的是和他自己一樣的人。

書中的文字在描述解剖場面的時候，摻雜對解剖做法的評論，甚至對圖畫本身的評論。解剖和圖畫一樣，兩者都將隱蔽的東西變為可見，已經提升到一種媒體的境界。

《人體結構論》的插圖，不論在其藝術或科學方面的品質，都給人留下了深刻的印象。然而，該書因為價格昂貴，沒有達到預期的銷量。買主比較喜歡維薩留斯在幾週後出版的《人體結構要略》（*L'Epitome*）。它的對象是學生和藝術家，這本簡潔的新作讓讀者可以快速地學習到新的解剖學知識。包括九幅插圖的這本書立刻大受歡迎，很快就被翻譯成德文。

在一五四三年出版《人體結構論》時，維薩留斯成為神

21 引自喬治·岡吉萊姆（G. Canguilhem），《哥白尼世界裡的維薩留斯》（*L'Homme de Vésale dans le monde de Copernic*），巴黎：Les empêcheurs de penser en rond，一九九一年。

聖羅馬帝國皇帝查理五世（Charles Quint）的御醫。但是在宮廷裡，某些醫生因為忌妒他的成功，在皇帝面前批評他的著作。《人體結構論》一書受到冷淡的對待。維薩留斯因此深受傷害。不過皇帝十分尊重他：特別關照在遜位給王儲菲利浦二世（Philippe II）之後，仍讓維薩留斯保有原職並享有終生俸。但是，《人體結構論》很快受到盜版。維薩留斯在心酸之餘，寫信給奧帕里努斯，抱怨君王的法令在書商和印刷商的眼中形同虛設。

　　該書銷售情況很差：在第一版之後十二年第二版才問世。第二版是一部傑作：藝術品質改善了、紙張加厚、排版更為清晰、字體加大，整本書變得更為容易閱讀。版畫的品質也臻於完美。但是第二版對卷首插圖似乎沒有特別注意，彷彿顯示著已經沒有再說服人們相信視覺機器的效率的必要。畫面中豎立在階梯教室後方的骨架高舉的不再是知識的旗幟，而變成了鐮刀。

　　作者對插圖製作以及書本「形式」的注重，以及插圖本身的藝術價值，都顯示出作者非常重視大眾對其研究成果的接受程度。常常有人說這本書是世界上最美的一本書。這些研究成果的直接功能，是推動有錢人提供必要資助，並且促進解剖學者投入人體解剖的實踐。公開解剖、插圖、以及印刷是三種媒介，它們顯示出維薩留斯的心願是透過展示，將他的研究成果根植於當代的社會。他認為新思想的產生離不開傳遞思想的物質和組織的管理。也正是因為這一點使他成為文藝復興時期的巨匠。喬治・岡居朗（G. Canguilhem）說得更明白：「今天我們清楚知道達文西對文藝復興時期的貢獻。但是我們是和歷史打交道，歷史不能依靠邏輯推斷事實。一五四三年哥白尼時代的人，受到的影響主要來自維薩留斯。」[22]

22 同前註。

第三章　物種普查

皮耶・貝隆，一五五一年
艾伯勒・杜勒，一五一五年

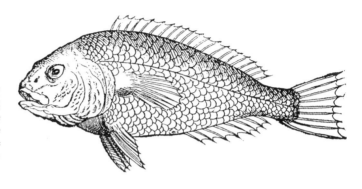

鯛魚。木刻版畫，出自皮耶・貝隆著《魚類的特性與多樣性及其詳實插圖》（*La Nature et diversité des poissons avec leurs pourtraicts representez au plus près du naturel*）(Bibliothèque nationale)

真實的形狀

十五世紀前半葉，動物學著作中插圖的地位產生漸進卻徹底的變化。[1]素描和版畫作爲直接且精確的觀察結果，逐漸取代了喋喋不休的文字記述。圖像開始引導觀察、成爲一種決定性的工具。它們不再只是各類文章的裝飾，而開始在動物學的著作中佔據首要位置。

大海，這個從前鮮少受到仔細觀察的生存區域，開始對知識敞開它的大門。學者與旅人們開始航海冒險，海洋漸漸變得不再可怕，各種各樣的怪物開始呈現在人們的眼前。魚類的版畫也因此越來越精細，幾乎可與鳥類的版畫相比。人們因爲認爲鳥類與諸神較爲接近，可以占卜吉凶，長久以來對鳥類都有仔細的觀察。[2]大海則從此時成爲人們注視的對象，揭開了它神秘的面紗。觀察的結果當然應該畫下來，因爲大自然是通往知識之路：「慣於仿效大自然的人，他的雙手將變得十分靈巧，不管他做什麼，人們都可以從中感受到大自然的氣息。」[3]

人們賦予版畫插圖傳播知識的功能。它必須提供完美的

1 參照卡塔琳娜・柯爾布（Katharina Kolb），《雕刻家、藝術家與科學家》（*Graveurs, Artistes & Hommes de science*），巴黎：Edition des Cendres-Institut d'etude du livre，一九九六年。
2 柯爾布，出處同註一。
3 卡塔琳娜・柯爾布引用亞伯帝的話。出處同前。
譯註：亞伯帝（Leon Battista Alberti, 1407-1472），義大利文藝復興時期建築師，提出在二元平面上表現三元空間的透視法。

特徵以供辨識：鱗片的形狀、魚鰭的位置、嘴邊觸鬚的位置等等。這樣必然使得魚種之間的區別更加精確。大比目魚、鰈魚、和鯛魚被精確地區分開來。圖像開闢了對話的途徑，批評的途徑：大自然的形狀成了討論的課題。

想像的形狀

　　然而，學術性的著作並未輕易放棄幻想或想像的形狀。自然學家兼法語作家皮耶·貝隆（Pierre Belon）在一五五一年發表了《海洋怪魚誌》（*Histoire naturelle des estranges poissons marins*），書中有手繪的水彩插圖。三年後，紀堯姆·洪德烈（Guillaume Rondelet）[4]出版了同樣附有插圖的《海洋魚類學》（*Libri de piscibus marinis*）[5]。又過了幾年，蘇黎士的自然學家孔拉德·蓋斯納（Conrad Gesner）在他的動物學百科全書中，盡可能收錄了歷來所有關於動物（特別是海洋動物）的文章。貝隆認為，眼睛「可能是不可小覷的證人」，是詳盡描繪海洋生物的重要工具。在意外和好奇心的驅使下，貝隆畫下了許多「罕見的東西」，對後世可能有些用處。遇有不可能進行直接觀察的情況（如亞洲、非洲、甚至某些歐洲的魚類），他便求助於「最挑剔的專家」和文獻資料。儘管他是個極其嚴謹的人，仍免不了受到某些誇張故事的影響：除了準確無誤的動物畫像，他還畫了各種光怪陸離的動物。攻擊尼羅河鱷魚的跖行[6]熊頭魚尾馬，是從羅馬皇帝亞德里安（Adrien）的紀念章背面複製而來。書中對這個虛構動物的描寫十分大膽。《海洋怪魚誌》一書還把這種熊頭魚尾馬和身如海豚的「海神座騎」混為一談。後者是天上與地下兩種最優秀動物結合出的幻獸，是王權的象徵。吞沒一切的浩瀚大海讓人想像出許多「畸形又力大無窮的東西」。

　　可是，貝隆還是有所猶豫。時至十六世紀中，普林尼（Pline）[7]的文章還可信嗎？還要豎起耳朵聽那些貴族說故事嗎？他們看見夜裡有個人在船與船之間走來走去，之間還打倒了好幾個他們的弟兄，後來自己也跳入海中。沒多久以前，還有很多人在挪威見到一個全身佈滿魚鱗的人在沙灘上

4 譯註：紀堯姆·洪德烈（1507-1566），法國醫生兼自然學家。
5 全書名為《海洋怪魚誌，附有海豚的真實插圖》（*Libri de piscibus marinis in quibus verae piscium effigies expressae sunt et universae aquatilium historiae par altera, cum veris ipsorum imaginibus*），里昂：一五五四年。
6 譯註：行走時整個腳掌著地的動物。
7 譯註：普林尼（C. Plinius Secundus, 23-79），亦稱老普林尼（因其養子與他同名），羅馬博物學家，其百科全書式的鉅作《自然誌》奠定了西方自然科學與醫學的基礎。此書在十九世紀後受到許多批評和反駁，並證實其中有很多誤謬，但仍不影響它作為重要文獻資料的地位。

Le monstre marin ayant façon d'un moyne.

DES POISSON. LI. I. 33

Sans plus que trois jours, & onc ne parla, ne tient autre noye, & en grands soupirs & plainctes: dont ie t'en puis bien asseurer, par le recit & escripture de gens dignes de foy. & ne trouue riens en cela que nature me puisse faire par esbats, ainsi que plusieurs autres choses, dont tous les iours nous voyos l'experiēce.

B.R.

僧面海魚。藍色水彩上色木
刻版畫,出自皮耶·貝隆
《魚類的特性與多樣性及其
詳實插圖》(*La Nature et
diversite des poisons avec leurs
portraicts representez au plus
pres du naturel*),一五五五
年出版。(Bibliothèque
nationale)

散步,自在地曬著太陽。還有,在離波蘭不遠的地方還捕獲
了一條身披教皇祭服的魚,後來被送去給了該國的國王。很
多人都說親眼見過這條魚。也有人傳說在阿姆斯特丹淹大水
的時候,曾經在湖中發現一隻雌性的怪物。它被送到艾登
(Edam),在那裡跟當地的婦女生活了一段時間。更特別的
是,在挪威丹埃勒波赫市(Den Elepoch)迪鎮(Diezunt)附
近,曾捕獲一條僧面海魚。這條怪魚身穿鮮藍色魚鱗袍,兩
臂呈魚鰭狀,留著剃去圓頂的僧侶髮式。它只活了三天,期
間沒有說過一個字,沒講過一句話,只發出了長長的哀嘆
聲。貝隆《魚類誌》(*le Traité des poissons*)裡穿藍袍的僧面
魚,後來也出現在洪德烈的《海洋魚類學》中,當作一個專
門的類別來介紹,接近鰈魚和鰨魚。

然而，貝隆也指責：阿諛奉承必須對這些杜撰的幻想和奇談負上直接責任。因為大眾只想看見有權有勢的人親眼見過的東西；他們關心的不是**事實**，而是**應該看見**的東西。虛構的圖畫是趨炎附勢的結果，貝隆認為其產生的原因是對政治權力的屈從。他變得謹慎起來，在一五五五年出版的《鳥類誌》（*l'Histoire de la nature des oyseaux*）卷首中他寫道：「我們給鳥兒畫的畫像，無不受到我們的支配和控制……許多鳥兒沒有插圖，因為我們不願像某些當代人士一樣，沒有親眼見過就隨意亂畫動物的圖像。」貝隆對世界存在單一法則的信念，支持了他建立完整動植物清單的夢想：所以他才將人類骨架和鳥骨的插圖並排在同一幅圖畫裡。畫中鳥兒站著，兩隻翅膀垂在身體兩側，就像人的手臂：同形的結構表露無遺。

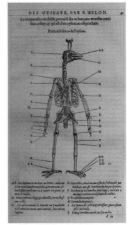

皮耶・貝隆《鳥類誌》中的鳥骨插圖。

滅頂之災

觀察自然界諸物的新視覺，引出無數的新形狀和新色彩，必須加以分類和命名。貝隆認為，有血魚類包括：「稱為鯨魚的大型魚類」、「有四隻腳的卵生兩棲類」、「胎生的扁平軟骨魚類」、「卵生的棘魚」。無血魚類包括：「有硬殼或硬皮保護的魚類」和「長尾蝦蛄」。瑞士的自然學家蓋斯納[8]、義大利人于利斯・阿爾多凡第[9]（Ulisse Aldrovandi）、以及許多當代人士紛紛投入物種清查的工作，但是因為跟不上新物種的發現速度而不得不中途放棄。蓋斯納的《物種全集》（*Totius historiae naturalis parens*）足足有四千五百頁。阿爾多凡第的十卷巨作更有七千頁。[10]這些作品裡都有許多虛構的形象和臆造的動物。

動作要快。「動物學界的普林尼」蓋斯納使用了皮耶・貝隆的插圖。他自己的插圖後來也被廣泛複製。「為著述嘔心瀝血」的蓋斯納認為，他的動物學百科全書可以取代全世界的藏書。人們從此不必再求助於其他的作者。他在世的最後幾年致力於植物誌的寫作，裡面有極為精確的插圖。不過這部「植物學史詩」最終仍未能完成。

8 蓋斯納一五一六年在蘇黎士出生，一五六六年卒於該城。

9 阿爾多凡第一五二二年在波隆納出生，一六〇五年卒於該城。

10 參見伊夫・萊修斯（Y. Laissus），〈自然科學中的百科全書派，收藏與分類〉（Encyclopédisme, collection, classification dans les sciences de la nature），*Tous les savoirs du monde*，巴黎：Bibliothèque nationale de France-Edition Flammarion，一九九六年。

蓋斯納著作中的獨角獸，出自 *Historia animalium libri I-IV*（1551）。

阿爾多凡第著作中的兩頭尼羅河發現的怪物，具有金髮人面。出自 *Monstrorum Historia*（1642）。

11 見馮索瓦絲・瓦蓋（Françoise Waquet）〈超越極限，古典時代的知識總結與進步〉（Plus Ultra. Inventaire des connaissances et progrès du savoir à l'époque classique），出處同註十。

和阿爾多凡第一樣，蓋斯納也趕不上時間的步伐而被知識的巨浪淹沒了。由於缺乏有效率的分類系統，兩個人都沿用了傳統的分類法，再按字母順序來分類。

印刷和版畫插圖帶動了物種清查與視覺動員。結果造成兩大氾濫：已知物種的氾濫和書籍的氾濫。

十六世紀中期，源源不絕的書籍生產造成了大混亂：它生產了許多無用和無意義的作品；它聲稱要人們記住文獻[11]，實際上卻反而使得文獻遭人遺忘。蓋斯納不僅要面對大量的博物學知識，還要面對大量的書籍。他精於清點、收藏、和統計：不單是動物、植物，還包括書籍。一五四五年，他發表了新的傑作《世界書庫》（*Bibliotheca Universalis*），就是一部包羅萬象的作家與作品名錄。

銅版畫與插畫的普及

印刷品和版畫插圖的發展為科學知識帶來了新的動力，卻也使得觀察的漏洞得以延續長達數年。杜勒在一五一五年發表的木刻版畫犀牛圖雖然結構嚴密，卻有明顯的怪異之處，佈滿鱗甲的四條腿像烏龜一樣。按照邏輯，傳說可以打敗大象的動物，身上理應披著名符其實的盔甲。插圖是畫了，但是杜勒本人卻沒親眼見過犀牛。有人曾經毫無困難地把這種動物從印度群島運到葡萄牙。但它很快又出發去了羅馬，因為葡萄牙國王馬努埃勒一世（Manuel Ier）認為這是一件值得送給教宗的禮物。可惜羅馬之旅以悲劇收場：在航向教宗雷翁十世（Léon X）的途中，船隻受暴風雨侵襲，連人帶貨全遭滅頂。犀牛也淹死了，不過打撈上來之後，好歹作成了標本。儘管如此，杜勒還是緣慳一面，活的犀牛沒見過，死的也沒見著。他透過一幅速寫認識了犀牛，立即用畫筆素描下來，然後製成木刻版畫。這幅版畫立刻聲名大噪。前後印行八版——其中的七個版本在杜勒死後出現——都由這幅木刻原版印製而成。杜勒的《犀牛》與其不足之處不斷被複製，甚至所有人都知道有錯，都清楚這幅插圖和真實動物的差別，這幅圖畫仍然一直被人引用，直到十九世紀末。

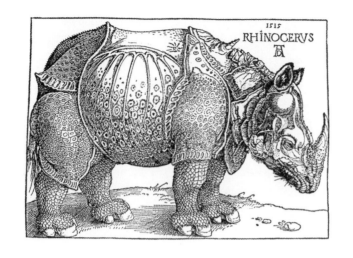

杜勒一五一五年的作品《犀牛》。

　　一幅源自觀察的畫比起一篇文字更不容易受到質疑。圖畫往往比文字更具認證的作用。而且認證所見也就是認證所知。新的複製與傳播方法造成了刻不容緩的需求，也造成了不準確的觀察和錯誤。書架空空如也的圖書館和書內一頁頁的空白，催促著圖像在狂熱與緊迫之中誕生。

　　印刷業的衝勁帶動了早一步出現的木版印刷。最初佔據整頁篇幅，後來可以安插於文字之間的木刻版畫，因此有了認證事實的價值。如同它所從屬的書本一樣，它說的就是事實。木版印刷的簡化圖形從此取代了筆觸柔軟、色彩繁複的手繪花體字，成為書本的主要裝飾。

　　銅版的黑白插圖接續彩色的木刻版畫出現，這是圖像退步的新插曲。不過這項改變很快就被日益增加的製作速度和印刷速度所彌補。插圖從此可以大量普及，插圖本成為一種商品。在義大利和德國，銅版雕刻始於一四三五年到一四三六年間，略早於透視法的發明。唯有它才可能促使真正的大量生產。相對於木刻的生硬輪廓，銅版雕刻的柔軟線條常常被比作溜冰運動員在冰上留下的流暢軌跡。有柄的鋼鑿靠右手掌心推進，手指並且能夠掌握方向，左手則按預先描好的圖樣自由地轉動銅版。曲線的效果增強了。形狀可以更加自由。兩條平行線間的距離可以縮小到幾分之一公釐，從而能夠做出更優美細膩的陰影。結果給人一種「不可否認的真實

感」，這是木刻版畫無法做到的。油墨不再經由雕版的凸起部分印在光滑平整的紙張上，而是透過銅版的凹陷印刷到紙上。經過印刷機的擠壓而輕微變形的紙張，被壓進這些凹陷中「捕捉」油墨。銅版印刷是一種快速的印刷方法。

　　銅版印刷具有優於繪畫和木刻印刷的「展覽價值」[12]，但是它的地位卻不高貴，在十六世紀還頗受輕視。不過對銅版印刷生產的種種束縛，特別是作者的自我審查，也因此相對減輕了。沒有地位卻富有真實性的圖畫，能夠真實地反映世界：圖畫處理的題材更為多樣。銅版印刷很快地成為了印製百科全書與大眾書籍的熱門技術。

12 瓦爾特 · 班雅明（Walter Benjamin）一九三五年使用的術語。

第四章　天文望遠鏡

伽利略，一六一○年

水墨畫與版畫

　　和肉眼對話的大自然，不同於和天文望遠鏡對話的大自然。伽俐略（Galilée）不是第一個舉起望遠鏡觀察天象的人，卻是用它看見新事物的第一人。十七世紀初，介於眼睛和世界之間的光學鏡片，打亂了證據與信念的運作機制。由觀察者、實物、和圖像構成的簡單體系，從此演變成一個必須加入觀察儀器與光學透鏡的複雜系統。這些視覺技術的新設備看到的影像難以傳遞，因此強烈需要圖像的輔助。他們不單是眼睛的替代品，他們提出的是一個全新的世界。

　　一六一○年一月七日，伽俐略進行了一次又一次的觀察，成果卓著：地球和月亮的形狀相去無幾；銀河是由無數的小星星組成的；木星的周圍有三個小星體。一週後，新的觀察又發現木星還有第四個小星體，而且這是四顆圍繞著木星旋轉的衛星。一月三十日，伽利略匆匆趕往威尼斯，向科學界發表了他用拉丁文寫成的觀察結果。一六一○年三月十二日，伽利略的《星際信使》（*Sidereus nuncius*）一書出版。書中的插圖令人驚訝：光滑的月亮變成了表面凹凸不平的球體。凹凸不平的不是刻版師傅刻出的輪廓，而是明暗的陰影顯示出月亮表面的起伏。我們只要在晚上用普通的雙筒望遠鏡觀察月亮，就可以明白當伽利略朝這個地球的衛星舉起天文望遠鏡，觀察到那些明亮的突起時，心情是多麼激動。我們觀察的自然並非靜止的，而是在運動中。當夜晚降臨，月球上明亮的部分就會漸漸擴大，黑影逐漸縮小。這個現象和地球上旭日東昇的情形相仿：群山被陽光照到的部分逐漸增加，而山谷的陰影則漸漸縮小。

　　沒有印在書裡，但保留在《星際使者》手稿裡的七幅水墨畫，清楚地顯示了這個機制：月亮上光明與黑暗之間的界線完全不規則。和孔雀尾羽上的黑圈一樣，月亮上的「谷地」

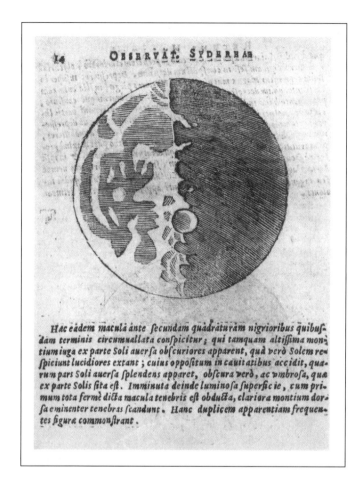

月亮上的火山口。出自伽利略《星際信使》印刷本的插圖。（J.-L. Charmet, Bibliothèque nationale.）

也呈圓形。每一處谷地都被山脈圍繞。水墨畫的製作本身就是一種觀察：作畫的人掌握著一個運動中的世界，它不斷地產生視覺的幻象，無意間的一瞥並無助於畫家捕捉這個世界。天幕上不變的金色新月被變化的陰影取代了。

令人驚訝的是，伽利略親手完成的七幅水墨畫和印在書裡的版畫插圖[1]有顯著的差異。很可能這些水墨畫不是伽利略本人所作，而是某位專業工匠的作品。其中一個驚人的差別是，在木刻版畫插圖中出現了一個很大的圓形火山口，恰好位於明暗交界處。這個「臆造的火山口」與月球的真實地形完全不符。這個改變有許多假設可以解釋：很可能這些水墨畫確實細膩地反映了伽利略用望遠鏡觀察到的東西，但是，

1 見賈科布（C. Jacob），〈從地球到月亮：十七世紀月面學的開端〉（De la terre a la lune, les debuts de la selenographie au XVIIe siecle），*Carthographies, Actes du colloque de l'Academie de France a Rome, 19-20 mai, 1995*，巴黎：Reunion des Musée nationaux，1996。亦可參閱帕涅斯（F. Panese），〈論伽利略關於太陽黑子的紀錄〉，*Équinoxe no. 18*，日內瓦，一九九七年秋。

由於沒有充分突顯應該看到的東西，才在版畫插圖上加了這個火山口。

天文望遠鏡將月亮由二次元的金色圓盤變為三次元的立方球體，造成嚴重的後果。月亮變成了球體，表面凹凸不平，變得和地球很類似：它擁有自己的山脈和谷地，隨著太陽的運動，或陷入一片黑暗或大放光明。如果說月亮是另一個地球，那麼地球也不過是另一個月亮，一個普通的天體，淹沒在成千上萬顆星星裡的一個不起眼的「星星」。這對自戀的地球真是個沉重的打擊。

當天空的月亮只剩下一彎細窄的光芒時，月球的其他部分雖然淹沒在黑暗中，卻仍然奇異地籠罩著一層暗灰色的光亮。所以，我們照亮月球，就像月球照亮我們一樣。月亮之於我們，正像我們之於月亮一樣。

重點不在將月亮作為我們自身的投射與翻版，而是必須將我們的衛星提升到與地球一樣的獨立位置。唯有在這種條件下，才能將視覺倒轉。如果月亮是另一個地球，那麼我們也就可以**從月亮上**觀看地球，把我們自己變成觀察的對象。對伽利略來說，觀察月亮，就是完整認識地球的必經之路。

這就是那個臆造的火山口要說的話。它把我們的注意力引向明與暗的分界線上，**告訴**我們月亮上也有山脈和平原。

水墨畫只是一件單一的作品，版畫則可以複製並廣為傳播。水墨畫是視覺的見證，只是單純的紀錄；版畫則已經是透過符號管理來經營視覺。和手稿的水墨畫不同的是，版畫包含著一種策略實踐。為了使觀念能夠傳播出去，添加的火山口將觀念具體化，並且肯定了**觀察事物的適當方法**，也就是思考的適當方法。手稿的水墨畫使人放心，版畫插圖則使人不安，催人清醒。

然而，兩者同樣迷惑人心。

很久以後，布萊希特（Bertolt Brecht）[2]寫道：「好好看看望遠鏡，薩爾格雷多。你看到，天地之間毫無差別。今天是一六一〇年一月十日。人類的日記中會這麼記下：天被消除了。」[3]這真是犯了褻瀆想像之罪。一個星光點點、可以像銀幕一樣用數學角度進行描述的天空，可以保障人心寧靜，

2 譯註：布萊希特（1898-1956），德國現代劇場改革者、劇作家及導演，亦被視為當代「教育劇場」（Educational Theatre）的啓蒙人物。
3 引自布萊希特劇本《伽利略傳》（*Galilée*），一九三九年出版。

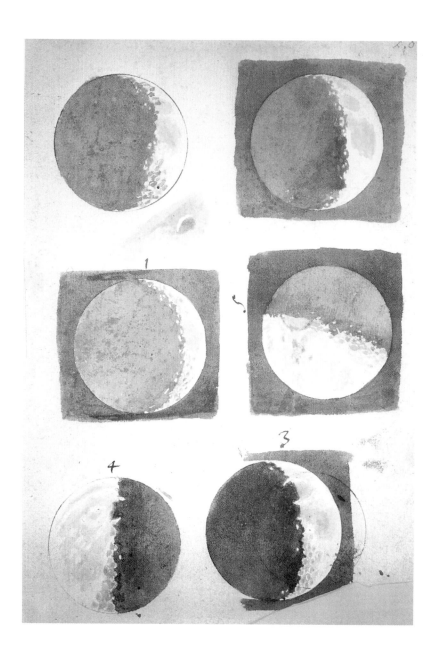

讓人感覺踏實。但是，如果木星也有很多個像月亮一樣的衛星，如果地球只是一個普通的星星，而且其他的星星也可能是新的地球，如果金星像月亮一樣，而且哥白尼的系統[4]從而又再次得到證實，如果這一切屬實，人們心中就會產生恐慌。只要一架「望遠鏡」就足以造成這種恐慌，一根普通的管子加上兩片玻璃，一片微往外凸，一片深深凹陷，兩塊都沒有誇大的作用。只要這些就足以讓人心生恐慌。天幕與其令人心安的幾何形狀，被無窮無盡的空間取代。轉動的地球不再是宇宙的中心。伽利略望遠鏡的兩塊重疊鏡片造成了象徵性的大震動，令人暈頭轉向。

證據的邏輯

一六一〇年九月間，伽利略借助天文望遠鏡觀察太陽黑子，接著觀察土星表面的奇觀。他首先描述了與月亮位相[5]十分相似的金星位相。這一次，他沒有多花時間寫文章。一方面想對部分觀察結果保密，一方面又想領先別人發表成果，伽利略匆匆發表了顛三倒四的觀察結論。木星的月亮、月亮上的山脈、金星的位相、太陽的黑子、土星的輪廓：像雪崩一樣的新發現令人目瞪口呆。消息快速地遠遠傳到了「冰天雪地的莫斯科」[6]。

反對的聲浪接踵而至，以多種形式展現。首先針對望遠鏡發明的時間。早在伽利略使用之前，荷蘭已經有望遠鏡。法王亨利四世派駐海牙（La Haye）的大使曾經寫道，這種望遠鏡「可以讓人看到臺夫特（Delft）[7]的大鐘和萊登（Leyden）[8]教堂的窗戶，雖然這兩座城市離海牙有一個半小時的路程……，可以看到任何東西……甚至包括平常肉眼看不見的星星……」。

在地球上，望遠鏡讓人看到肉眼看不見卻真實存在的東西；無庸置疑，它創造了許多奇蹟。但是遙遠的閃亮星星與地面的物體大不相同：儀器使這些光點的圖像產生了視覺上和顏色上的錯亂，叫人怎麼相信它呢？某些反對者斷言只有自然的觀察才是可信的：只有肉眼才能看見真實的世界。伽

《星際信使》卷首插圖。（巴黎國立圖書館）

左頁：伽利略在《星際信使》書下的月相變化。（佛羅倫斯國立圖書館）

4 譯註：指哥白尼太陽中心說。
5 譯註：天文學用語，即星球的盈虧現象。
6 出自一六一二年三月八日拉巴茲公爵（Duc Zbaraz）致伽利略的信。
7 譯註：荷蘭城市，位於海牙與鹿特丹之間。
8 譯註：位於荷蘭西部的城市。

利略予以反駁，指出人類視力有不足之處，認爲肉眼萬無一失只是一種空想：「如果我們看不到發光體，就必須肯定它們的光線無法到達，那難道我們也要用眼睛來測量光線的傳播範圍嗎？很可能一些老鷹或山貓看得見的星星，卻是人類微弱的視覺所看不見的。」[9]既然動物可以看得比人類清楚，那麼認爲光學儀器同樣可以看到人看不見的東西，應該不算不合邏輯。

　　伽利略的望遠鏡對於反對者毫不留情批判的，正是在世界的眞實性這個問題上。是否存在一個唯一、穩定、先於任何觀察、獨立於任何說明之外的世界？關於這個問題的相關辯論已不能再拖延。地球是一個星星，星星也可能是別的地球。宇宙不再是一幅映照所有幾何形狀的銀幕。天文學家從此不能再自限於記錄天空的幾何圖和數學計算當中：星星的世界遠比想像中更接近我們。

　　不過，伽利略的論證並不單只建立在對天空的觀察上：一六一〇年五月二十四日，他在寫給友人馬德奧・卡羅西歐（Matteo Carosio）的信中說，他用望遠鏡「對著成千上萬個物體做了成千上萬次的試驗」[10]。次年的五月二十一日，他說：「……兩年來，我用我的儀器，或者應該說我的好幾十架儀器，對著幾千幾百個物體作了幾千幾百次實驗，遠的近的、大的小的、亮的暗的，我不明白怎麼還會有人認爲我會頭腦簡單到被自己的觀察給愚弄了。」[11]技術工具應該在「成千上萬次地面物體的觀察」中，逐漸地校準[12]。將肉眼所見物體與望遠鏡所見物體加以比較，這種求證的邏輯依賴以感知經驗爲基礎的長期觀察。特別是，把不可見變爲可見，這是新建理論領域的核心：它鞏固了哥白尼理論的基礎。

　　反對伽利略的聲音過於簡化了。賽薩爾・克雷墨尼尼（Cesare Cremonini）[13]認爲，在帕度瓦，要人贊成毫不認識又從來沒見過的東西是不可能的：「我想（伽利略）是唯一見過某些現象的人，而且這些用望遠鏡觀察的結果令我暈頭轉向。夠了，我不想再聽這些事了。」

　　相信伽利略在望遠鏡裡看見的東西，相信他的圖畫，也就是相信透過望遠鏡和圖畫所見事物的眞實性。只有相信望

《星際信使》手稿

9 伽利略這段話曾被費倫巴赫（C. Fehrenbach）引用過。見費倫巴赫〈誰發明了第一架望遠鏡〉（Qui a invente la premiere lunette?），L'Histoire cache de l'astronomie, Ciel et espace，no. 6特刊，一九九三年六／七／八月出版。
10 伽利略，《星際信使》，X，357。
11 同註十，X，1106。
12 見吉莫納（L. Geymonat），《伽利略》，巴黎：Seuil，〈科學焦點〉（Point sciences）系列，1992年初版。
13 譯註：賽薩爾・克雷墨尼尼（1550-1631），亞里斯多德學派學者。該學派認爲天體的組成和性質完全不同於地球，並駁斥哥白尼的日心說與伽利略的地動說。

遠鏡產生新世界的邏輯可能性，我們才可能相信望遠鏡。

　　圖像不單只是一種描述，也是使人接納所見與所理解事物的工具。月亮就是另一個地球，地球也就是另一個月亮。這些新知識的象徵性後果既深遠卻又簡單：認為我們處於世界中心的觀點從此變得不合時宜了。

　　難以想像光學望遠鏡竟能造成如此之大的震盪。

伽利略使用的望遠鏡。

第五章　顯微鏡

羅伯・虎克，一六三五至一七〇三年

安東尼・范・雷文霍克，
一六三二至一七二三年

顯微鏡、怪物、與版畫

觀念的歷史可以讓工具的歷史更為清晰。

顯微鏡發明於十七世紀初，與天文望遠鏡同時，前者是後者的必然結果。突然間，我們被帶入了一個擁擠雜沓、意想不到的世界。可是，顯微鏡的出現沒有望遠鏡那麼熱鬧。相關的辯論隨之而來，但規模和激烈程度遠不如天文望遠鏡。它沒有引發任何一宗官司。更糟的是，它所帶來的新知識遲遲不被人們接受，彷彿這件工具始終只是件好玩的收藏品而已。

十九世紀，光學上的進步終於產生了品質較穩定的儀器，但是，在天文望遠鏡使用消色差鏡片五十年後，使用同類鏡片的顯微鏡才得以商品化。人們不禁要問為何有如此差距：在十七世紀最初幾十年裡，人類的傑出發明層出不窮，為何獨獨對顯微鏡觀察的熱情會像洩了氣的皮球一樣？

一七二三年，微生物學先趨荷蘭人安東尼・范・雷文霍克（Antoni van Leeuwenhoek）去世時，科學家們仍很少使用顯微鏡。眾所週知，細胞學說直到顯微鏡觀察出現一世紀之後才受到人們的承認。其實在十七世紀末，英國生物學家羅伯・虎克（Robert Hooke）就已經描述過一塊軟木的細胞：「我取了一片很薄的（軟木）切片，因為它顏色很淺，所以我把它放在黑色的載玻片上，用一塊厚厚的平凸玻璃[1]將光線打在這塊軟木上，可以極清晰地看見這塊切片上布滿了細小的孔洞，很像一個蜂巢……」

顯微鏡的原理很簡單：如果我們可以很近地觀察物體，同時使影像保持清晰，就會覺得物體變大了。生產可以近距離聚焦的鏡片是發明顯微鏡的必要條件。伽利略本人就發現

虎克的顯微鏡

1 譯註：一面平，一面凸的玻璃片。

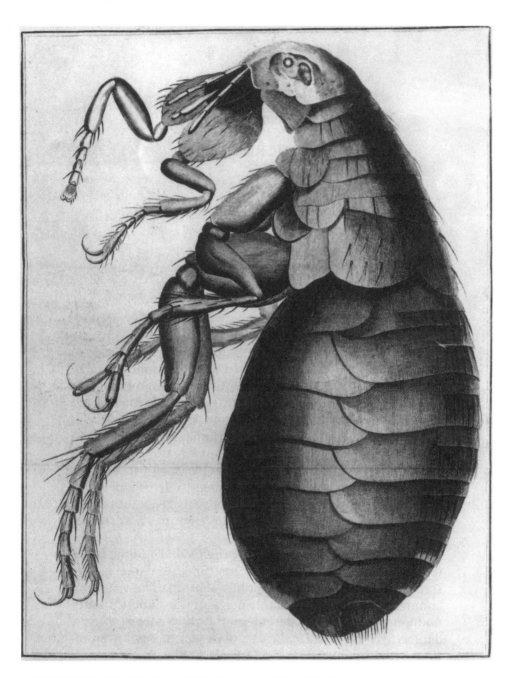

虎克《顯微鏡學》插圖。(J.-L. Charmet, Bibliothèque des Arts décoratifs, Paris)

望遠鏡可以當作顯微鏡使用。一六二四年九月二十三日，他寄了一副放大鏡給林采科學院（l'Académie de Lincei）[2]的精神領袖弗雷德里科・塞西（Frederico Cesi），即蒙提切利侯爵（Monticelli）兼阿斯加斯巴爾塔公爵（Asquasparta），同時還附了一張字條：「謹寄給閣下一副可以從最近處觀察最微小事物的放大鏡……由於一時未能盡善盡美，因而遲遲未寄出。我在尋找玻璃片的加工方法時，遇上了不少困難。……我仔細觀察了許多小動物，心裡驚嘆不已。例如跳蚤，實在非常嚇人。蚊子和塵蟎則非常美麗；我最高興的是觀察到蒼蠅和其他小動物是如何在鏡子的表面攀爬。」

最初的觀察結果令人驚訝。新的技術視覺必需透過繪畫和版畫記錄下來。顯微鏡觀察後來似乎成了博物學插圖發展的推動者。最早表現顯微鏡下的生物插圖製作於一六二五年，作者是林采科學院的創始人之一，佛朗切斯科・斯泰呂提（Francesco Stelluti）。它集中了好幾幅蜜蜂的外形構造圖。陰影效果更添真實感。這幅插圖激起一片狂熱，甚至被教宗烏爾班八世（Urbain VIII）用作紋章的模型，最後變成一個象徵性的圖形。

羅伯・虎克的《顯微鏡學》（*Micrographia*）[3]是第一部印刷出版的顯微鏡觀察專書，加上精美的銅版插圖，為顯微鏡科學贏得了最初的認可。這本題贈給國王的著作是科學家仔細觀察的結果。插圖為觀察者親手所繪，然後交由雕刻家製版。品質之精美引人入勝，連俄國女王凱薩琳一世（Catherine Ier）也因此加入了顯微鏡觀察的行列。

虎克創造了一個驚人的寫實世界：放大得像大象一樣的寄生蟲既嚇人又令人讚嘆。蝨子蒼蠅在書頁中展現出它們奇特的美。跳蚤的插圖吸引力如此之大，令兩世紀後的狄德羅和阿朗貝爾還將它收錄進《百科全書》之中。

新的技術必然伴隨著探索性質的廣泛實驗，虎克也不例外。除了昆蟲之外，他還觀察過剃刀的刀刃、麻質與棉質的衣服、燧石的碎片、冰塊、蜜蜂的刺、麻雀的糞便、發霉的東西、腐敗的植物等等。在這張足以媲美「實驗文學」（Oulipo）[4]的龐大清單中，他把微小的動物分為三類：大型

虎克的《顯微鏡學》。

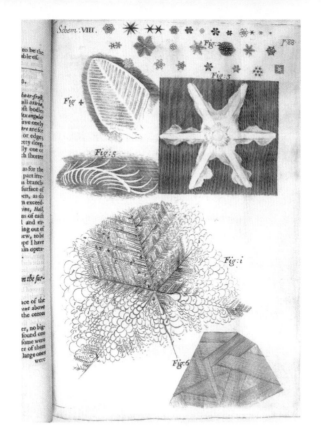

虎克《顯微鏡學》插圖。
(History of Medicine Collections, Duke University Medical Center Library)

微生物、小型微生物、和最小的黴菌。

　　《顯微鏡學》插圖的出版和傳播,直接引出了如何解釋這些圖像的問題:這些東西在顯微鏡下看得見,但是肉眼卻觀察不到它們的細微之處,它們的真實形狀到底是怎樣的?贗像問題第一次被提了出來。被觀察的物體隨著技術裝置不同,會顯示出不同的形態。照明品質的差異使得蒼蠅的眼睛或呈方格細網狀,或呈布滿小孔的平面狀,或者呈排列有序的金字塔狀,或像一片鋪滿金色鱗片的屋頂。物體越小,透光程度越差,如果沒有其他深入觀察的途徑,器材影響圖像解釋的問題就會越加嚴重。

　　虎克在該書的序言裡宣稱,他在畫圖之前必定用不同品質和不同角度的燈光檢驗物體:必須盡量區別突起和凹陷、陰影和黑點、以及發光部分和顏色較淺的部份[5]。《顯微鏡學》開闢了充滿希望的道路,催促其他學者在這條路上繼續走下去。

5 參見特納 (G. L'E. Turner),《論顯微鏡的歷史》(*Essays on the History of the Microscope*),英國牛津郡查爾布里市 (Charlbury): The Senecio Press Limited,一九八〇年。

玻璃水滴和麇集的微生物

安東尼・范・雷文霍克是與虎克同時代的人，時至今日，他的顯微鏡效能之高仍然令人驚訝。如今我們的光學顯微鏡倍數比起三百五十年前最早期的顯微鏡，只高了約四倍而已。目前的儀器可以「看見」零點二微米的物體；雷文霍克顯微鏡的鑑別率[6]已經達到零點二微米了。布里翁・福德（Brian J. Ford）[7]說的對：在所有其他科技領域裡，現今儀器的技術性能都遠遠地超越了它們最初的型號，只有顯微鏡是個例外。

一六四七年，「戴夫特的普通布商」雷文霍克[8]第一次描述數千種奇異的微小生物擁擠在一滴水裡的情況。虎克的跳蚤和蝨子仍是肉眼可見的實物。但是雷文霍克可不一樣！他描述的這個世界超出經驗之外，樣樣東西都令人驚奇，沒有言語可以描述細胞的奇妙。有一種微小的動物[9]，像一個沒有外膜也沒有皮膚的小球，有兩隻觸手，尾端帶有一個小圓球。它捲縮成一團，整個身體向後一蹦，然後放開了像蛇一樣的尾巴。另一種比較瘦長，在頭頂上，長著一條細腿（或者可以說在它前進方向的那一邊上面，因為實際上它的頭部根本看不見）。還有一種微小動物身上長著「數不清的小手和小腳」，其實只是一些纖毛。第四種小生物移動特別快速，使人看不清楚它的腳。第五種生物小得讓人說不清它的形狀……

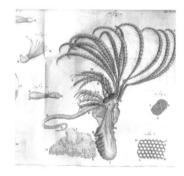

出自雷文霍克的 *Arcana Naturae Detecta*。

雷文霍克放棄常見的跳蚤、蜜蜂、和蝨子，將他的工作集中在研究肉眼看不見的生物上，並把觀察的結果以書信形式發表在英國皇家學會（Royal Society）的《哲學通信》（*Philosophical Transactions*）期刊上。他請畫匠畫的插圖，比較像是功能示意圖，而非真正的圖像：他觀察到的結構太過細微，使他覺得根本不可能毫無偏差地將它畫出來。

後來到了十九世紀，人們免不了將新生的顯微攝影成果拿來與這些圖畫相比較：顯微攝影除了能夠深入細節之外，還可以讓人認識到東西的全貌。當時，雷文霍克除了給整體圖加上細節的示意圖之外，想不到其他可為的解決辦法。在

6 譯註：指在顯微鏡視場中能分辨出物體相鄰兩點的最小距離。
7 參見布里翁・福德（B. J. Ford），〈顯微鏡觀察的誕生〉（La Naissance de la microscopie），《科學研究》（*La Recherche*）期刊 no. 249，一九九二年十二月。
8 譯註：雷文霍克的正職是布商。研究顯微鏡是他的業餘興趣。
9 可能是一種鐘蟲。

寫給皇家學會的信裡，他用鋼筆畫了一些笨拙的草圖，盡可能闡述觀察的結果。在一六八三年九月十七日寄給皇家學會新任秘書長法蘭西斯·亞斯頓（Francis Aston）的信中，他附上了五幅輪廓圖，分別表現他將牙菌斑融解在雨水中後，從中觀察到的五種生物。這是人類第一次觀察到細菌和螺旋菌。由於圖畫無法表現物體的運動，只好附上文字說明。

A類微生物呈長橢圓形。旁邊的說明寫道：「A類微生物像魚一樣游動迅速。」B類微生物呈稍短於A的橢圓形，一條從C點到D點的波浪形虛線，是它翻轉一圈的路線。文字說明告訴我們，B類生物會「出其不意地」從C點移動到D點。E類微生物呈細小環形，體形極小，「難以說出它的外形」。第四幅圖畫是F類微生物，呈靜止不動的絲狀。第五類微生物在運動的時候，「身體呈波浪形的曲線」。

這些浩瀚新大陸的發現，靠的是一些簡陋的工具。一粒水滴狀的玻璃就算是鏡片了，把它放在兩塊金屬蓋片中間，就足以將觀察物體放大數百倍[10]。虎克在《顯微鏡學》的序言裡描述了雷文霍克的簡單鏡片，這種鏡片他自己已經不再使用了：「取一塊非常透明的玻璃碎片，將它在火焰上抽成頭髮般的細絲，接著把細絲的一端置於火焰上使其熔化成一個小珠……，把它們放在一塊光滑的小金屬板上，加上珠寶匠使用的拋光膏打磨，直到小珠變得非常光滑；最後用軟蠟將它固定在針孔上，再嵌入一塊金屬板中，您不單只得到了放大的效果，而且影像比複合式顯微鏡還要清晰。」虎克自己使用的是複合式顯微鏡，它像天文望遠鏡一樣由兩片鏡片組成。物鏡在內部放大物體，目鏡則讓人觀察到放大的影像。這種複合式顯微鏡比雷文霍克的「簡易」顯微鏡容易使用，但是性能較差。

技術、對話、與異議

最初，人們比較關心技術上的問題，對於如何理解或解釋由於顯微鏡的發明而出現的陌生有機體倒完全不在意。鏡片的色差造成影像模糊、色彩減弱。但是正因為技術存在著

雷文霍克的顯微鏡

10 參見虎克《顯微鏡學》，一六六五年出版。

缺陷，反而有一種凝聚的力量：它帶來了交流和對話。十八世紀，圍繞著顯微鏡成立的學術團體如雨後春筍般增加，尤其是在英國。顯微鏡學變成一種趣味，一種技術的追求；但是它還沒有成爲生產新知識的工具。

每一個層次的整合，不論天文的、宏觀的、或微觀的，都會開啓屬於它自己的新問題，這些問題又和它的工具史緊密相連：顯微鏡觀察和天文學觀察遇到的問題就屬於完全不同的範疇。一種微物的哲學就此誕生，正如天文學的遠距哲學和日常生活哲學的誕生一樣。從一個層次過渡到另一層次，都會有一些深刻的突變：技術上、方法上、或者象徵上的飛躍。科學的社會生活遵循著以技術爲源頭的分類，絕對不會將它們混淆。

另一些顯微鏡學專家解決觀察分歧的方法較爲極端：既然圖畫不完善，不能讓許多人對顯微鏡下的現實達成共識，那就互相傳遞實物的樣品吧！可是經過馬車或輪船的運輸，從倫敦到蘇格蘭的格拉斯哥（Glasgow），這些樣品到達的時候只剩下一股惡臭。微生物消失了，觀察沒有留下任何結果。人們熱切等待的科學論戰沒有發生。

「我應該受到雙重的責備」雷文霍克自責自己畫技蹩腳，但是又拒絕借出自己最好的儀器。然而觀察設備是如此不完善，製造的方法又不一，使得每一具顯微鏡的觀察結果都不盡相同。短焦距鏡片的視野極小，需要反覆對焦，極爲累人。孤獨的先驅者雷文霍克介於藝術家與科學家之間，僅僅只是先人一步而已，卻未能爲顯微鏡觀察建立學說的基礎。而且光學鏡片有很長時間都只是製造和使用它的顯微鏡愛好者們的個人財產，就像藝術品一樣，鮮有公開交流的機會。

由於缺乏分享和交流，這些早期的研究限制了顯微鏡觀察的發展，將它侷限在一種僅止於業餘興趣的地位，儘管它原本可以創造出一個奇異的世界。直到天文望遠鏡已經有效地取代了肉眼的觀察，成爲建立科學新知的工具長達相當時日，顯微鏡的地位仍然在原地踏步。

顯微鏡的瑕疵到了十九世紀依然很明顯，因而成爲反對

者們批評的把柄。為首的薩維耶・畢夏（Xavier Bichat）[11]強烈地譴責顯微鏡。摒棄顯微鏡觀察是當時法國生物學界的主流意見。他們認為技術觀察有礙於對細節的研究。因為工具會構成屏障。「在黑暗中看東西，每個人各有各的看法和角度。」但馬根迪（Magendie）[12]堅決反駁，認為顯微鏡觀察並非在黑暗中看東西。奧古斯特・孔德（Auguste Comte）[13]生怕裡面又藏著什麼新的玄學，徹底地譴責濫用顯微鏡研究。他認為，顯微鏡的蠱惑力以及人們對顯微鏡的過分信賴，必需對「荒誕」且似是而非的細胞學說負責。實證主義生物學家夏爾・霍班（Charles Robin）立場和孔德相近，他在一八三八年為顯微鏡平反，說它不失為一件科學研究的工具，但他在細胞學說方面仍沒有妥協。

到了十九世紀後半葉，顯微鏡終於達到高品質的商業化量產；視覺從而能夠一致了，新的對話也得以出現。交流增加了，觀察也變得合理。顯微鏡觀察變成一門獨立的科學，醫學界開設了真正的觀察課程。教學機構網絡的發展促進了儀器的普及。數字化標準逐漸取代了主觀的感知：大批生產的顯微鏡性能從此可由它的放大倍數、鑑別率、以及視野等因素來定義。觀察結果從此可以比較，因而有了普遍性，一種受到規範的視覺就此產生。此外，自一八五〇年起，顯微鏡又受到攝影發展的幫助。社會對顯微鏡的需求也擴大了。在英國，顯微鏡觀察的俱樂部大量增加，積極的業餘愛好者也促進了顯微鏡的生產。科學家們也間接地從這股熱情中獲益。

顯微鏡從此站穩了腳步，迫使人們接受一種新的視覺邏輯。

11 譯註：薩維耶・畢夏（1771-1802），法國內科醫生兼病理學家，組織學的創始人。
12 譯註：馬根迪（François Magendie, 1783-1855），法國醫生，以對第四腦室正中孔的研究描述著稱，該部位亦稱為馬根迪孔。
13 譯註：奧古斯特・孔德（1798-1857），十九世紀法國實證主義哲學家。

第六章　拒絕圖像

卡爾・馮・林奈，一七○七至一七七八年

分類、命名、鐫版

十八世紀初，博物學家旅遊考察，帶來了大量新知識和多得來不及製圖的新標本。夏爾・普呂米耶（Charles Plumier）遊歷安地列斯群島，圖爾納福（Tournefort）的約瑟夫・皮頓（Joseph Pitton）進行了「東方之旅」，隨後又有菲利伯・康莫森（Philibert Commerson）、布干維爾（Bougainville）、拉・畢拉迪耶（La Billardière）、以及米謝勒・阿當松（Michel Adanson）等人的遠征。在這些充滿危險和災難的長途跋涉中，人們往往先搶救標本，之後才搶救人員。問題迫在眉睫，事關生死，取得新知識的媒介又成了人們首要關心的事。如何反映實物？如何收集？如何提供辨識的工具？因為植物形態固定、易於辨認，加上結構嚴謹因而易於描述，使得植物學成了十八世紀上半葉分類學研究的第一座冒險樂園：植物比動物容易描繪；博物學插圖的地位越來越重要，有時甚至完全取消了文字說明。

林奈的《自然體系》。

林奈（Carl von Linné）[1]拒絕圖像。他用厚厚的標本夾來保存植物，而不繪製圖像。擺脫圖像化的物種清查，意味著放棄特殊而就平凡，放棄個體性而求普遍性。他提出描述生命世界的系統獲得非凡的成功，完全得自於這種不受圖像限制的自由。他認為植物學是一門形式科學，應該用數學與幾何學的語言來理解。根據《自然體系》（*Systema naturae*）命名的林奈命名法於一七三五年成為定制。該書出了第一版後又連續印了十二刷，最後一版在林奈去世那年發行。一七五一年他又出版《植物哲學》（*Philosophie botanique*）一書，闡述分類和命名的方法，補充了《自然體系》的不足之處。因此，一直要到伽利略革命一百多年之後，植物學雜亂的分類方式才有清楚的整理和編排。動植物的世界雖然離我們很近，卻遠落後於太陽系內外的星際世界。其後還要再過

一個世紀，直到達爾文理論出現，人們才對物種之間的親緣關係和演變有所了解。

　　林奈分類法的優點在於簡潔的思考結構。能夠分類、命名，也就是懂得識別、利用、和傳播。但是整理浩瀚多樣的自然形態，並非用形式掩蓋複雜。分類法雖然是種概念，卻屬於有形的範疇：它既是一種對現象的研究，又是一種對現實物體的描述。因此林奈的分類法恰如自然的結果。後來它甚至反映出物種的進化。

　　林奈提出的系統極為精簡。多個物種成一屬，多屬又成目，多目又成綱。總共分五個等級，也**只有**五個等級，可以用來命名我們遇到的任何一種植物。

　　「屬」（花楸屬〔Sorbus〕、丁香屬〔Syringa〕……）構成植物索引的穩定核心：它們很容易辨認。「種」（花楸屬白面子樹〔Sorbus aria〕，丁香屬歐丁香〔Syringa vulgaris〕）只不過是「屬」的分支。嚴格的思考管理，應該在同一個屬裡用明顯不同的特徵來定義不同的物種。每個物種單用兩個字來代表：一個字表示屬，另一個字可以區別它和同屬裡的其他物種。

　　「屬」在構造上清楚、鮮明：在區別物種之前，就應該能夠清楚描述。如果一個屬已經得到描述，一旦發現新的物種，可以立即將它歸入已經建立的屬，這樣不僅不會打亂屬的定義，反而會提高它的精確性。「我研究所有的屬……，重建了各屬的特色，而且可以說，我建立了一種全新的結構。」[2]

　　為了確定類別，花的每一個部分（花萼、花冠、雄蕊……）都由四個固定的方面加以衡量：數量、形狀、相對的大小、和分布位置。也就是林奈所說的：數量、形態、比例、和位置。語言組織安排了多不勝數且令人眼花撩亂的各種大自然型態。

　　新的字眼開始生效：「為一個生物命名，就是將它融入整個生物的大家庭。」

　　布豐（Buffon）[3]反對林奈的做法：他選擇圖像作為解決辦法，採用素描和版畫。圖像加上詳盡的描述可以反映複雜

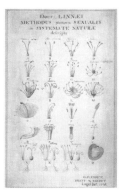

林奈著作中的植物學分類圖。

2 參見卡爾‧馮‧林奈著《植物哲學》，一七五一年出版。
3 譯註：布豐（Georges Louis Leclerc De Buffon, 1707-1788），法國博物學家，同時也從事科學方面的散文創作，代表作為《自然史》。

大自然的步伐——起碼他是這麼認爲的。他表示不應該分隔和孤立有待確定的特性，不應該將它們切成一塊塊。他強烈批評林奈的方法，指責他完全拋棄直接的觀察方法：「……我們應該拿著望遠鏡，去辨認一棵樹或者一株植物：植株的大小、形狀、外觀、葉子、所有外觀的組成部分，這些東西通通都沒有用了，只剩下雄蕊；如果看不到雄蕊，你就一無所知，就等於什麼都沒見到。你遠遠看到的一棵樹也許只是一小叢地榆；還得數一數它的雄蕊才知道是什麼東西……」[4]。這位衛理公會的教徒（布豐從來不叫林奈的名字）爲了把他的方法強加於人，「依照他的系統，甚至混淆有天壤之別的東西，比如把樹木和草類混爲一談」，「把桑樹和蕁麻、鬱金香和小檗、榆樹和胡蘿蔔、玫瑰和草莓、橡樹和地榆全都歸在同一個綱裡。這不是愚弄大自然和研究大自然的人嗎？」[5]

事實上，植物學家們沿用至今的林奈分類法前景一片光明。只有擺脫圖畫和形象，林奈才能建立眼見爲憑的實證性。他的乾燥植物標本正好幫助他同時掌握植物外形之間的相同與差異。他不僅分類植物，也爲動物的分類打下了基礎。人類從此被定位在「哺乳動物綱」，和高等猿猴同屬靈長目，地位一落千丈。[6]從此人類和紅毛猩猩幾乎沒有分別。

結果，這種視覺超越了複製，完全自由地進行再造，成了產生圖像的來源。林奈的分類法反常地刺激了圖像的製造。依照分類畫出的植物圖像是一種示意圖，它要劃分、強調、和顯示的，不是**已經看到**的東西，而是**應該看到**的東西：蕁麻的方形莖、香桃木的具柄花、具翅香豌豆的無數小葉。這些圖像的首要目的不在於形似；它們的基本要求不是外觀上的接近，而是方便人們命名和理解。的確，它們是一種辨識的管道；但它們指出並強調的是不易爲人發現的屬種共同特徵。對個別的特性它們並不感興趣。

大紙夾裡的植物標本經過編目，由著名的博物學家蓋印和評注，精心保存在國立植物檔案館裡，作爲參考資料：鱗莖早熟禾（*Poa bulbosa*）、山羊草（*Aegilops ovata*）的**典型**樣品貼在吸水紙上，當時在這裡都看得到，並且**第一次受到命**

4 出自布豐，〈第一次演說：論研究和處理博物學的方法〉（Premier discours: de la manière d'étudier et de traiter l'histoire naturelle），《自然史》（*Histoire naturelle, 1744-1788*）。
5 參見林奈，《自然體系》，一七五八到一七五九年於斯德哥爾摩出版，第二版。
6 同註五。

名。

　　至於**一般**的植物標本，只是在證明有人曾在確切的地點和時間見過這個物種。乾燥的標本和圖畫的功能不同。前者因為有標誌實物的價值而扮演著證據的角色。後者則什麼也不能證明。但圖像可以展現科學的確實性，為了正確定義事物，必須觀察圖像。

　　稍後在十九世紀，植物攝影仍然完全不被人們接受[7]：人們始終比較喜歡由植物標本和植物分類示意圖構成的雙重系統。攝影與實物過於相似，無法表現不同程度的特徵，在科學鑑定方面的實用性不強。攝影最佳的應用情況是加斯東‧博尼埃（Gaston Bonnier）[8]的大植物誌裡，顏色極淺的照片用來做為水彩畫的底稿。只有這樣，照片才能夠幫助我們鑑別植物。

7 參見卡洛琳‧弗里奇（Caroline Flieschi）的研究成果，《一八三九年至一九一四年間法國的攝影與植物學》（*Photographie et botanique en France de 1839 à 1914*），國立文獻學院一九九五年出版。
8 譯註：加斯東‧博尼埃（1853-1922），法國植物學家。

第七章　真實的人體

賈克法比安・戈提耶達戈帝，一七五九年

四種顏色的真相

　　圖像應該和實物一模一樣，十八世紀初發明的四色版畫印刷法回應了這個理想。賈克法比安・戈提耶達戈帝（Jacques Fabien Gautier d'Agoty）提出用藍紅黃黑四色的印刷，代替勒布隆（Le Blon）[1]在一七一〇年創造的三色印刷法，結果印出「色彩眞實，……細緻且完美」的圖畫。人們無需雕刻刀和畫筆，就能創造出所有想像得到的顏色。人們得到了眞實的形狀和色彩。「讀者看到的絕對不是著色的老舊版畫，而是使用最新的技術、眞實表現大自然的獨創作品。」[2]

　　在印刷技術的推動下，解剖圖越來越接近人體的眞實外貌。新式印刷變化多端的灰色，逐漸取代了傳統版畫的鮮明色彩。達戈帝認爲四色版印刷的寫實效果受到肯定，因爲解剖學是「醫學中最確實的部分」，它的對象是人體，是「上帝最完美的傑作」。

　　這些關於準確和完美的言論，反映了人們對圖像品質與客觀性的雙重要求。這麼說應該審愼又不算過時：達戈帝認爲自己既是畫家，又是攝影師。他既要求藝術家的地位，同時又肯定不經人手用機器印刷的準確性，儘管印刷的東西是經由上帝之手創造出來的人體解剖圖。他一點也不擔心這樣會自相矛盾。

　　四色版印刷遇到了不小的阻力。「發明要想成功，必然得花錢和擔驚受怕，證據就是……雕版師傅和盜版者看見戈帝耶先生的作品，就企圖在一開始就扼殺它們。我們必須消滅這些難纏的九頭蛇。」[3]

　　在一七四一年一月八日的會議上，法國科學院（l'Académie des sciences）宣佈：「經過研究多幅使用三色印刷表現實物原色的版畫之後，本院認爲保留四色版印刷法意

1 譯註：勒布隆（Jacques Christophe Le Blon, 1670-1741），德國人，發明紅黃藍三色的銅版印刷法。戈提耶・達戈帝曾在其工坊當學徒。

2 出自戈提耶達戈帝，《保持自然色彩的人體各部分內臟的全面解剖圖，附各部位的脈管與神經系統圖解。二十幅新版人體結構解剖圖。使用國王陛下特許並以年金資助的戈提耶先生所發明的新技藝印刷》（*Anatomie genérèle des viscères en situation avec leurs couleurs naturelles jointes à l'angélologie et à la névrologie de chaque partie du corps humain. Exposition anatomique de la structure du corps humain en 20 planches imprimées avec leurs couleurs naturelles pour servir de supplément à celles qu'on a déjà données au public, avec privilège de Sa Majesté, selon la nouvel art, dont M. Gautier, pensionnaire du roi est inventeur*），馬賽：Imprimerie Antoine Favet，一七五九年。

3 出處同註二。

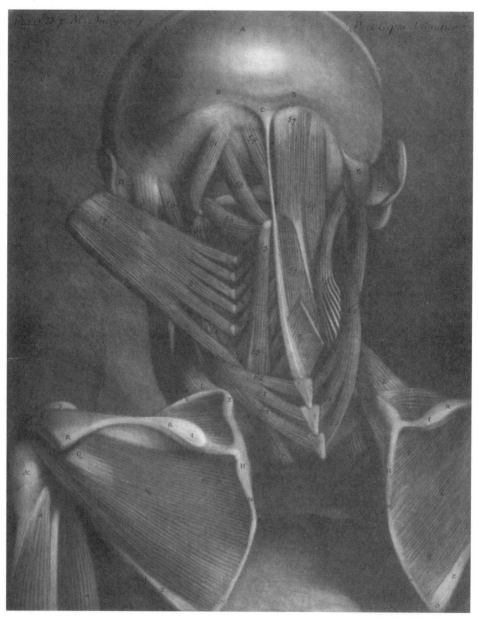

頸部解剖圖，依序用黑、藍、黃、紅分次印刷完成的銅版畫。出自達戈帝「……二十幅新版人體結構解剖圖……」
(Bibliothèque nationale)

義重大，因為它對解剖學、植物學、以及博物學有極大的用處……」這裡說的正是要盡可能製作準確反映人體器官分布的圖像。

勒布隆和達戈帝之間爆發爭奪發明優先權的激烈衝突。勒布隆在一七三七年十一月十二日，獲得國王授予自該日起二十年內使用三色版印刷的專利特權。一七四三年他去世的時候，達戈帝由國王那裡獲得四色版印刷的獨家壟斷權。這項壟斷包括的權利是「印製彩色圖畫、提供大眾解剖學圖、在全國範圍內不限形式、方法、大小，以單頁或其他方式進行不限次數的印刷、銷售、批發和零售指示性或解釋性的圖畫……」

早在文藝復興時期，維薩留斯已經首先預感到解剖圖的美學品質對贏得贊助人的支持相當重要。他的插圖品質曾經大大地幫助過他，使受人鄙視的解剖學，上升成為享有盛名，甚至富有獨特魅力的學科。到了十八世紀，達戈帝同樣注意到解剖圖可能具有的經濟和社會意義。有人公開指責他展示人體時利用誘人的曖昧方式，貪圖名聲和富貴。確實，他所提供的已經不是一般的器官組合圖，每一幅圖畫都反映了一種對人體的雙重觀點：既展示人體內在，同時也展示外在。製圖前的解剖由熱情的著名外科醫生杜維爾內（Duverney）進行。這位醫生因為在一次路易十四親臨聽講的解剖課上解剖大象的屍體而一舉成名。

達戈帝的插圖表現的絕非死亡。每一幅圖畫都按實物大小印刷，展現的都是生命。他偏好女性的屍體：她們細緻的肌肉佔的畫面較小。空出來的地方可以用來展現臉部。為了畫面美觀，他力求「真實地表現（人體）」。所以解剖圖僅限於精心取得誘惑力和排斥力的平衡之後，才打開子宮、分解肌肉、或者表現胎兒。一幅女人的解剖圖，展現的不只是「上背骨突、上面幾根縮小的肋骨、直到薦椎的脊柱曲線……附著在肩胛骨上的前鋸肌、以及固定在下面四根肋骨上的背闊肌延伸部分……」[4]，圖畫同時還展現了女人美麗的側臉，還有她捲曲的褐色頭髮。後來，賈克‧普雷維爾（Jacques Prévert）[5] 說道：「她肩膀裸露，或者說皮膚下翻，一絲不

4 出處同註二。
5 譯註：賈克‧普雷維爾（1900-1977），法國詩人兼電影評論家。

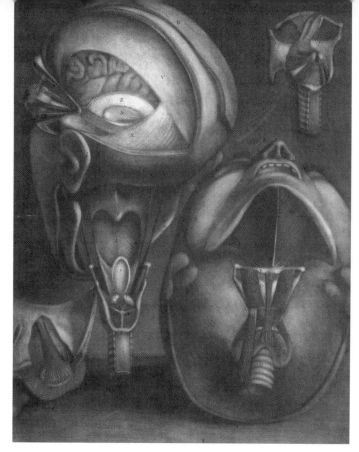

出自達戈帝的 *Myologie complette en couleur et grandeur naturelle : composee de l'Essai et de la Suite de l'Essai d'anatomie, en tableaux imprimes; ouvrage unique, utile et necessaire aux etudians & amateurs de cette science*，巴黎：一七四六年。(Pictures reproduced with permission of the W. K. Kellogg Health Sciences Library, Dalhousie University, Halifax, Nova Scotia, Canada)

掛。」

　　在「插圖與實物一樣大小」的大開書本裡，所有的東西都堅持一比一的比例。人體的大小決定了插圖的尺寸。頭部、內臟、生殖器：每一個部分都佔了一面大書頁。只有軀幹的肌肉或其他太大的部位，才分為兩頁。如果想要的話，讀者可以將這些插圖像畫一樣裱框掛起來。文字說明還不包括在圖畫之內：它們需要單獨一本「很大很貴」的書才容納得下。因為對達戈帝來說，重點不只是要製造出「準確的色彩」；插圖還必需有完全的真實感。用一比一的比例製作插圖，可以方便人們直接觀察人體。

　　在遠早於攝影技術發明以前，其實達戈帝追求的就是用機械方法大量複製藝術作品。關於藝術品在技術複製後的生存問題，他還沒有想過。

　　他欣喜若狂，以為自己找到了透過銅版雕刻來複製寫實

畫作的方法，只要在上面簽上名字就算是他創作的藝術品了。於是他對作品的法律、技術、和商業問題，遠比對畫作品質的問題更為關心。在發表了肌肉、內臟和脈管解剖圖後，他又興高采烈地發表了其他各種作品：腹蛇的解剖圖、雌雄同體的動物、逼真的烏龜、鼴鼠、蝸牛的繁殖、黃鸝，還有一七五五年歐洲地震圖等等。解剖知識的傳播讓位給了裝飾業的生產。

四色版印刷雖然可以表現深淺不同的灰色，但這對色彩鮮艷的花卉卻不適用。達戈帝聲稱發明了最新的著色技術，既可以快速生產，又不用增加人力。今天，研究十八世紀版畫的專家們對此提出了質疑。人們往往發現，同一幅插圖顏色之間的邊界無法做到完全一致。這個現象令人不安。本來應該使用黑色墨水印刷的圖畫，實際上卻很可能是用畫筆一幅幅畫出來的。很可能是達戈帝想騙取複雜技術的發明權，所謂新發明到頭來其實只是傳統的水彩畫而已。

解剖學的買賣

在科學和解剖學專業的幌子之下，達戈帝從事著大規模的商業活動。四色版技術迅速大量複製了剖開的人體、截斷的大腿、和劈開的腦袋，還伴隨著天使般的微笑。這些內容曖昧的版畫插圖不僅影響了學醫的學生，還廣受大眾的歡迎。

這些插圖不惜代價追求人體的寫實性，但是卻因為不夠完整，無法真正成為對醫生們有很大用處的解剖學圖集。加上畫作品質粗糙，又是機器大量複製的，也無法符合當代藝術品的地位。今天，人們或者承認它們的「藝術價值」，或者承認它們的「科學價值」，它們徘徊在兩者之間，沒有明確的地位，同時無疑地也讓我們思考到這個問題：當奇觀、色情、與科學上的合理性這三者同時出現時，這樣的視覺應如何管理？「地位不明確」不代表不會產生後果：圖像衝擊了想像力，引誘了讀者，最後達到銷售的目的。

到了十八世紀末，解剖圖集的精確度達到了頂點。人們

《解剖學天使》，出自達戈帝的 *Myologie complette en couleur et grandeur naturelle : composee de l'Essai et de la Suite de l'Essai d'anatomie, en tableaux imprimes; ouvrage unique, utile et necessaire aux etudians & amateurs de cette science*，巴黎：一七四六年。(Pictures reproduced with permission of the W. K. Kellogg Health Sciences Library, Dalhousie University, Halifax, Nova Scotia, Canada)

毫不遲疑地要屍體表達它們所不能表達的東西。針對這種過分的寫實，醫生們有時表現出反圖像的傾向。[6]薩維耶‧畢夏（見第五章註十一）在他的《普通解剖學》（*Anatomie génerale*）裡拒絕使用插圖：「這些誇張的細節描繪有什麼用？……這種描述方式對醫學毫無幫助。」[7]解剖學的蠟像靠著「栩栩如生」的模型，重新接管視覺的政策。

　　法國大革命引起的社會組織變革，重組了解剖學模型製造業，引進了新的圖像製造規則。解剖學蠟像專家安德烈皮耶‧班松（André Pierre Pinson）在大革命前做了頭蓋骨可拆卸的《哭泣的女人》（*Femme qui pleure*）；他創造藍色靜脈和紅色動脈的去皮人體模型則在大革命之後。教育性和知識傳播代替了引誘和非理性的情感。解剖學圖像開始變得有效率。

　　後來，攝影這個新的媒介重新挑起了論戰。在科學和醫學的幌子下，人體攝影師創作了許多撩人的圖像，其中納達爾（Nadar）[8]的雙性人就是個典型例子。當警方大肆掃蕩藝術工作室裡的裸體畫，這些攝影師卻毫無顧忌地製作著前所未有的大膽作品。

6 參見菲利普‧科馬爾（Philippe Comar），《人體圖像》（*Les Images du corps*），巴黎：Gallimard，一九九三年。

7 出處同註六。

8 譯註：納達爾（Gaspard Félix Tournachon，別名 Nadar, 1820-1910），法國攝影師、漫畫家兼作家。他獨特的攝影風格得自他在漫畫方面的專長，他擅於捕捉人物的特色，並將它突顯出來。這裡提到的「雙性人」是他一八六〇年的作品，全名為《對一個雙性人的研究》（*Examen d'un Hermaphrodite*）。

第二部　撮影

第八章　合法性證明

弗朗索瓦‧阿拉戈[1]，一八三九年

信任的基礎

一八三九年後，攝影在科學界受到熱烈歡迎，這個現象不免令人驚奇：最不科學的東西莫過於影像。它自成一體，無從著手也無處推論，還會因背景變化而改變意義，一點也不嚴謹。它無法提供可靠的解釋，無法描述，也無法用言語清楚交代。特別是，儘管有各種說法想證明攝影的客觀性，它仍然只能在感知層面中運作。

在法國聖─盧德瓦倫（Saint-Loup de Varennes）格拉區（Gras）的房子窗戶拍攝的《窗外的庭院》（*Le Point de vue d'après nature*），號稱「史上第一張照片」，它可能是尼賽福爾‧涅普斯（Nicéphore Niépce）[2]在一八二六或一八二七年的作品。可是後世並不認為這是攝影誕生的日子，人們記得的是弗朗索瓦‧阿拉戈（François Arago）正式宣佈攝影術發明的日期：一八三九年。傳播、「讓人知道」，比發明本身更加重要；人們關心「怎麼使用？」的問題更甚於創造本身。弗朗索瓦‧布律內（François Brunet）[3]認為，紀念一八三九年，等於接受「冒名頂替者」（指達蓋爾〔Daguerre〕[4]），「是對攝影術發明斷章取義的錯誤見解」。

誠然，攝影術並非確切誕生於一八三九年。該年還發生了很多其他的事件。福克斯‧塔爾伯特（W. H. Fox Talbot）[5]在該年宣讀了一篇關於光描繪圖（dessin photogenique）的論文，這是一種無須借助畫筆，讓自然物體自行留下圖像的方法。希波利特‧貝亞爾（Hippolyte Bayard）[6]和阿拉戈也在該年會晤；隔年的一八四〇年，塔爾伯特發明了紙基負片攝影法（卡羅法）[7]。攝影術並非突然出現在這個時刻，將這項發明的時間認定在這個時刻也不值得大驚小怪，更無須考察人們為何特別重視一八三九年。

當時涅普斯已去世六年了。他去世之後，和他簽有合同

《窗外的庭院》

1 譯註：弗朗索瓦‧阿拉戈，法國天文學家、物理學家兼政治家。
2 譯註：尼賽福爾‧涅普斯，發明了他稱為「日光攝影」（héliophraphie）的攝影方法。
3 參見弗朗索瓦‧布律內，《景物攝影：在美國西部執行任務的探險家和攝影師，一八三九年至一八七九年》，巴黎：高等社會科學院（EHESS），一九九三年。
4 譯註：達蓋爾，攝影術發明者之一。
5 譯註：福克斯‧塔爾伯特，英國數學家兼天文學家。他發明了紙基負片攝影法，奠定了攝影由負片得正片的方法基礎。他也建立了攝影技術的三個主要步驟：顯影、定影、與沖印。
6 譯註：希波利特‧貝亞爾，法國財政部的官員兼業餘的攝影愛好者。他發明無需經過負片，直接得到正片的方法，到目前還應用在拍立得相機。

的達蓋爾繼續在兩條並行的技術道路上前進：一條是他自己的道路，另一條是涅普斯的道路。一八三七年六月，涅普斯的兒子依西多爾（Isidore）來到巴黎，準備和達蓋爾簽一份「永久性合約」。當時，達蓋爾已是一位從事今天所謂「文化事業」的名人，管理著兩家透景畫舖，一家在法國，一家在英國。這份合約提到一項達蓋爾獨自發明的新方法：銀版攝影法（daguerrétotype）[8]。一八三八年，達蓋爾試圖建立一家股份有限公司，以保護生產技術，但是這個計劃失敗了。接著，他提出將技術轉讓給路易‧菲利浦（Louis Philippe）政府以換取年金收入，並且獲得阿拉戈同意在一八三九年一月七日的法國科學院會議上發布這個新發明，但是不透露具體的技術方法。一八三九年，達蓋爾巴黎透景畫舖被大火燒毀。政府決定發放年金給達蓋爾和涅普斯的兒子。達蓋爾並且因為「透景畫的秘密技術」可以領取一份額外的報酬。

涅普斯

達蓋爾

一八二七年，阿拉戈在科學上享有盛名，但他還沒當上議員。一八三九年，他向國家獻上本世紀的三大發明之一：攝影術（另外兩大發明分別是蒸汽機和電）。涅普斯是發明家，不能算是「學者」。至於達蓋爾，他已經是一位企業家，代表的是另一個社會。阿拉戈說明自己支持達蓋爾，是因為達蓋爾照片成本太高：據他所言，若不是因為成本太高，把照片印在紙上這件事原本不需要國家介入。不過達蓋爾照片很符合科學的需要：精確、真實、寶貴、可以避免觀察者的主觀性，因此特別使熱愛科學、追求新事物的精英們感到興趣。這項發明史無前例，和之前的方法截然不同，比需要長時間維持照相姿勢的涅普斯攝影術性能更為優越。它就像一件完全面向未來、展望新世界的工具。

一八三九年，民主派議員兼科學家弗朗索瓦‧阿拉戈正式宣佈攝影術的發明。在公開技術方法的同時，他向所有人，向「全世界」貢獻出這項發明。作為交換，內政部長承諾向涅普斯的後人和達蓋爾發放終身年金。實際上，政府此舉不僅是獎勵發明人，也使國家牢牢地掌握了這項即將在科學和工業上有強大發展的發明。

此外，阿拉戈很清楚科學需要社會的參與，「不為公眾

7 譯註：紙基負片法（calotype），亦稱為卡羅攝影法，方法是將碘化銀塗在紙上，放在暗箱（camera obscura，此一名詞為達文西所創，是照相機的雛形。）中感光後，用食鹽水加以顯影得出底片，然後再用氯化銀紙印成正片。由於先製造負片才沖洗成正片，也稱負正法。

8 譯註：銀板攝影亦稱達蓋爾攝影法，將塗滿碘化銀的薄銅板在暗房中曝光，然後再用水銀蒸汽使之曝光的碘化銀板顯影法。

服務，就得不到公眾的支持」[9]。

　　阿拉戈分別在一八三九年一月、七月、和八月在法國科學院和眾議院發表的三次演說具有決定性的意義。這些演說在揭開生產秘訣的同時，也將發明由私人轉向公眾。在推動影像傳播的同時，也爲影像的管理打下了基礎。從此確立了攝影在經濟、社會、科學、和政治四個方面的合法性，也因此爲具有象徵性、實用性、和經濟性等深刻意義的影像打下信任的基礎。

昭告天下的效果

　　一八三九年一月七日[10]，阿拉戈就達蓋爾先生的發明在法國科學院做了「非常詳盡」的介紹，但是沒有揭露照片的製造方法。人們普遍認爲攝影是本世紀最神奇的創造之一，法國應該「貢獻給全世界一項可以大大促進藝術和科學進步的發明」。阿拉戈覺得政府責無旁貸，應該直接補償他極力稱頌的達蓋爾先生。他宣佈將爲此向國家部門或議會兩院請求，不過希望先確定攝影方法不會太過昂貴，人人都可以使用。

　　一八三九年七月三日[11]，阿拉戈在國民議會作重要談話，就「補償讓渡暗房定影技術」工作，向負責發給涅普斯子女和達蓋爾年金的法律草案審查委員會發表意見。當時事情差不多已成定局：國民議會已經對攝影方案表示高度的興趣。

　　向議會提出報告使一項技術成爲國家的財富，同時也使阿拉戈變成新技術和社會進步的鼓吹者。爲此目的，阿拉戈在報告時，使用一種指導性的明確語言，製造了昭告天下的效果：一旦獲得議會立法支持，他就會在科學院的特別會議上揭露攝影的技術。攝影術準確無誤。它是物理學、化學、和科學實驗的結果。此外，它應用單點透視法[12]，符合傳承自文藝復興時期的「幾何學法則」。

　　一八三九年八月十九日[13]，阿拉戈再次發言。這一次，在科學院和藝術學院的聯席會議上，他揭開了攝影技術的秘

9 出自弗朗索瓦·阿拉戈，《論科學發明權》（Sur la prise possession des découvertes scientiques），《阿拉戈全集》第十二卷，一八五九年。

10 出自弗朗索瓦·阿拉戈，《論暗箱的成影技術與達蓋爾先生的發明》（Sur la fixation des images formées au foyer de la chambre obscure, communication sur la déconverte de M. Daguerre），法國科學院一八三九年一月七日會議報告。

11 出自弗朗索瓦·阿拉戈於一八三九年七月三日的會議發言。一七八七年到一八六〇年議會檔案的第二部分（1800-1860），第一二七卷，巴黎：Librairie Paul Dupont，一九一三年。

12 譯註：即亞伯帝透視法（見第三章註二）。

13 出自弗朗索瓦·阿拉戈，《達蓋爾攝影法》（Le Daguerréotype），一八三九年八月十九日法國科學院的會議報告。阿拉戈在科學院做了簡短的預備性發言，有意「透露內政部長在一封信中宣佈，如果科學院同意，將在即將舉行的會議中首次透露涅普斯和達蓋爾的發明。」

密。不過他這次談話主要是針對科學院的院士。在科學知識孕育社會變革的信念支持下，他確認了新生攝影術的科學地位。攝影從不知如何分類的發明，成為知識的工具。

然而，阿拉戈沒有忘記從古到今負責管理圖像的藝術界：他刻意請畫家保羅・德拉霍許（Paul Delaroche）預先擬定了一份通知，目的是幫助預備委員會起草法案。這位畫家認為「達蓋爾先生的作品線條正確、形狀精準，盡可能做到了完美無缺。人們既看到遒勁有力的實物圖形，同時也看到色調和效果一樣豐富的整體。畫家可以透過這種方式迅速地收集到研究資料，事倍功半……」。德拉霍許令反對者啞口無言：「簡而言之，達蓋爾先生令人欽佩的發明是對藝術的巨大貢獻。」對藝術家來說，攝影從此成為他們「研究和學習的對象」。

在阿拉戈的第二次演說之後，攝影技術風馳電掣地推廣開來了。

一八三九年七月三日和八月十九日的兩次演說影響極大。從科學院到眾議院，再從眾議院到科學院，一來一往之間十分講究技巧。阿拉戈在眾議院演說，充分利用自己在科學界的地位；回到科學院，又運用自己在政治上的地位。只有具備以上條件，才能堅定地支持一項還未正式宣佈，就受到猛烈批評的發明。這項發明正需要如此代價。

阿拉戈不僅在宣佈發明方面下工夫，也確立了經營和管理這項發明的機制。利潤多寡已經考慮在內：不僅是金錢的利潤，也包括政治上的收益。攝影是一項應該開發的資源，開發的先後順序則依照目的決定。阿拉戈沒有忘記攝影的先驅們。他強調了他們個別的貢獻（義大利人波爾塔〔Porta〕[14]、法國人夏爾勒〔Charles〕[15]、還有英國人威基伍德〔Wedgewood〕[16] 以及亨佛瑞・戴維〔Humphrey Davy〕）。不過他仍然將達蓋爾的發明置於首位，一下子粉碎了外國人任何捷足先登宣稱發明攝影術的企圖，賦予攝影術的發明國家級的重要性。

14 譯註：波爾塔（Giovanni Porta , 1538-1615），於西元一五五三年發表《自然魔術》（*Magia Naturalis*）一書詳盡介紹暗箱。這本書傳譯各國，使人們很長一段時間都認為他是暗箱的發明者。

15 譯註：夏爾勒（Louis-Charles Chevalier, 1804-1850），法國光學儀器商人，第一片反色差物鏡就是他製造的。他在一八二五年受涅普斯委託，為他的暗箱製造光學鏡片。

16 譯註：威基伍德（Thomas Wedgewood, 1771-1805），英國著名陶瓷公司 Wedgewood 創始人之子。他為了尋求陶瓷裝飾的新方法而投資研究攝影術。他和英國化學家亨佛瑞・戴維（Humphrey Davy）合作，在一八〇二年使用硝酸鹽做感光劑塗在紙張或皮革上製造出影像，但製造出的影像未能持久定影。

東方之夢

　　整個圖像流通的體系開始運作。感知層面自「啟蒙時代」以後，一直被視為官方科學的禁忌，如今卻大方地進入科學的理性殿堂。這對雙方都有好處。科學界本來應該第一個站出來指責圖像是通往現實世界的障礙，如今卻心安理得地將新生的攝影術佔為己有。後來攝影術甚至成為物理學的一大榮耀：「在（攝影術）的眾多頭銜中……有一項特別引人注目：它輝煌地證明了當代物理科學有力且深遠的影響……還能找到比攝影術更美妙豐富的創造嗎？」[17]

　　阿拉戈的論證與辯術同樣成果豐碩，這也是因為攝影術的發明和宣佈這項發明的談話復活了過去未能實現的夢想。自一七九八年和一八〇一年拿破崙遠征埃及後即延宕未圓的東方之夢，與攝影新技術的推廣兩者同步並行。拿破崙遠征埃及的時候，阿拉戈還太年輕（約十二到十六歲之間），他只能向同齡的青少年們一樣耐心等待。「每個人都在想，如果遠征埃及的時候，能有一種又快又準確的圖像複製方式，那會給我們帶來多少好處啊！如果攝影術在一七九八年發明，我們就能擁有許多紀念性畫面的忠實影像……」

17 出自菲吉埃（Louis Figuier）著，《科學奇觀》（*Les Merveilles de la science*），巴黎：Furne，一八六九年。

盧克索柱廊一瞥。約翰·巴克利·格林（John Bukley Greene），攝於一八五四年。(J.B.Greene, Société française de photographie)

想了解阿拉戈爲何如此積極地捍衛攝影術，就必須知道在拿破崙遠征埃及之後，有一項爲一八○二年到一八一二年間出版的《埃及記述》（*Description de l'Egypte*）繪製插圖的計劃。這項大規模收集圖像的工作，直接傳承自狄德羅和阿朗貝爾的《百科全書》，該書關於「埃及」的詞條爲拿破崙的遠征計劃提供了入門之鑰：「（埃及）從前是一個令人傾慕的國家，如今是一個需要研究的國家。」

　　《埃及記述》未能圓夢的遺憾以及對遠征和發現的追求，深刻地反映了《百科全書》的理想，這個理想又體現在阿拉戈和早期的攝影家們身上。「……在這幅名著的許多大型插圖中，是我們遠征的不朽成果。眞正的埃及象形文字將大範圍地取代虛構或者完全約定俗成的錯誤文字；眞實且具有當地色彩的畫面將超過最靈巧的畫作。……僅爲了抄錄百萬千萬覆蓋底比斯（Thèbes）[18]、孟菲斯（Memphis）[19]、和迦納克（Karnak）[20]等地的象形文字，就需要數十年時間和大批的畫家來進行。如果使用銀版攝影，只要一個人就可以完成這項浩瀚的工作。」[21]

　　一八三九年，攝影術展現出速度的優勢和調查清點的能力。可惜遠征埃及的時候沒有這種方便的技術，軍事遠征往往撤退倉促。雖然人們當然希望把一切都畫下來，但有時畫家們根本來不及完成畫作。

　　「如果每一艘船艦都發配一名攝影師，政府的地圖裡就會有更多的景色、更多的河灘、海岸（可以列出一張包羅萬象的清單）、更多的港口、更多種類的外國人、動物、和植物等等。同樣還會有船難和船隻擱淺的紀錄……這不僅是船艦的作戰史，更是在特定時間，從地形、水文、動物、植物、礦物等不同方面再現世界的全貌。」

　　「人們很容易明白，在某個特定時間，甚至就從今天開始，這樣的資料可以給歷史、科學、藝術，甚至給政府本身帶來多大的好處。」[22]

　　攝影發展既是這股強烈理想的原因，同時也是結果。這解釋了爲什麼攝影術發明後不到三個月，法國畫家弗雷德里克·古比勒─費斯蓋（Frederic Goupil-Fesquet）和歐哈斯·

18 譯註：底比斯，盧克索（Louxor）的古稱。
19 譯註：孟菲斯，埃及古都，位於開羅以南二十四公里。
20 譯註：迦納克，位於尼羅河右岸、盧克索北邊的一個小村莊。當地有最大的古埃及建築群。著名的迦納克神廟即位於此地。
21 出自弗朗索瓦·阿拉戈，《達格雷攝影術》，一八三九年八月九日法國科學院的會議報告。
22 路易西路斯·馬凱爾（Louis Cyrus Macaire），《關於在國務院設立攝影司的彙報》（*Note relative à la creation d'une section de photographie au ministère d'État*），一八五五年二月五日發表（國家史料 F21 562）。引自昂德烈·胡伊耶（André Rouillé），《攝影術在法國，一八一六年到一八七一年的文章與論戰》（*La Photographie en France, Textes et controverses 1816-1871*），巴黎：Macula，一八八九年。

23 引自昂德烈・胡伊耶。出處同註二二。

24 譯註：努比亞，古帝國，位於今天的埃及南部。

25 譯註：波斯，古帝國，即今伊拉克及伊朗。

26 克萊兒・布斯塔萊（Claire Bustarret），《從見聞到閱讀的過程：東方之旅攝影集，一八五○年到一八六○年》（*Parcours entre voir et lire : les albums photographiques de voyages en Orient*），安-瑪麗・克里斯丹（Anne-Marie Christin）指導的博士論文，巴黎第七大學符號學研究所，一九八九年。

27 譯註：拿破崙的姪子路易・拿破崙（即拿破崙三世）建立的帝國，時間為一八五二年到一八七○年。

28 出自馬克辛・杜岡（Maxime Du Camp），〈論埃及、努比亞、巴勒斯坦和敘利亞〉（A propos de Égypte, Palestine et Syrie）（第二部分），《光線》（*La Lumière*）no.27，一八五二年六月二十六日。

29 譯註：孔多塞，法國作家、學者、數學家、哲學家、教育改革者家兼政治家。一七七四年受杜爾戈（法國經濟學家）於法王路易十六治下任財政總監）任命為國家鑄幣總監察長。

30 譯註：一八三○年巴黎發生「七月革命」，推翻波旁王朝，建立七月王朝（1830-1840）。

凡爾涅（Horace Vernet）就迫不及待地前往埃及的亞歷山大港。剛到埃及，他們就遇見了瑞士畫家皮耶─古斯塔夫・裘利・德・洛特比尼埃爾（Pierre-Gustave Joly de Lotbinière）。三人的裝備都是由巴黎的光學專家尼古拉─馬利・貝馬勒・勒爾布爾（Nicolas-Marie Paymal Lerebours）提供。[23] 畫報《達蓋爾旅行記，全球最受矚目的城市和古蹟》是他們此行的成果，反映出一種探索全球的狂熱夢想。

攝影師們陷入真正的狂熱之中。從一八三九年到一八八○年，法國人和英國人在義大利、西班牙、希臘、土耳其、敘利亞、巴勒斯坦、黎巴嫩、埃及、努比亞（Nubie）[24]、波斯[25]、阿拉伯半島、非洲、阿爾及利亞、和印度[26]進行了近三百次的攝影之旅。不過國家由國家負擔的個別攝影計劃一直要到法蘭西第二帝國[27]時期才得以實現。

攝影遇上東方，東方也遇上了攝影。和東方一樣，攝影是一種記憶，一個關於不朽世界的夢想。它挑戰死亡，緩和毀滅。「攝影從地下挖掘出古代的大墓群，以完整的百科全書形式將它呈現在我們面前……」[28]

進步哲學

阿拉戈身受孔多塞（Condorcet）[29]的影響，他認為包括攝影在內的科學及其應用是進步哲學的動力。這裡所說的進步不僅是經濟、政治、或社會的進步，同時也是精神上的進步。技術的演進應該為引導政治的選擇，而非反過來由政治選擇引導技術演進：阿拉戈一向反對政治干預科學的運作。因此他在復辟時期便選擇了加入反對派的陣營。

從一八三○年到一八四八年的七月王朝[30]期間，已是議員的阿拉戈公開地闡述他對科學作用的觀點，為波旁王朝[31]治下一直未能成長的工業積極奔走。新王朝的建立似乎為追回荒廢的時間提供了機會。正如孔多塞「視推動進步為人生一大樂事，為人的首要責任之一……」，阿拉戈也認為人類的心靈有無限進步的空間。然而，孔多塞在杜爾戈（Turgot）遭免職之後，便悲傷且遺憾地回頭埋首於幾何學的研究，

「過去一段時間一直以服務公衆爲榮，從此工作只爲沽名釣譽」。相反地，阿拉戈則奮起捍衛科學。「雖然孔多塞做出這種違反常理的決定是出於一種可以理解的痛苦，此舉仍暗示科學發明永遠不會對政界的事件有直接立即的影響。我堅決反對這種論點，根本不必引證羅盤、火藥、或蒸汽機這些名聲響亮的發明，就可以證明這個論點是錯誤的。」

　　阿拉戈的思想傳承自啓蒙時代，鼓吹民主平等的觀念；他爲消除奴隸制度、實現全民普選不遺餘力。教育是人類進步的條件；人民的解放必將導致政治的自由。新的勞工階級是進步的原動力。攝影，這個「難以掌握的想望之物」，越來越遠離藝術的領域；它是一種新的工業，可以爲那些失業的人帶來工作。

　　一八四○年，阿拉戈再次在衆議院發表演說，引起熱烈的迴響：「機器的發明需要新的現代社會組織配合。」然而要求勞動重組的呼聲激起了公憤，而且也趕不上阿拉戈不甚贊同的社會主義理論。他認爲，如果必須改革（並且確實必須改革），應該先由教育和政治領域開始。

　　阿拉戈認爲，攝影是一種社會進步，具有工業、科學、和藝術的功能，它是一種工具，而絕非目的。阿拉戈預感到攝影術發明的重要性，但他卻從來沒有眞正談及圖像。他在議會的報告，很奇怪竟然從來沒有插圖。他沒有展示任何照片。一八三五年，他在擬定法國科學院的週報出版計劃時，以製作困難爲理由，排除了所有示意圖和插圖。當時離十九世紀後半加斯東・堤桑帝耶（Gaston Tissandier）[32]、弗拉馬里翁（Flammarion）[33]、路易・菲吉埃（Louis Figuier）[34]等人主編的插圖版科普讀物還有很長一段距離。

　　不過阿拉戈的演說的確掀起一股攝影的熱潮。從一八三九年的八月十九日起，由於他的緣故，許許多多的科學家對圖像的需求狂熱到幾乎失控。達蓋爾的攝影術使夢想具體化。我們可以宣判阿拉戈無罪：他審愼地完成了證明攝影術合法性的程序。

31 譯註：波旁王朝（les Bourbons），法國最後的統治王朝，從一五八九年到一七八九年法國大革命，整整兩百年，法國就是由波旁家族代代相傳統治。

32 譯註：加斯東・堤桑帝耶，法國化學家、隕石學家、飛行員兼編輯。他創辦科學雜誌《大自然》（La Nature），並有許多科學著作。

33 譯註：卡密勒・弗拉馬里翁，法國天文學家兼科學專欄作家。他出自貧困的社會階層，一生捍衛科學並致力科學推廣與普及。

34 譯註：路易・菲吉埃，法國科學記者，曾創辦《圖解科學》（La Science illustrée）雜誌。是法國大革命之後，推動科學普及的中堅份子。

第九章　顯微鏡攝影

阿爾弗雷德‧多內[1]，一八四四年

新技術

　　酵母菌（*Saccharomyces cerevisiae*）：這種麋集在顯微鏡載物台上的單細胞生物是麵包師傅和啤酒愛好者非常熟悉的。從遠古時代起就用來製作麵包和發酵啤酒花（houblon），啤酒酵母至今仍是顯微鏡觀察課堂上愛用的教學對象。在顯微鏡的載物台上，光線穿過酵母菌，讓人看得一清二楚。

　　最初的銀板照片（見第八章註八）使用鋪在銅板上的一層碘化銀作為媒介工具。銀板照片只能使用一次，不能複製。然而它的細緻、精準、以及昂貴的價格、甚至製作的困難，都使它很自然地具有一種「科學性」。一八四〇年代，有人從事顯微鏡觀察，有人製造銀板照片：攝影和顯微鏡觀察在知識的尖端相遇，產生的影像相當精準。其中一幅由阿爾弗雷德‧多內（Alfred Donné）教授的助手讓─貝爾納萊昂‧傅

1 譯註：阿爾弗雷德‧多內（1801-1878），血液病理學的先驅者，曾任巴黎醫學院顯微鏡觀察課的兼任教授。

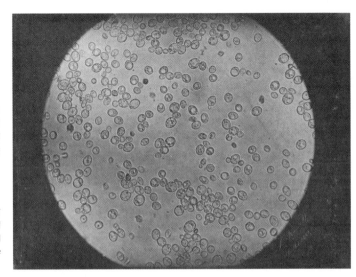

啤酒酵母。銀板攝影。由阿爾弗雷德‧多內與讓─貝爾納萊昂‧傅科攝於一八四四年。(Foucault, Société française de photographie)

科（Jean-Bernard Léon Foucault）拍攝的照片，被認為是醫學界最早的照片。當時教授正在巴黎為一班醫生開設顯微鏡觀察的夜間課程。

一八三九年，在攝影術披露不久之後，多內便投入攝影術的實驗當中。對於一位熱衷「新技術」的顯微鏡觀察專家來說，他順理成章會想方設法在顯微鏡的目鏡上裝設暗箱以拍攝顯微鏡觀察的照片。一八四○年二月二十七日，他宣佈了一項成果：他用銀板攝影成功地拍攝到肉眼無法看見的微小物體！「我升高顯微鏡的目鏡，在用於搜索焦點的透明螢幕上看到了物體的影像；我用一片塗了碘化銀的金屬板代替螢幕，然後按慣例將金屬板暴露在水銀蒸汽下。」隨後，多內請光學鏡片商製造了一架可以使用銀板攝影的顯微鏡。

如何讓大家都看見一個人看見的東西？怎樣透過文字描寫一個微生物麇集的發光圓圈？在使用攝影之前，課程是這麼進行的：多內教授在黑板上向六十幾名學生描繪他們將要觀察的內容。隨後學生可以共用十幾架顯微鏡隨意觀察剛才學到的東西——這在當時已經很了不起了。擔任助手的讓一貝爾納萊昂‧傅科從旁指導他們觀察。一八四○年，多內教授認為自己很幸運，有幸讓超過一千名學生觀察最細微的構造：唾液、精子、牛奶、膿血……

攝影突然進入觀察設備中，是一項革命。影像使視覺的分享成為可能。視覺的分享則帶來對話。回想一下早期顯微鏡觀察者面對的困境吧！他們不懂得用圖畫表現觀察結果，竟依賴郵寄裝著微生物的玻璃瓶來分享彼此的觀察結果！照片準確並且同時反映事物的整體和局部，具有極為寶貴的特性。不僅如此，用放大鏡觀察顯微鏡銀板照片，還可以看到肉眼無法察覺的細節。光是靠圖片上幾個正面或側面的血液細胞，缺乏經驗的觀察者根本不可能對血液的成分建立正確的概念。多內教授相當興奮：「他們在使用儀器觀察之前，已經熟悉血液細胞……對它們的外觀有清楚的印象和概念，只要把眼睛貼近顯微鏡，就可以毫無困難地找到它們。」攝影不會改變事實，反而有助於辨認事實。尤其當遇上偶然出現的影像時，它可以幫助我們發現這並非常態。

由物體、觀察者、和顯微鏡構成的機制，又因爲加上了捕捉影像的工具而變得更爲複雜。由此建立了一個視覺的新秩序。它不是封閉的，反而是開放的。透過傳遞「被觀察物」，使得對宇宙的解讀成爲集體的工作，促進國內外科學的交流和討論。

銀板照片雖然提高了科學的聲望，卻不是一種理想的教學工具。銀色和黑色都會反光。影像確實非常清晰，但是觀察起來絕非易事。爲了正確解讀影像，必須緩慢一點一點地傾斜金屬片，使它與照射過來的光線呈適當的角度。最後，銀板照片對藍色的感光很強，對紅色的感光比較弱。然而，到一八六○年爲止，一直都使用紅色的胭脂蟲（cochenille）或洋紅（carmin）等天然紅色染料給觀察組織染色。因此染色技巧必須很高超，才能避免照片裡纖細的組織變成一團團黑點。

推廣的機制

多內希望傳科接觸更多的群眾，而不單只是侷限於夜間課程的學生，於是積極策劃前所未有的第一部顯微鏡攝影圖集。內容不僅包括啤酒酵母、血液細胞，還有牛奶、黏膜、動物精液、骨骼組織、口腔組織等等。當時的社會環境相當有利。儘管多內的顯微鏡觀察課當時仍屬私人性質，巴黎醫學院院長歐爾菲拉（Orfila）仍迫不及待地將它納入國立臨床醫學院的正式課程中。多內與傳科的研究得到有力的支持。在圖片的印刷方式上，多內有兩種選擇：或者用水銀覆蓋銅板明亮的部分，再用酸直接腐蝕陰暗的部分，然後交由印刷商印製出版畫；或者更簡單一些，直接找技藝精湛的版畫雕刻師傅臨摹照片。多內選擇了後一種方法來保存他的銀板照片。結果，雕刻家烏代（Oudet）手工製作了八十六幅版畫。《醫學院輔助課程——顯微鏡觀察》（*Cours de microscopie complémentaire des études médicales*）圖集在一八四五年一月二十七日提交給法國科學院。[2]

在一八六○年代日光攝影凹版印刷（héliogravure）[3] 發

2 阿爾弗雷德‧多內與讓-貝爾納萊昂‧傳科合著《人體體液在顯微鏡中與生理學上的剖析，多內與傳科合著的寫實圖集》（*Anatomie microscopique et physiologique des fluides de l'économie. Atlas exécuté d'après naturé, par MM. Donne et Foucault*），一八四五年版。譯註：與前述的《醫學院輔助課程——顯微鏡觀察》（*Cours de microscopie complémentaire des études médicales*）是同一本書。

3 譯註：日光攝影凹版印刷（héliogravure），透過化學作用，運用酸性溶液去侵蝕金屬版面留下凹痕，可使相片轉化成版畫原版。大致而言，日光攝影凹版畫是一種能製作出與相片一樣效果的版畫技術。關於日光攝影術，請見第八章。

明之前，新興攝影術仍然多半依賴繪畫的傳播。之後，因為技術並不穩定，使得人們還是較偏好用繪畫代替攝影，盡量避免直接求助於攝影術。第二帝國初期，攝影術甚至經歷了一段令人洩氣的時期：印製照片比預期棘手得多。不過，自一八八〇年起，網版（trame）的發明以及攝影和傳統版畫作業方式的結合，更容易表現銅版的凹凸刻痕，終於使圖像得以廣泛傳播。雖然影像對比度還不夠，但至少有照片的樣子。

在一八四〇年代，年輕的傅科希望改善顯微鏡的照明系統，結果想到在教室的牆上投射影像的主意。至今為止，所謂利用「太陽光」的顯微鏡只是簡單地把鏡子反射的自然光集中到載物台上而已，傅科建議使用電光源：這樣即使在陰天也可以觀察和攝影。他想到利用乾餾碳（charbon de cornue），它既不易在空氣中燃燒，導電性又強。將兩枝碳棒連接到一顆伏打電池（pile voltaique）的兩極，即可製造出強烈的光線。碳棒的密度高，保證了相對的穩定性。這種原始電燈的最大缺點是碳棒消耗過快：傅科必須隨時手持碳棒將它往前推。解剖學的投影自一八四四年起便開始使用這種方法（算是最早的電力照明設備之一）。

一八四四年還沒過完，光學專家德勒耶（Deleuil）就利用傅科和多內的裝置，第一次試驗「在全世界任何地方」都不曾見過的公共照明設備。他將碳棒的兩端放在巴黎協和廣場里爾雕像的膝蓋上，然後將一百多個本生電池（pile Bunsen）置於雕像底部的小房間裡。幾天以後，同樣的實驗又在巴黎賽納河畔的孔堤河岸大道（Quai de Conti）重複了一次。

多內教授原本就是顯微鏡教學的先驅，從此又在顯微鏡攝影方面居於世界領先的地位。沒有人比他更清楚知道，定影在銀板照片上的不是單一絕對的「現實」，只是「多種現實的其中之一」。儘管如此，他還是提出了照片影像的自動性和中立性。他不容置疑地為自己的研究成果辯護，證明它的思辯性質：「攝影絕對是科學觀察的利器。」他認為，攝影的合法地位和榮耀，在於它能夠重現偶然狀況：「使用銀板照

片，整個顯微鏡的觀察範圍得以重現，包括各種變化和意外狀況。」照片的自主性和獨立性成爲一種價值。爲了推廣這種新技術，熱情的人們利用傳統上支持博物學圖畫的相反論點。圖畫有強調重點部分的功能？多內的照片可以將影像完整紀錄下來。圖畫「告訴」我們應該看什麼？多內的照片直接讓人看到眞相。圖畫是現實的確認？多內的照片則是事實的反射。圖畫消除了偶然性？攝影則可以容納偶然性。

攝影對象

「它到底是用什麼東西做的？」在設法實現他的第一幅顯微鏡攝影影像之前，多內就已經用顯微鏡觀察過銀板照片的表面：照片在顯像之前是一種物質。照片的分子機制不可見，保證影像相對於觀察者的客觀性和獨立性。影像獨立存在於人爲操作、肉眼、和熟練技術之外。

科學家用來說明攝影的語言反映出這些追求客觀的意願。影像被描繪成一個沒有觀察者的現象，一個沒有實驗者的實驗。感光層、材料（玻璃或紙）、光線、化學反應、拍攝對象、大氣環境等等，在他們的談話中變成攝影活動眞正的主角：塗在銅板上的珍貴材質有「感應」。它們不僅神秘地反映照過來的光線，並且有區別地加以改變。矛盾的是，介於觀察者的眼睛和世界之間「自動」又「客觀」的照片影像，卻有助於確認科學的寫實性。攝影提供不可否認的眞實感，像一部運作自主的機器，完全複製拍攝的對象，似乎證明有一個中立、唯一、客觀、且無所不在的世界，一個不需要觀察者就可以存在的世界。

同時，這些將攝影對象客觀化的圖像將攝影帶入了科學爭論的漩渦中心。科學裡有攝影，攝影裡有科學。兩者編織著具有共同前景的某種東西。

第十章　感應電療法（faradisation）

紀堯姆・杜馨・德・布隆涅[1]，一八六二年

表情拼寫法

　　「這是一位患有顏面麻痺的長期住院病人，也就是說，電流通過他的臉部，不會讓他有任何疼痛的反應，只會刺激皮下收縮功能仍然完好的肌肉，讓它們像正常人的肌肉一樣作出反應。因此，我們可以在他身上單獨刺激某一束肌肉，例如大顴骨肌，使他在不知情的情況下露出笑容。」為了解釋他的著作《人類生理機制》（*Mécanisme de la physiologie humaine*）[2]，杜馨醫生，也就是紀堯姆・德・布隆涅（Guillaume Duchenne de Boulogne）醫生（布隆涅是他的出生地），在書中發表了一張可憐人的照片。這個人滿臉皺紋，頭腦簡單，靠補鞋為生，是薩勒佩堤耶醫院[3]的長期住院病人。在他旁邊，醫生親自把兩支接著微弱電流的電棒放在他臉上。攝影為肌肉收縮瞬間產生的表情留下了永恆的影像。

　　拍攝的過程非常麻煩。杜馨醫生先用靠枕讓病人保持適當的姿勢，然後再調整照明和焦距。其間，照片底板會塗上一層感光乳膠。當杜馨醫生單獨操作時，對焦工作就特別麻煩。如果有人幫忙，他就會把這項工作交給合作者進行。不過，沖洗相片始終由他自己完成，因為他認為自己比攝影師更能判別特定的形狀或表情。他的人像照片經常呈現模糊或者人物沒有完整入鏡的狀況，顯示進行電生理學和攝影的雙重紀錄是多麼困難。

　　杜馨的攝影實驗力求「科學」。這些實驗的合法地位明確來自布豐（見第六章註三）的《人類歷史》（*Histoire de l'homme*）[4]一書。人臉就像畫布，是「螢幕」，反映出最隱密的內心騷動；而靈魂就是畫筆。因此，臉部既可以表現溫柔體貼，也可以表現剛毅有力；既可以表現猶豫不決，也可以表現堅強意志。解讀的方程式很簡單：靈魂的每一個活動都表現為臉部的一個型態，每一個型態又對應一種性格。杜馨

1 紀堯姆・杜馨・德・布隆涅（1806-1875），臨床醫學的先驅醫生之一。他對假性肥大型肌營養不良症（paralysie musculaire pseudo-hypertrophique）的描述，使後人將這種病稱為「杜馨氏肌肉失養症」（DMD）。

2 杜馨，《人類生理機制或表情的電生理學分析——論局部電流刺激在病理學和治療方面的應用》（*Mécanisme de la physiologie humaine ou analyse électrophysiologique de l'expression des passions. De l'électricité localisée et de son application à la pathologie et à la thérapeutique*），巴黎：Baillière，一八六二年。

3 譯註：薩勒佩堤耶醫院（hôpital de la Pitié-Salpêtrière），位於巴黎第十三區，十七世紀即存在，當時禁閉瘋人、癩瘋病人、與流浪漢。過去曾為全歐洲最大的醫院兼醫學研究中心，主要研究神經病理學。

4 譯註：這裡指的應該是布豐的《自然史》。布豐提出人類與猿猴的相似之處，認為兩者可能屬於同一個生物分類。這個理論被認為是達爾文進化論的前身。

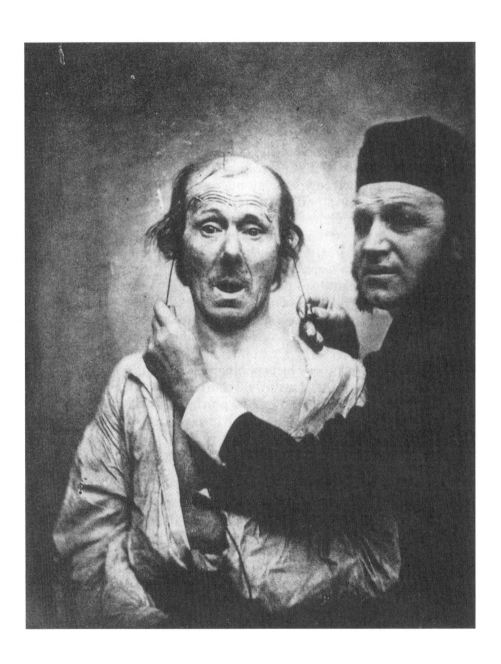

認為，選擇頭腦簡單的病人有利於初步的實驗：未經修飾的情緒有助於得出清楚的結論。

讓讀者自己來學習解讀臉上自然形成的文字吧。「如果靈魂是表情的泉源，負責肌肉的活動，用特殊的線條在臉上刻畫出情感的圖像，那麼，透過研究肌肉的動作，就可以找出管理人類臉部表情的法則……我不僅會列出這些法則，還要用照片顯示面部肌肉受電流刺激時出現的表情線條。總而言之，我要用電生理學的分析方法，同時藉助照片讓人們認識正確描繪臉部表情的藝術。人們或許可以稱之為動態的表情拼寫法。」5

儘管杜馨自稱是畫家勒伯安（Charles Le Brun）和瑞士面相學家若漢·凱斯伯·拉瓦特（Johann Casper Lavater）的後繼者，他對面部的研究方法還是極為獨特。確實，深藏的感情和相貌特徵相互對應，是他實驗的先決條件，但是杜馨醫生與勒伯安或拉瓦特不同，他沒有去尋找表現在臉上的心靈徵兆。感應電療法引導他從一束束肌肉當中，建立起表情的對應機制圖。

冷笑和恐怖的表情如今讓我們覺得害怕，只是因為我們忘記了拍攝照片時的場景佈署；我們誤解了這些表情。不過杜馨在畫面中確實有讓大家看到他使用的儀器：電棒、導電線和感應器為我們提供了解讀影像的鑰匙。因此，我們在此看到的表情只是表象，而非代表痛苦或歡樂的身體符號，不是什麼現象的症狀。

照片是將人們的注意力拉回身體表面的動力。這裡出現的面孔，不論真笑假笑、哭泣、噘嘴、或挑眉，只因照片而存在。是照片讓我們有機會對這些面孔進行系統化的研究。是照片促使我們使用電擊。如果只把照片當成單純的記錄技術，那就錯了：它才是實驗的主要動力，它才真正是這些冷漠面孔的創造者。沒有照片，它們就不會存在。

從空間到時間

杜馨建立了一張固定的對應地圖，甚至可以說是一個完

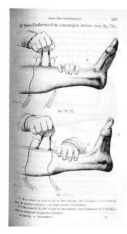

將電流直接刺激肌肉或間接刺激神經的治療技術，出自杜馨的 *De L'electrisation Localise*。

左頁：電生理學實驗，薩勒佩堤耶醫院拍攝。攝於一八五二年至一八五六年間，出自紀堯姆·杜馨·德·布隆涅的《表情的電生理學機制》（*Mécanismes électrophysiologiques de l'éxpression des passions*），一八六二年出版。照片右側，杜馨正把電棒接在一個人的臉上。電流使面部的肌肉收縮，產生特定的表情。（Foucault, Société française de photographie）

5 紀堯姆·杜馨·德·布隆涅，出處同註二。

整的生態體系。每一種感覺都有跟它對應的肌肉；每一束肌肉或肌肉群都表現一定的感情。某些表情只要收縮一束肌肉，其他表情則需要多數肌肉同時收縮；整體絕對由部分總合而成。這裡的邏輯基礎屬於笛卡兒主義。「身體不受靈魂的支配，除非兩者之間先存有作用的機制。靈魂的決策並非身體動作的唯一要件。」[6]杜馨可以把笛卡兒說的這些話當成自己的話。靈魂本身無法解釋任何問題；只有從「作用機制」的角度來談肌肉的收縮，只有將身體當成一部由許多配置完美、步調一致零件組成的機器，才能解釋身體「如何」動作的問題。

　　杜馨的機械臉，預告了馬萊（Marey）（見第十二章）在十九世紀最後二十年用照片表現的機械人體動作。兩者都是「模型」。一系列攝影的實驗創作，模擬真實但又不完全和真實相似，可是卻能讓人了解作用的過程。

　　幾年以後，達爾文將這些面部表情由杜馨的固定體系抽離。在他晚期的一部作品《情緒表達》（*L'Expression des émotions*）[7]中，他使用杜馨慷慨贈與的照片。其中幾幅原封不動地發表。其他照片在重新製版的時候，去除了電棒和實驗者，只剩下一章驚恐萬狀的臉，或者被疼痛和苦難扭曲的臉……事實上，在圖像上顯示器械已不再重要：對達爾文來說，臉孔已經不再是機械。

達爾文《情緒表達》中使用杜馨拍攝的照片。

6 譯註：在笛卡兒的二元理論中，身體（物理世界）和精神（靈魂、心靈世界）各有各的運作法則，兩者互不干涉。

7 達爾文，《人類和動物的情緒表達》（*L'Expression des émotionschex l'homme et les animaux*），一八七二年出版。

達爾文讀過杜馨的著作。他們系出同源，而且《情緒表達》一書的結構，和《人體生理機制》如出一轍，都是從一種情緒分析到另一種情緒。不過達爾文雖然對杜馨醫生多所讚揚（「他對每一束肌肉的研究仔細，無人能及」），卻也提出嚴厲的批評（「他誇大了個別肌肉收縮對製造表情的重要性」）。達爾文認為，除了斯賓塞（Spencer）[8]之外（「進化原則的偉大闡釋者」），所有研究面部表情的人都犯了一個嚴重錯誤，連杜馨也不例外：他們都相信人類一出現就是現在這個模樣。達爾文斷言，杜馨認為是造物主想要將感情的特定符號瞬間刻畫在人的臉上，這樣仍然無法解釋表情語言的普遍存在。

達爾文認為，如果不承認人類身上留有曾經屬於野蠻動物的印記，就無法解釋齜牙裂嘴、怒髮衝冠等現象。臉部肌肉的功能不僅是表達人類的情感：「證據就是，類人猿和我們有同樣的面部肌肉，但是誰也不能斷言它們的面部肌肉唯一的作用只是做出醜陋的鬼臉。」重點是必須打破人類和動物之間的藩籬：否定兩者間的聯繫，就無法研究表情的成因。只有相信人類和猿猴有共同的祖先，我們才能了解他們笑的時候，面部收縮的肌肉是相同的。

從淺層的情緒表達到深層的情感表達，從杜馨到達爾文：照片讓人了解兩者之間的轉變。但是同樣的圖像卻也掩蓋了一個巨大的裂痕：地圖式的對應和概念式的理解，兩者在認識方法上，一直就存在著極大的分歧。

從科學到藝術

圖像走遍四方。攝影技術促進相去甚遠的領域之間互相交流。十九世紀，正當感性的研究方法與形式的研究方法激烈衝突的時候，攝影卻將藝術家和科學家結合在一起。成立於一八五四年的法國攝影協會，宗旨是「以科學和藝術為唯一目的」，將團結藝術家與學者視為己任。目的是改進攝影的技藝和性能，使它成為一種「藝術」：協會舉辦的展覽中，禁止展出修飾過的照片。然而，從科學過渡到藝術不是一個

8 譯註：斯賓塞（Herbert Spencer, 1820-1903），英國作家兼實證主義哲學家，對「進化」有獨到見解，被許多人認為是社會達爾文主義的前身（雖然其中許多理論都和一般對社會達爾文主義的理解完全相反）。

簡單的過程。這個過程不是消極被動的，反而起著積極的變革作用。

　　杜馨的照片同時以藝術家和科學家爲訴求。他研究支配人類面部表情的法則時，面對的是科學家。描繪外貌時，則面向藝術家。

　　爲了避免在魔鬼般的實驗裝置中間擺出一副自以爲是造物主的學者派頭，他從來沒有給停屍間裡被他用電流刺激而動起來的屍體拍照。他曾爲了在狗臉上製造與人類相似的表情，而在身首異處的狗頭上通電，這類研究結果他也沒有保存下來。

　　但是這麼小心還是不夠。杜馨醫生仍然遇到意料之外的批評：人們批評他竟然選擇一個「其醜無比」的人做他第一個模特兒。他對這些批評十分在意：在完成著作《科學部分》（La Partie scientifique）之後，在《美學部分》（La Partie esthétique）的研究工作中，他便採用一位年輕女人作爲主角。人們的感受決定圖像的地位。圖像上見到的東西必須符合心理期待，這點非常重要。如果兩者缺乏一致性，照片就無法參與事實的構築。如果讀者屬於藝術界人士，一張可憐男人的醜臉就會教人難以忍受。這樣造成的緊張狀態具有破壞性，但也是一種促進改變的動力。年輕的女人取代了老男人：在科學與藝術的往返之間，影像技術傳開了，但是目標已經改變。

　　當時，一名醫生很樂意被人看作藝術家，因此杜馨可以問心無愧地自稱爲畫家。他的畫筆就是臉部的肌肉。光是進行攝影、掌握當時還很困難的技術，已經足以讓攝影技術人員們冠上藝術家的稱號。杜馨以掌握明暗技巧的行家方式思考，參考林布蘭（Rembrandt）[9]和里貝拉（Ribera）[10]的技巧，將痛苦、疼痛、害怕、和苦惱害怕參半等等陰鬱的表情，都用濃重的陰影來表達。至於驚奇、訝異、讚賞、愉快等表情，則用非常明亮的色調來拍攝。作爲藝術家的杜馨已經不可能再像科學家杜馨一樣，自限於突出某種表情的特徵線條。光是面孔已經不夠。藝術的眞實不同於科學的眞實：情緒還必須加上人物的動作和姿態來表達。拍攝軀體和四

9 譯註：林布蘭（1606-1669），荷蘭畫家，以準確細膩的筆法和戲劇性的光暗運用聞名。一六三一年的作品《杜爾博士的解剖學課》（The anatomy lesson of Dr. Tulp），使他在阿姆斯特丹成名。

10 譯註：里貝拉（1588-1656），西班牙畫家，以巴洛克式的戲劇性光影反差手法聞名，作品多取材於宗教和神話。

肢，應該和拍攝臉部一樣花費心思。

在名爲《痛苦的祈禱》的照片中，一位面戴白紗的年輕女人，頭髮中分貼鬢，眼睛仰望著天空。在她旁邊的醫生，正將電極片貼在她的太陽穴上。模特兒的臉上帶有兩種表情：「左臉顯示著順從，右臉是略帶憂傷正在祈禱。」

在另一幅照片中，年輕女人披著像聖女一樣的面紗，俯身向著搖籃。她的臉上露出兩種奇怪的表情：左側表現著母親的喜悅，又帶著一點痛苦（微笑中帶著痛苦的淚水），右側則完全是母親的喜悅。杜馨的文字說明敘述了這個女人的故事：她的兩個孩子患了重病，一個將要死了，另一個也奄奄一息。可是，母親在孩子臉上發現有病情好轉的跡象，她喊道：「孩子有救了！」年輕女人的心情自然是十分矛盾的。她的臉上同時表現出喜悅和痛苦。

人們太過強調杜馨的獨特，認爲他是個孤獨的學者，因而使我們無法清楚了解他在藝術方面的研究其實是許多努力匯聚而成的結晶，是歷史累積的果實。這個歷史不單是藝術的歷史，也是生理學、醫學、攝影、和社會制度的歷史。杜馨直接接觸當時最具活力和前景的三大領域：醫學、攝影、和電力學。杜馨確實算是現代化的象徵。讓－馬爾丹·夏考（Jean-Martin Charcot）[11]喜歡叫他「親愛的大師」，承認他是臨床醫學的偉大先驅之一，崇敬這位漸進型運動共濟失調（l'ataxie locomotrice progressive, le tabes，亦稱脊髓癆）的發現者、假性肥大型肌營養不良症（即「杜馨氏肌肉失養症」）的描述者、並且也是通過電流刺激認識生理學和神經肌肉病理學的推動者。應該就是杜馨激發了夏考對攝影的興趣。一八七八年，夏考在薩勒佩堤耶醫院創立了第一個正式的攝影科。

醫學、電力學、攝影學、和人類面部的研究，孰先孰後？到底誰推動了誰？思想是技術創造的前奏嗎？或者反過來，技術才是爲思想和美學提供了機會？當然，凡事都有前奏：電力學並非等杜馨的到來才和醫學或肌肉研究相遇的。攝影剛問世的時候，就已經和醫生跟肖像畫家交會了。納達爾（Nadar）（見第七章註八）的兄弟是和杜馨合作的攝影師，

11 譯註：讓－馬爾丹·夏考（1825-1893），法國神經專科醫師。他在神經病理學及精神疾病方面的研究成果深入廣泛，許多疾病都以他的名字命名。

所以納達爾的人像攝影也不免受到之前杜馨的研究成果影響。

無論如何，杜馨突出的歷史地位，使他成為電力學的現代技術和臨床醫學圖像技術的先驅者與推動者。不僅如此，杜馨的地位還打亂時間的順序：甚至在夏考發展臨床分析之前，人們已經將杜馨當成為活體生理學開啟大門的先驅。攝影啟動了這一切。是它決定了大規模的面部表情實驗。它拍下這些表情，賦予它們生命，而且最後只有它成為唯一的證據。它架起橋樑連接空間和時間、個體和群體、醫學和美學、以及科學和藝術。它有兩方面的作用：一是作為圖像，二是作為現代化的工具。在此，思想的歷史深深地紮根在攝影技術的歷史當中。

棄置不用的意義

科學的照片影像就算缺乏理由，也可以過渡到藝術領域。當研究表象和深層特徵之間的關係沒有結果，由照片引發的整理和分類又沒有發現新的意義，照片圖像便突然失去了科學價值。照片從此對醫界或學界來說已無意義，卻漸漸在藝術界贏得地位，而且經常因此獲得另一層美學與教育方面的意義。新的用途改變了圖像本身，並且賦予它們新的意義。

在薩勒佩堤耶醫院，多年來對歇斯底里症的發作拍攝照片並未產生任何新知識。抽慉的身體照片日漸堆積，但是找不到這種疾病的生理病因。從一八八〇年到一八九〇年，神經學家夏考醫生在薩勒佩堤耶醫院領導的「視覺」醫學研究已走到山窮水盡的地步，促使保羅·里歇（Paul Richer）[12]和阿爾貝·隆德（Albert Londe）[13]轉向藝術界：他們的照片、圖畫、和雕塑在這個領域大有可為。例如，他們可以用這些作品彌補至今為止都未能描述運動的解剖學缺陷。此外，從醫學界過渡到藝術界，也可以讓他們擺脫科學和醫學規範的沉重負擔。從此以後，他們可以自由地取景、採光、甚至自由選擇拍攝的病人。醫生無法醫不好病人（尤其是歇

12 譯註：保羅·里歇（1849-1933），法國醫生，也是醫學攝影的先趨之一，後來成為專業的插圖攝影師。

13 譯註：阿爾貝·隆德（1858-1917），法國醫學學者兼連續攝影的專家，擅長使用凝膠溴化銀攝影術，一八八二年受僱薩勒佩堤耶醫院的醫學攝影研究部門。

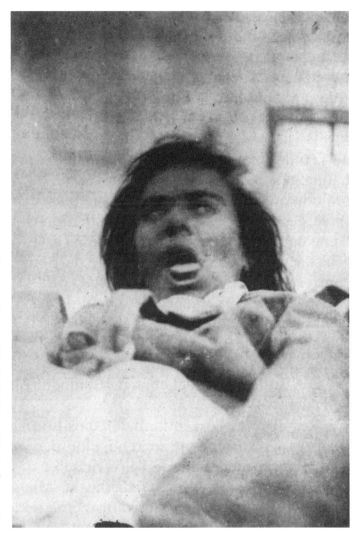

歐斯底里癲癇症（Hysteto-epilepsie），蛋白版照片，長九點五公分，寬六公分。「M.，洗衣婦和鐘錶匠兼喜劇演員的女兒，一八六七年六月九日進入薩勒佩堤耶醫院（迪拉西歐夫先生（Delasiauve）的部門），一八七〇年轉入夏爾科先生的部門……M.看起來受焦慮所苦；她的眼睛往上面和左邊抽搐；嘴巴張開，伸出發紫的舌頭；一副形同魔鬼的表情。」以上文字說明和照片出自布爾納維爾（Bourneville）和雷涅亞（Regnard）合著的《薩勒佩堤耶醫院攝影圖集》（*Iconographie photographique de la Salpetriere*），一八七五年出版。（J.-L. Charmet, Bibliothèque de l'ancienne faculté de médecine de Paris）

斯底里症的人），只好嘗試在別的地方施展他們的知識強權。從醫院和實驗室到藝術家的工作室，過程隨時有偏差的危險。

一八九〇年，里歐發表《藝術解剖學》（*Anatomie artistique*）一書。在這之前幾年他才剛以駐院醫生身分，進入薩勒佩堤耶醫院與夏考醫生合作。在這本著作中，科學成果爲藝術家服務。里歐的插圖直接效法生理學家馬萊和當時薩勒佩堤耶醫院攝影實驗室的負責人隆德的連續攝影。雕塑

家傑羅姆（Gerome）極爲讚賞里歐的創新做法。在里歐成爲法國藝術學院人體結構學的教授後，便開設一項運動結構解析的課程，同時大力抨擊靜止的人體結構學。他漸漸確立人體各部位比例的「藝術和科學標準」，並且捍衛一種以達爾文式科學論據爲基礎的優生學。「最完美的人種，在即將建立的等級中名列前矛的人種，將是……在生存競爭中表現最優越，征服最大塊土地的人種。……多虧科學，或者應該說多虧有各種科學的分支，我們才能夠在未來淘汰很多無法達到人類完美標準的個體：首先是那些因爲疾病或其他原因而畸形的人，然後是發育不全、外表還保有動物特徵的人，還有那些性徵混淆的人，哪怕症狀僅屬輕微也要淘汰；最後還有那些最強勢的人種當中，血統並非完全純粹的人。」[14]

從醫學界到藝術界，里歐輕易從法則跳到準則。在醫學界內部發展的優生學，是法國特有的現象[15]，而且在一八八三年弗朗西斯·高爾頓（Francis Galton）[16]提出優生學概念之前就已存在。攝影是證據、是合法性的證明。身爲醫生兼教師的里歐在此找到將美的標準提升爲規範的機會。

14 出自保羅·里歐，〈人類面部研究導論〉，一九〇二年寫於巴黎。摘自讓—馬爾丹·夏考和里歐合著的《藝術中被魔鬼附身的人》（Les Démoniques dans l'art），巴黎：Macula，一九八四年。
15 出自杜亞爾（Alain Drouard），〈法國優生學探源〉（Aux sources de l'eugénisme français），《科學研究》（La Recherche）no. 277，一九九五年七月。
16 譯註：弗朗西斯·高爾頓（1822-1911），英國人類學家。

第十一章 表面視覺

哈迪和蒙梅查，一八六八年

　　十九世紀中，介於醫生的眼睛和病人的軀體之間的攝影設備，徹底打亂了兩者的關係。事實上，醫生對病人和疾病的看法在幾十年間已經有了重大的變化。一七九四年四月十二日國民公會（la Convention）[1]簽署的一項法令，將外科醫生和普通醫生這兩個原來不同的職業合而爲一。對病人的直接觀察從此變得理所當然。法國大革命後深入的制度和社會重組，使得碰觸、撫摸和直接觀察病人的身體成爲可能。在這個對肉眼視覺重新發現的過程中，新興的臨床醫學與攝影術匯聚一堂。表現痛苦的圖像起了重大的變化。

拍攝的佈局

　　在醫學領域突然出現的照片，將人們的注意力由人體內部帶回表面。版畫促進了人們對解剖的注意，引導視線投入身體內部；至於照片，則棄解剖重外觀。有兩個領域因此地位突然提昇：皮膚科和行爲病理學。在這些注重表象的學科裡，照片反映病人的面部和目光——這一點版畫絕對做不到。照片一方面是表象的反映，一方面又傳遞一種悲劇性，因而導致了深刻的矛盾。

　　一八六八年，聖—路易醫院（l'Hôpital Saint-Louis）的哈迪（A. Hardy）醫生和他的學生蒙梅查（A. de Montméja），聽說了英國同業的攝影研究，也籌畫出版《聖—路易醫院的臨床醫學攝影》（La Clinique photographique de l'hôpital Saint-Louis）。這是第一部用照片做插圖的醫學著作，旨在交流和建立巴黎與外地醫生之間的聯繫。拍攝可見的皮膚病成了制度化醫學攝影的首要目標。

　　婦人一動不動，目光看著攝影師的方向，頭上戴著用寬絲帶繫起的白色鏤空蕾絲帽，滿臉白色皮屑，像樺樹剝落的皮。像個可笑的丑角。她穿著條紋袍子，右手袖子捲起，露

1 譯註：國民公會，法國大革命後建立的法蘭西第一共和期間（一七九二年法國大革命到一八○四年拿破崙稱帝）最高的統治機關。

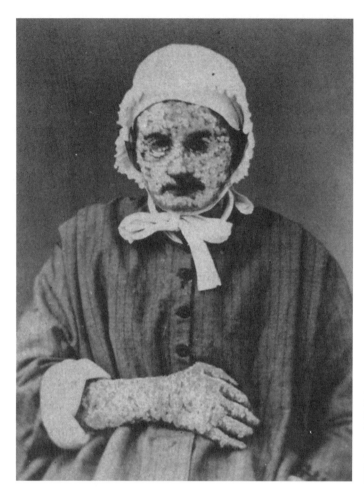

患落葉狀天疱瘡的病人。攝於聖一路易醫院。水彩著色照片。出自哈迪和蒙梅查合著的《臨床醫學攝影》（*La Clinique photographique*），一八六八年出版。(Assistance publique des Hôpitaux de Paris)

出前臂，故意讓人看見她的皮膚，讓人聯想她全身滿佈鱗狀皮屑。沒有說話，沒有抱怨：照片讓病人成了啞巴。因為只追求可見的表象，語言變得無用武之地。

　　拍攝這些影像不容易：身體的現實和照片圖像之間的差距令醫生們頭痛。要用黑白兩色來表現皮膚的顏色似乎存在著不可克服的技術困難。「……皮膚發紫的地方成了很淺很明亮的色調，發黃的部分則變得泛黑，可是在肉眼看來，黃色應該更明亮才對。」為了表現顏色的差異，必須先用相紙洗出照片，作為水彩上色的底稿。接著在對照病人進行上色，以直接比對他們發生病變的皮膚。彩色照片就這樣分為

三個步驟完成：第一步是真正的拍攝，第二部是在暗房裡沖印出相片，最後回到病人身邊對照著色。

做完這些，照片就算與實物相似了，甚至可以說非常真實。然而客觀、準確的影像仍舊只是一種理想，病人的呻吟和痛苦都無法包括在照片之中；它甚至還會阻礙我們追求原因的目光。攝影完全是一種使用符號替代實物的方式，反之符號學也像攝影術一樣，是一種對實物的捕捉。戴著花邊睡帽的女病人，被簡化得只剩下「落葉型天疱瘡」[2]六個字，掉落的皮屑以驚人的速度填滿了她的病床。人們只是從文字說明裡知道，病人會不停地出汗，皮膚滲出黏液，散發腐臭的味道，而且奇癢難耐，治癒的病例極少。病人會死於身體衰竭或各種併發症：慢性腸炎、肺結核、急性支氣管炎等等。治療方法很有限：只能避免使用泡浴和局部軟化劑，並盡可能用金雞納樹藥酒（quinquina）[3]維持病人的生命。

《臨床醫學攝影》就這樣一頁又一頁地展示沉默的病人。身體是完全「展露無遺」，但是病人的面孔卻被成堆的膿疱、流出體液的結塊、還有皮膚下疳等等慘不忍睹的變形給掩蓋了。

生平姓名不詳，病人們像撲克牌上的人物一樣五顏六色，被收錄在分類法的迷宮裡，填滿一格格抽屜。攝影除了分類、診斷、命名、作為代表符號和幫助記憶之外，還使醫生對一些恐怖的現實習以為常。攝影也是對現實的否定。繡花睡帽和熨過的袍子都盡量在緩和對視覺的刺激。這些受疾病摧殘的極端外型，如今已經見不到。目睹生病的皮膚實在令人尷尬難受。

臨床醫學的攝影取代了對軀體的檢視。表面的病變促進以外觀型態為基礎的分類方法。每一種膿疱都有一個名字，每一個名字都對應一種膿疱。白色鱗狀皮屑是落葉型天疱瘡。反之，致命的落葉型天疱瘡則是完全由外表決定，任何功能分析和病因研究都被排除在外。醫學的成功完全取決於這些疾病的分類學。人們幾乎都忘了緩和病人的病情，甚至忘了治療他們。

事實上，是照片創造了分類，在外型和名稱之間建立起

2 落葉型天疱瘡（Pemphigus foliacés）如今被公認是一種自體免疫的疾病。在發病過程中，病人身體會產生抗體，使皮膚細胞失去內聚力（cohesion），並且出現水泡。在腎上腺皮質激素發現之前，天疱瘡通常是致命的。參見克勞德‧何諾‧普亞德（Claude Renaud Pujade）、莫尼克‧西卡爾以及丹尼艾勒‧華勒許（Daniel Wallach）合著的《身體與理性》（A corps et à raison）中丹尼艾勒‧華勒許的部分，巴黎：Marval，一九九五年。

3 譯註：金雞納樹（學名 Cinchomae cortex），一種源自塞內加爾的樹，對治療皮膚疹有特殊療效。法國人用以製成藥酒。

對應關係。符號代替症狀，名稱代替診斷。病變的種類繁多，缺乏詞彙表達的狀況顯而易見。人們在膿疱、斑疹、跟丘疹等名詞之間爭論不休。醫療體系在原地打轉：一不小心，它的離心力就會把病人和疾病都甩出去。哈迪自覺有責任嚴正提醒大家，醫學應該觀察，而不是只滿足於疾病的分類命名。

不過《臨床醫學攝影》仍然是醫生間交流不可替代的先進工具。拍攝的「病例」有效地取代解剖學蠟像到處流通，將罕見的病理現象帶往法國各地以及國外。照片使我們容易確認疾病，但更使我們猶豫不決；攝影具有無可比擬的優點，既不會消去未知數，也不會掩飾驚人的意外情況，使人更容易發現新的病徵。為了促進交流，哈迪和蒙梅查用盡一切辦法降低攝影集的生產成本。《臨床醫學攝影》在醫院內部專設的工作室裡完成。每印一本書就沖洗一套照片，然後再一張一張手工上色。

製作過程的緩慢反而促進和病人的親近。後來，菲力克斯・梅厄（Félix Méheux）一八八四年和一九〇四年間擔任聖一路易醫院的皮膚科攝影師，有人責備他的工作不符合科學，沒有按照制定明確的統一程序製作他的攝影系列。「所有的醫生都知道，梅厄先生憑著他的天賦拍攝出令人激賞的照片。但是（儘管）這種作業方法……能夠提供一些美妙的照片，適合裱框掛在博物館裡，卻不適合出版，因為出版的目的是教育大眾，而不只是少數人。」[4] 確實，梅厄十分注重光線、佈局、和背景。還在照片上署名。有人說他是「皮膚科藝術家」。可是在此，藝術作品卻和科學的研究處於對立狀態。

當黑白照片的「灰色」不再足夠時，梅厄便發展出許多細膩的色彩表現技巧，即使受到醫生們的指責仍然堅持下來。他對照明品質、影像的凹凸表現、以及攝影材料的注重，都讓病人比疾病有更多的發言權。光是這種做法便足以使照片的重點傾向生病的主體。梅毒下疳、斑禿、牛皮癬，和大眾的指責一樣，在男人女人們身上留下了悲慘的痕跡，讓他們既要露面又要閃閃躲躲。影像的重複產生幽默、諷刺的效果，或帶有宣示的作用，但是梅厄的攝影集展現出人物

4 出自布瑞（A. Burais）的博士論文《攝影在醫學上的應用》（Applications de la photographie à la médecine），巴黎：Gauthiers-Villars，一八九六年。

的個別差異，卻帶有一種悲劇性的特質。如果任何醫學研究都要和攝影保持必要的距離，就無法看懂這些照片。它們很可怕，可以把人嚇跑，或者反過來引起人們的無限同情。梅厄的照片製造了情感的混亂。哈迪和蒙梅查在《臨床醫學攝影》中的理智佈局不見了。

醫務人員登場

事實上，一八四〇年代早期拍攝的照片中，主角不是人體，而是醫務人員，這讓人想起古老的木刻版畫和最初的解剖圖像。珍貴且充滿希望的達蓋爾銀板照片留下了許多具有歷史意義的情景：外科醫生同時在醫療和攝影中都佔據中心位置。接著，可以多次複製的玻璃或紙張照片又進一步鞏固了醫生的社會地位。從第二帝國開始，印有肖像或病理圖片的醫生名片，更授以醫務人員權威的形象。影像造就了醫生：它加深人們對醫療行業的尊敬，同時又反過來改變了病人。

醫生的視線對著照相機，站在受到麻醉的病人床邊擺好姿勢（當時麻醉術剛發明不久）。士兵約翰・巴蒙特（John Parmenter）是一八六五年參加美國南北戰爭的志願兵，同年四月十六日因右腳踝受傷送入華盛頓綜合醫院。他俯臥在一張破舊的木板床上，目光清澈，頭髮捲曲，如果不是腳上的傷已經生了壞疽，人們應該會以為他的姿勢很猥褻。在第二張照片中，巴蒙特仰躺著，睡著了。醫生站在病床後面，一

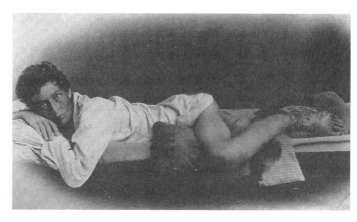

士兵約翰・巴蒙特，一八六五年攝於華盛頓綜合醫院。
(The Burns Archive, New York)

隻手如慈父一般放在士兵的膝蓋上。巴蒙特的左腿上部放在一塊墊木上，下半部突兀地消失：生壞疽的腳已被截去。照片是一項醫學成就的紀錄：即麻醉手術。巴蒙特幾天後就出院了。

第一宗麻醉病例於一八四六年在麻州波士頓綜合醫院進行。威廉‧莫頓（William Morton）[5]醫生使用吸入式乙醚讓他的第一位手術病人進入睡眠狀態。約十五年之後，美國南北戰爭提供了新的研究機會：當時麻醉乙醚已為全世界的醫生所接受。可是手術的死亡率仍然居高不下：兩個病人中就有一個喪失性命。南北戰爭同時也給攝影帶來新的動力。在戰爭的影響下，戰場突然變成死亡和屍體腐敗的場所。至於英雄主義則被送進手術室；由於攝影，醫院變成建功立業之地。人們在照片上做假、加工。手術室的磁磚翻新，窗簾變白；關鍵時刻缺席的同事被安排在畫面的中心。假裝被截去一條腿的小女孩見到她自己雙腿健全的照片。令人驚訝的攝影和令人驚訝的造假影像聯合作戲：兩者都是影像的重建。

醫生站在病人床頭和病人的合照，一直在文獻資料和形象宣傳之間搖擺。聲望卓著的法國醫生奧古斯特‧內拉東（Auguste Nélaton）[6]就曾經優雅地站在加里巴爾帝（Garibaldi）的床邊，雙手握著病人的右手。這個大名鼎鼎的病例剛剛逃過截肢的厄運：包著石膏的腿用支架撐著，非常明顯。影像可以當作證據：加里巴爾帝被關壓在拉斯佩其亞（La Spezia）的瓦里基亞諾（Varigiana）要塞，受到義大利軍隊的優待，他們甚至為他請來了國際聞名的外科醫生。加里巴爾帝左大腿被子彈擊中，右腳踝也受傷，但是最後痊癒了。一八二六年，《倫敦日報》（London Daily News）這樣寫道：「只要拿破崙三世還在，我們就不會讓人碰加里巴爾帝一根汗毛。」

十六世紀的版畫將醫學的嶄新視覺配置搬上舞台，攝影則展現了外科的技術成就。照片是證據也是赤裸的事實，有時還是宣傳的利器。在我們現代的商業廣告裡，外科醫生改為雙眼盯著螢幕，在電腦旁邊擺姿勢拍照，病人從此被摒除在畫面之外了。

5 譯註：威廉‧莫頓（1819-1868），美國波士頓的開業牙醫，一八四六年公開演示他使用乙醚麻醉病人後進行拔牙手術的過程。

6 譯註：奧古斯特‧內拉東（1807-1873），法國外科醫生，任職聖－路易醫院，制定許多原創的手術程序。他發明的子彈探針（Nélaton probe）於一八六二年成功地為病人加里巴爾帝取出子彈。

第十二章　奔馬動作圖

愛得華・麥布里基，一八七二年

影像裡的懷疑

　　我們只看到馬匹的側影奔馳在白色的背景前。背景下方仔細地標註了許多數字。仔細觀察，就會發現這一連串影像的怪異之處：雖然是固定照相機拍攝的傳統全景，看起來卻更像是攝影機在旁邊移動跟拍的結果。其實，整組照片是透過一種特殊的裝置拍攝的：地上一整排間距相同的照相機，在馬匹經過的時候，就會一部接一部先後按下快門。

　　英裔美國攝影師愛德華・麥布里基（Eadweard Muybridge）在一八七〇年間完成的這些照片，儘管具有顯而易見的科學性，卻難以得到人們的承認。

　　肯定它們的正確性，認為它們可以當作證據，並不足以使人承認它們的卓越價值。

　　一八七二年，麥布里基第一次拍攝到奔馬的照片。在美國，人們對這些影像熱情和懷疑參半。歐洲人則一直抱持懷

奔跑中的莎麗・加德納（Sally Gardener，馬名），時速每小時六十八點五公里。蛋白板相紙（Papier albumine）照片，長十九點六公分，寬十點五公分。愛德華・麥布里基拍攝，一九七八年以版畫形式刊登於《大自然》（La Nature）雜誌。(Musée Marey de Beaune)

疑的態度。拍攝奔馬動作對技術是極大的挑戰：使用麥布里基操作自如的濕板乳膠攝影法（collodion humide），在天晴的時候，大約需要十秒的曝光時間。得到一幅完全不模糊的奔馬照片實屬不易。儘管麥布里基已經製作了速度極快的快門（他確定當時的快門速度已經到達五百分之一秒），最初幾次實驗還是無法令人滿意。

一八七四年十月十九日，《舊金山觀察者日報》（*San Francisco Examiner*）刊登了一則壞消息：麥布里基犯下謀殺罪。他殺害一位名叫拉金斯的男人，因為他懷疑該名男子是他孩子的真正父親。攝影師麥布里基被捕受審。但因在多方友人（特別是和他一起為馬匹拍照的加州州長勒蘭·史丹佛〔Leland Stanford〕[1]）的支持和同情之下，他獲釋出獄。然而這椿案件仍在他的身上投下了一個可怕的問號。

之後麥布里基重拾中斷多年的研究工作，在一八七七年八月二日的《艾爾塔·加利福尼亞》（*Alta California*）日報上發表了一幅照片，照片中的馬匹名為「西方」（Occident），以每秒三十六英尺的速度在距離相機四十英尺的地方奔跑。拍攝到的影像非常清晰！造就這項創舉的原因有二：一是電力系統改進了快門的速度，二是乳膠的感光性增強了。「曝光時間估計在千分之一秒，是根據騎師馬鞭有點模糊的圖像確定的，具有相對的精準度：騎師移動的距離還不及馬鞭手把的直徑。」[2]

說「西方」的照片到處受歡迎並不正確。和大部分麥布里基的照片一樣，這張照片也經過加工。社會大眾、忌妒者、和懷疑者都知道這件事。麥布里基左右為難，既要遵守科學實驗的嚴格規則，又要用馬匹的「英姿」來討好讀者，結果還是禁不住修改了照片，正如他在風景照片中的一貫作風。

一八七七年九月，《舊金山晚間郵報》（*San Francisco Evening Post*）揭發這張照片弄虛作假：「騎師的衣服一點皺紋也沒有，馬匹腿的長度也不對。」特別是快照的速度竟然低於十分之一秒，這一點看起來更不可能。之後麥布里基又花了一年的時間作實驗準備，沿著跑道架設十二架相機，拍

1 譯註：勒蘭·史丹佛，史丹佛大學的創辦人。一八七二年，他與人打賭馬匹奔跑時會有一瞬間四腳都離地，請麥布里基拍照見證。麥布里基使用二十四台相機連續拍攝下馬匹奔跑的動作，證實了此一觀點。

2 愛德華·麥布里基的話。引自麥克·唐諾（Mac Donnel），《愛德華·麥布里基：發明動畫的人》（*Edweard Muybridge, L'homme qui a inventé l'image animée*），維耶約姆（P. Vieilhomme）譯，巴黎：Le Chêne，一九七二年。另請參閱羅貝爾（D. Robbel），〈愛德華·麥布里基與動畫文化〉（Edweard Muybridge et la culture de l'image en mouvement），馬萊／麥布里基研討會會刊，一九九五年五月十九日於波納市（Beaune）會議中心，頁三四到五九。

攝了一系列「從各種位置顯示馬匹行走狀態」的照片。馬的名字叫「亞伯‧愛丁頓」（Abe Edington）。每一架相機的快門都連著一條垂直穿越跑道的「鐵絲」。隨著馬匹的前進，馬蹄或馬車的輪子就會拉斷鐵絲，一一按下每台相機的快門。麥布里基就這樣使用按照固定間距放置的十二台相機，拍下十二幅連續照片。

後來為了達到更高的清晰度，麥布里基再次努力提高快門的閉合速度和感光片的品質；據說之後他的拍攝速度接近兩千分之一秒。

影像證據

跑道上的鐵線讓母馬莎麗‧加德納驚慌失措，橫衝直撞扯斷了肚帶，才使麥布里基的照片得以成為證據。將相機記錄的肚帶斷裂細節與肚帶實物加以比較，證明麥布里基在知識上是誠實的。一八七八年十二月的《大自然》雜誌和該雜誌熱衷攝影的社長加斯東‧堤桑帝耶（見第八章註三二），迅速向國外傳播了這個消息。麥布里基使攝影設備更加完美：他改進攝影的背景，為了加強在快速攝影下很難達到的對比效果，跑道上舖設了白色橡膠。計時器淘汰了鐵線；快門透過旋轉裝置觸動開啟。一八七九年夏天，相機的數量增加到二十四架：拍攝到的片段更為清晰。從此建立起一個非現實的視覺觀察過程。彷彿觀察者與馬匹以同樣速度一起奔跑，視線也完全水平地跟著一條與跑道平行的路線前進。照片拍攝的間隔時間很短，以至於前後兩個影像實際上有部分重疊。

十九世紀的後半葉，馬匹不僅是運輸的工具，是人類忠實的夥伴，而且還是一種象徵。在歐洲，它的地位相當於現代人心目中的汽車。在美國，它是征服的工具，是主人活力與權力的表徵，顯示人類可以凌駕在狂暴野蠻的自然之上。加州州長勒蘭‧史丹佛，同時也是美國前中央太平洋鐵路（Central Pacific Railroad）的負責人，因為建造橫貫美國東西部的鐵路而致富。他擁有一間明星賽馬雲集的馬房。對麥布

里基來說，他是一位強大的「合夥人兼贊助人」。史丹佛的馬匹全速奔馳的照片見證了令人感動的時刻：看到賽馬奔馳的力量，沒有人會無動於衷。此外，對堅信自己擁有全世界頂尖馬匹的史丹佛而言，照片是宣傳他豪華馬房的最佳工具。但是，有人認為馬匹奔跑時有瞬間四腳騰空，有人卻持反對意見，照片是否能夠評斷誰是誰非呢？

當然，麥布里基是加州最優秀的攝影師，何況還有州長給他撐腰。但是他仍被視為殺人兇手。而且人們都還記得他是竄改照片的專家。他會毫不猶豫在天空加上一輪明月或一朵彩雲。雖然攝影器材的成果清晰可見，人們心中卻仍然存疑，無法完全信任他的照片。雖然有史丹佛在行政上大力支持，證明照片合法地位的體制卻已經大受動搖。要想重新獲得人們的認同，只能將某些不可預測但可用肉眼證實的現實（如扯斷的肚帶）和照片上對應的印記（同樣的肚帶，同樣的裂痕）進行比較。影像要想成為證據，就必須能夠包含不可預測的事物，必須置身於作者的意圖之外。

批評與論戰

法蘭西斯・培根（Francis Bacon）[3]這麼說道：「的確，米開朗基羅跟麥布里基一直盤旋在我腦海裡。可能我從麥布里基那裡學到關於姿勢的東西，從米開朗基羅那裡則學到了型態的恢弘氣勢。」他的兩幅畫《兩張臉》（*Deux figures*）[4]和《三折畫——人體研究》（*Tryptyque——Études du corps humain*）[5]，儘管人物面部帶著畫家親友的輪廓特徵，卻明顯參考了以麥布里基法拍攝的摔角手分鏡照片。分析人類和動物動作的照片在當代的藝術領域中仍然有很大的影響。

早在十九世紀，這些分析就已經讓現實主義畫家們激動萬分。

例如，一八八三年，美國畫家湯瑪斯・伊金斯（Thomas Eakins）直接影響賓州大學，使他們向麥布里基訂購了數量龐大的作品。這項訂購最後成就了一本以藝術家為訴求對象，照片總數達一萬九千幅的著名圖集，內容包括動物和人

3 譯註：法蘭西斯・培根（1909-1992），英國表現主義（Expressionism）畫家。
4 作於一九五三年。
5 作於一九七九年。

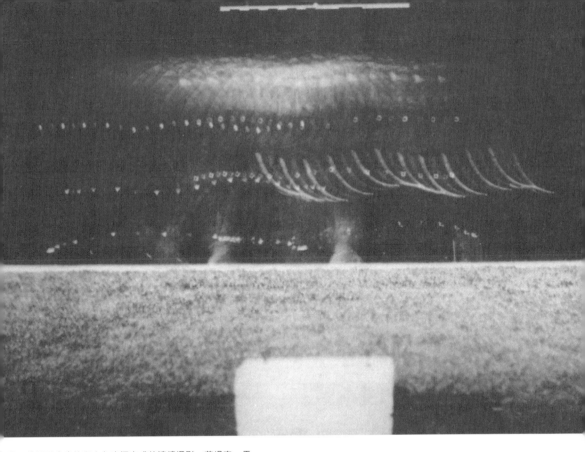

…象。使用固定底片和白色座標完成的連續攝影。艾堤安・于

…力・馬萊攝於一八八六至一八八七年間。(Collège de France)

的各種運動姿勢。

在法國，生理學家艾堤安・于勒・馬萊（Étienne Jules Marey）透過《大自然》雜誌認識了麥布里基的研究，引發他開始使用連續攝影（chronophotographie）來研究動物的運動。

一八八一年九月二十六日，麥布里基在他巴黎的寓所聚集各國藝術界、科學界、以及新聞界的人士，大家圍坐在他和他的作品四周。一八八一年十一月三日，還有之後的十一月二十日，法國畫家梅森尼葉（Ernest Meissonnier）家裡也舉行了同樣的聚會。各種動物運動中的分鏡照片藉一個轉盤的幫助，重新動了起來，看來「真實得不可思議」。麥布里基強調自己的研究極為嚴密並且符合科學，並由此推論它們應該在大學裡佔有合法的地位。

然而，科學的真實性並不適用於藝術的寫實。按照科學方法分解的照片，並不會自然具有動感。梅森尼葉指責照相設備看錯了。他邊說邊給科學家們畫草圖：「你們什麼時候送我一匹這樣的馬，我就滿意你們的發明。」赫爾姆霍爾茲（Helmholtz）[6]說，一幅寫實的圖畫應該比忠於錯誤的影像更能給人強烈的衝擊：即使繪畫造成視覺的錯覺，也不會像從前阿佩爾（Appelle）畫的葡萄一樣引來鳥的啄食。重點不在於圖像必須與物體完全吻合，而是圖像給情感造成的衝擊。

馬萊的合作者，生理學家兼攝影學家喬治・第米尼（Georges Demeny）[7]認為，精確分解的連續攝影新圖像都是「真的」，無須懷疑，但是要讓眼睛接受這一點，就必須教育自己的視覺。因為，連續快門攝影選擇並固定影像，但從不分析面部的存在或細膩的動作。照片不會傳遞真實的感受，而是複製現實的影像，甚至有些誇大。如何表現運動？到底應該考慮觀者的感受，或者追求與真實對象的相似？

梅森尼葉決定弄個水落石出。在他位於帕西（Passy）的莊園，他登上一輛在傾斜軌道上滑行的小車，觀察由合作者在旁邊平行策騎的馬。但是，他猶豫了：藝術到底屬於「見」的範疇，還是屬於「知」的範疇？應該跟隨藝術家眼睛的直覺，還是服從科學的結果？最後他做了風險最小的選擇，將

6 譯註：赫爾姆霍爾茲（Hermann Ludwig Ferdinand von Helmholtz, 1821-1894），德國物理學家，以數學分析證明能量守恆定律的第一人，他並且致力以物理學的角度研究人對顏色的感知。

7 譯註：喬治・第米尼（1850-1917），法國生理學家，與馬萊合作進行多項應用生理學的研究。他同時也是電影先驅者。一八九〇年，他和馬萊共同發明出活動式底片連續攝影技術。一八九一年他獨自申請了「留聲放映機」（Phonoscope）的專利，並賣給法國高蒙（Gaumont）電影公司。該公司機器商業化生產並利用，激起盧米埃兄弟的靈感，從而發明史上第一部可以拍攝動畫的攝影機。

穿戴感應器的運動員，出自
馬萊一八七三年的 *Animal
Mechanism* 插圖。

實驗的成果作為輔助，修改了他的畫作《一八七〇》，修正了
馬蹄的位置。

在一八九四年發表的著作《運動》（*Le Movement*）裡，
馬萊則顯得相當謹慎。雖然他的作品使藝術家們感到興趣，
但是談論美學不是他的事，他還不夠資格。不過他還是在作
品中含蓄地批評了那些畫家的錯誤，認為他們自以為畫作完
整捕捉了運動員跑步的畫面，他不無嘲弄地補充：「……不
應該禁止大自然作評判，禁止快照攝影顯示賽跑運動員的真
正姿勢吧。」

儘管有這些持保留態度的意見，照片還是慢慢變成視覺
的參照。人們已無法在忍受以下種種錯誤的說法：馬匹奔跑
時，馬腿的「全部關節都成直角彎曲」[8]；人們跑步時上身一
定向前傾；群鳥飛翔時，全都抬起翅膀，「彷彿人們從未見
過它們的翅膀下垂」。自稱「關心準確性」的學院派藝術家們
分析麥布里基和馬萊的照片。以軍事及廣大草原上的騎兵部
隊為主題的畫作，是這些分析的主要受益者。[9]法國畫家德
塔耶（Edouard Detaille）、納維爾（Alphonse Marie de
Neuville）、以及梅森尼葉等人為了科學的事實，放棄了自己
的價值觀，使他們的圖畫進入一個追求圖像合法性的新體系
中。連續攝影為照片這個客觀世界的複製品提供出乎意料的
合法性，並且大大提高了它的價值。

不求準確的權利

不過爭論並未就此結束。

不管運動的影像再怎麼準確，都不再完美。在法國，馬
萊連續攝影的科學性，甚至他的名氣，都不足以克服難題：
如果拍攝的片段沒有動感，那符合科學的準確性又有何用？
這種不安正是來自科學家們自身。薩勒佩堤耶醫院的醫生兼
藝術學院的教授保羅·里歐（見第十章註十二）指出，最能表
現跑步動作概念的，正是那些「從真正的現實和科學現實的
觀點看來」，都最遠離跑步動作概念的圖片。

薩勒佩堤耶醫院攝影工作室的主任阿爾貝·隆德（見第

8 見蘇里歐（P. Souriau），
《運動美學》（*L'Esthetique
du mouvement*），巴黎：
Alcan，一八八九年。
9 參考法國國立現代藝術博
物館，巴黎龐畢度中心一九
七七年舉辦題為《動態攝
影：弗里佐（M. Frizot）與
馬萊》（*La Photographie du
mouvement*）的展覽資料。

十章註十三）在他的著作《供藝術家參考的連續攝影照片》（*Chronophotographies documentaires à usage des artistes*）序言裡這麼說道：「有些畫家在連續攝影術發明最初，完全複製照片提供的資料，我們不認為藝術家應該這麼作。」「攝影資料不論內容是什麼，從科學觀點來看總是真實的，但這不等於從藝術觀點看來，它們也永遠真實。藝術家創作最能表現動作的姿勢，而不是僅止於複製那些我們的肉眼永遠看不到，讓人感覺不真實且反感的姿態。」隆德扭轉了爭論：科學不應該左右藝術，而是應該為藝術服務。

結果是引發抗議科學萬能的聲音，這樣的聲音甚至出現在科學界和醫學界內部。在二十世紀初，學者無法回答人類起源的問題，工業發展的破壞性後果使某些人得出科學破產的結論。藝術家反之開始追求形式的自由，追求「不求準確的權利」。

雕塑家羅丹（Rodin）認為，運動的現實和運動的感覺是完全不同的兩回事。問題根本不在於是否應該複製科學照片。畫面的動感存在於動作的不平衡、甚至是現實不可能做到的動作之中，而非在於捕捉真實的動作。

過度膨脹攝影的重要性被認為是一種危險。二十世紀初，人們嚴厲抨擊某些藝術家出於賣弄，喜歡鉅細靡遺地複製攝影作品。他們表現的姿態奇形怪狀，「如果有人大驚小怪，他們就會手拿照片，隨時準備向你證明這些姿態有多麼真實。」[10] 這些圖畫「既醜陋又不真實，因為它們表現的東西，和我們在大自然裡看見的完全不一樣……畫家最重要的工作，就是在呈現現實的時候做出選擇。」[11]

因此，儘管馬萊認為連續攝影掌握著表現運動的秘訣，但藝術家們卻不覺得它是解決問題的靈丹妙藥。正當寫實藝術與實證科學失去地盤的時候，影像誇張諷刺的一面又再次突然出現。

在義大利，畫家賈科莫·巴拉（Giacomo Balla）受科學連續攝影的啟發，繪製了一幅非寫實畫作。巨大的樂譜上排列著一串上行的十六分音符，一個音符就是一張教士的臉，從低音到高音，教士的臉看起來像在聲嘶力竭地喊叫。馬萊

10 引自蘇里歐，出處同註八。
11 出處同註八。

的研究在義大利很有名：這位生理學家往返巴黎寓所和那不勒斯（Naples）[12]的別墅之間，一有機會就在義大利的期刊上發表文章。

然而，賈科莫‧巴拉的另一幅畫《一隻被繩子牽著活蹦亂跳的狗》（Dinamismo di un cane al guinzaglio），比馬萊用固定底片連續拍攝的照片更加深入。他不只分析了動作，還努力表現出震動的感覺。狗的身體在抖動。女主人加快腳步。呈同一色調的畫面，帶有一種攝影的效果。幾乎像漫畫般的輕鬆主題，使人想到馬萊創造的某些「科學」場景：栓著繩子、抖動身體的狗和馬萊那隻用細繩牽著走的母雞之間確實有點相似。還有馬萊那隻顫動翅膀的蒼蠅。更妙的是，巴拉的圖畫甚至還帶有固定底片的缺陷：動作中的人還沒走出畫框就消失了。這樣的消失，如果是一種攝影的特徵，正好代表照相機停止運作的那一刻。這樣的「缺陷」並未妨礙連續攝影的實驗在巴拉的畫作中持續存在。巴拉的意圖顯然是想給人一種物體正在運動的錯覺。

巴拉直接受科學連續攝影影響的其餘幾幅畫作陸續出現：例如作於一九一二年至一九一三年間的《在陽台上奔跑的小女孩》（Bambina che corre sul balcone），除了對運動的分析，還包含動作的分解。和馬萊一樣，巴拉也研究鳥的飛翔跟人的奔跑動作。《小提琴家的手》（La mano del violonista）畫於一九一二年，不經意地重複了喬治‧第米尼特別鍾愛的主題。馬賽勒‧杜象（Marcel Duchamp）[13]在一九一二年一月注意到《被繩子牽著的狗》。正好在這個時期，他完成《下樓梯的裸女之二》（Nu descendant un escalier n°2），圓滿完成對他對減速問題和繪畫中運動問題的研究。[14]杜象本人在後來說道：「這個最後的版本……是各種不同的興趣在我心中的匯聚成果，其中包括尚處於嬰兒時期的電影，以及法國的馬萊和美國的伊金斯跟麥布里基在連續攝影中拍攝到的靜態分解動作。」[15]

然而，批評的聲音開始在義大利出現：巴拉沒有創造出畫面的動感，反而再將一秒之內完成的運動分解成二十個靜止的動作。但運動是持續進行的過程，而非型態的交替。我

12 譯註：位於義大利中部偏南托斯卡尼省（Tuscany）的靠海城市。

13 譯註：馬賽勒‧杜象（1887-1968），法國畫家，對二十世紀的前衛藝術影響深遠。

14 譯註：一九一一年杜象掉進立體派的潮流，但立刻走向表現運動過程的繪畫，和未來主義對「速度」的關心相呼應。一九一二年的作品《下樓梯的裸女》融合了立體派將多元視點置於同一畫面、以及未來主義用一個個連續動作表現運動的手法。

15 出自馬塞勒‧杜象一場名為《關於我自己》（A propos of myself）的演講，一九六四年十一月二十四日在美國密蘇里州聖路易市的城市藝術博物館（City Art Museum of Saint-Louis）舉行。

們的頭腦駁斥這種捕捉時間片段的觀念：對大腦來說，畫面裡的運動沒有開頭也沒有結尾。巴拉的手法可能被認為太過科學——當時未來主義學派[16]才剛發表第一次宣言：「我們的感覺不能用輕聲細語表達。我們要在畫布上高歌疾呼。」未來主義派的目標是讓藝術家成為生命的主角，生命「被速度激怒，受蒸氣和電力的控制……，像鋼鐵般堅毅的生命，傲慢、狂熱；如旋風般的生命」。建立排除情感的觀察不是他們的目標。

最初，巴拉被排除在未來主義學派之外。一九一○年，未來主義派的第二份宣言中明確提到馬萊的研究，鼓勵人們掌握這種連續攝影的分析方式，因為它為速度的解讀開闢新的道路。從這時起，巴拉便加入了未來主義的運動。

但是，對科學攝影的批評之聲還是日益高漲。義大利畫家安貝托·博丘尼（Umberto Boccioni）[17]應該聽說過或者讀過亨利·柏格森（Henri Bergson）[18]的著作。他因此堅信動作是不能被分割為數個瞬間的；運動的整個過程有深刻的一致性。他深信直覺的力量。因此我們可以說，博丘尼對運動的概念，和馬萊認為運動具有客觀性和機械性的觀點是完全對立的。攝影師布拉加格里亞兄弟（Bragaglia）[19]認為，科學的連續攝影無法反映動作的生動和不規則。而且它和它自以為的現實相去甚遠，根本不能反映生命。

在馬萊極力抽離自己的感覺，努力以局外人的身分觀察世界的同時，布拉加格里亞兄弟的動態攝影卻反而透過照片中光線的拖曳痕跡和模糊的形狀，將被攝物體的內在特質和動感相互結合。哥哥安東·季里歐·布拉加格里亞認為攝影既不是觀察的窗口，也不是接收自然界影像的機械眼睛：照片與現實主義截然相反，主要來說，它是一種創作，製成的同時就已經具有感動人心的力量。

布拉加格里亞兄弟的公開批評，和博尼丘含蓄的批評一樣，都直接受到柏格森指責「科學現實主義」的影響。對瞬間的關注犧牲了內在意識的延續（la durée）；從此，人們無法再同時兼顧物質與人的感知。科學現實主義在物質和感知之間築起一道牆：物質的變化有如數學演繹法一般一刻接著

16 譯註：未來主義（Futurism）受到尼采、柏格森哲學思想的影響，強調同舊的傳統文化徹底決裂，否定一切文化遺產和傳統。此派藝術家對現代機械文明的崇拜與高度興趣，反映在他們的畫作中，特別是速度感以及運動感覺。

17 譯註：翁貝托·博丘尼（1882-1916），義大利畫家兼雕塑家，同時也是義大利未來主義派的核心人物之一，一九一○年至一九一二年間的幾次未來主義宣言都由他帶頭起草。他認為藝術的本質不在於力求外型的相似，藝術家有權將作品的主角任意變形。

18 譯註：亨利·柏格森（1859-1941），法國哲學家。他提出內在時間（la durée，哲學上譯為「綿延」）的概念，認為「內在」的時間和現實的時間（temps scientifique）不同，無法客觀計算，只能靠直覺感受。

19 譯註：安東·季里歐和阿爾圖洛兩兄弟（Anton Guilio Bragaglia, 1890-1960 和 Arturo Bragaglia, 1893-1962）。哥哥安東·季里歐是義大利劇場場景設計師兼舞台劇和電影導演，他創造了動態攝影（photodynamism）這個字，提出動態攝影可以作為未來主義派攝影的理論基礎，認為透過動態攝影將虛實交疊，可以融合科學與藝術。弟弟阿爾圖洛是演員兼攝影師，與哥哥合作創作許多動態攝影照片。

一刻在演進，但是我們感覺到的世界卻是一連串生動別緻，但不連續的圖畫。

柏格森和未來主義派攝影師們都認為，這堵牆毫無存在的理由。用模糊的影像取代清晰的快照，應該就可以消除實物與感知之間的矛盾。馬萊堅持的物質客觀存在論，最終被推翻實體重要性的理論給打敗了。實質的結構對感覺做出讓步。未來主義派堅持的現代性否定歷史。在一九一〇年代，馬萊的研究似乎已經屬於另一個世界。連續攝影誕生於以馬匹為主要代步工具的時代。而未來主義者們創作的震動畫面和模糊照片，則是汽車造成行動範圍擴張，以及城市隨之產生深刻變化的結果。空間因為高速物體的湧入和喧囂的聲浪而爆炸，造成某種一切都稍瞬即逝的感覺，使得未來主義者們猛烈攻擊在義大利影響特別強大的傳統學院派。義大利詩人馬里奈帝（Filipo Tommaso Marinetti）[20]在一九〇九年二月二十日發表未來主義的第一份宣言，號召人們讚頌現代化和工業文明。結果有利有弊：對舊世界的拒絕同時成為對過去的輕蔑。新穎的風格成為規範，變成對異己的排斥。對情感的排斥則變成一種危險。[21]

20 譯註：馬里奈帝（1876-1944），義大利詩人，現代主義的創始人之一。一九〇九年他在法國《費加洛報》發表的《未來主義宣言》宣告未來主義誕生。翌年，他又發表《未來主義文學宣言》，進一步闡明這一流派的理論主張和文學創作原則。
21 譯註：讀者可參考馬里奈帝與後來法西斯主義的關係。

第十三章　現代性

于勒・詹森，一八七四年

日蝕

對天文學家來說，一八七四年是特殊的一年：十二月初，金星將和地球及太陽處於同一直線上。在地球某些地方，可以清楚觀察到日蝕：當金星「凌」日時，可以清楚看到金星呈小圓盤狀的黑影。

一八七四年，法國共派了六支考察團前往全球各地，觀察十二月八日金星凌日的過程。詹森（Jules Janssen）領導赴日本的考察團，帶了一套全新的工具：著名的轉盤式快門相機。出發前，詹森曾就這架機器向法國科學院進行多次匯報，並在許多科普雜誌上做過專論。然而，在任務結束後的報告中，赴北京、聖保羅、以及福克蘭群島的團隊都帶著大堆記錄該事件的照片滿載而歸，詹森考察團的報告裡卻只有一幅圖畫，而且還是根據轉盤式快門相機拍攝的照片複製的版畫。而且跟使用同樣設備的英國團隊比起來，詹森的照片也沒什麼特別之處。詹森用轉盤式快門相機拍下的照片，如今只保留下三張：一張在巴黎的天文臺，另兩張由法國攝影協會保存。[1] 只有前者直接記錄一八七四年十二月八日的天文事件，另兩張應該是為了測試機器，才「人造模擬」金星凌日拍攝的。事實上，影像不過是個藉口。重點是：轉盤式快門相機是個體積頗大的創新器材，是現代化的象徵，只有它才能讓人們對這個計劃感到認同。

讓詹森自己說吧：「地球和金星在各自的軌道上運行，只有每隔一百一十三年半，才會發生一次金星凌日，誤差是加減八年。所以，一六三一年十二月曾有一次金星凌日，下一次應該在八年後，也就是說在一六三九年十二月。再下一次發生在一七六一年六月，也就是一百一十三年半加上八年，距離上一次共一百二十一年半。現在，要想知道金星凌日的日期，只要在上一個年份加上一百一十三年再減去八

1 見貝爾納（D. Bernard）與剛赫特（A. Gunthert），《阿爾貝・隆德：夢想的瞬間》（l'instant rêvé），尼姆：Jacqueline Chambon，一九九四年。

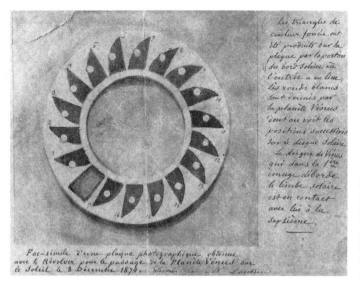

Fac-simile d'une plaque photographique obtenue avec le Révolver pour le passage de la Planète Vénus sur le Soleil le 8 Décembre 1874.

金星從太陽前面掠過。根據轉盤式快門相機拍攝的底片複製，于勒・詹森，攝於一八七四年十二月八日。環形銀板照片上的每一個圖像（這裡已經過重新繪製），白色的部分是金星，和黑色的日輪重疊。(Musée Marey de Beaune)

年，或直接加上一百零五年就可以了，得出的結果是一八年十二月。」

科學家們對天文學家勒讓堤（Legentil）一七六一年那次的悲慘結果還記憶猶新。那年他到賽勒博（Célèbes）觀察日蝕，中途遇上暴風雨，沒能及時趕到目的地。後來花了八年時間等待，直到一七六九年也沒能觀察到日蝕：天空雲層太厚⋯⋯

然而自一八七〇年起，法國科學界記取失敗的教訓，進行重組。如巴黎天文臺、法國自然博物館（le Muséum d'histoire naturelle）等機構紛紛開始支持考察計劃，重燃希望。一八七二年起，法國已經開始觀察金星的準備工作：那一年建立了「由杜馬先生主持的金星觀察大型學術委員會」，決定在一八七四年向南北半球各派出三支考察團隊。

五十人將踏上危險的旅程，光是去程就要花上數個月，而且結果還是未知數。詹森領導的考察團原本目的地是橫濱，由於遇上可怕的颶風，只好當機立斷改為「長崎遠征隊」。旅途長達數月：各支考察團離開法國的時間，其中最長甚至將近一年。

以詹森為首的十多個人到達日本，請了五百名挑夫搬運

兩百五十箱的器材和行李。近百名挖土工人和木匠築起一個小村落。在發生日蝕的前一晚，所有的攝影銀板都已經準備就緒。日蝕發生的當天還得巧妙地看天辦事，利用天賜的晴朗完成觀察攝影。詹森後來說：「那一陣子天氣一直很差。幸好上帝賜福，天氣短暫地放晴了一會兒。」隔天，雨又繼續下個不停。

國際意義

這次遠征的國際意義重大。法國不是唯一參與冒險的國家。金星凌日讓荷蘭、英國、美國也都出動了遠征隊……「所有的文明國家都在比賽闊氣，起碼表面上都慷慨地贊助準備工作」[2]，結果的好壞攸關國家發展的水準。然而，法國還有一段距離要追趕：在一八七〇年初期，法國要讓人忘記在色當（Sedan）[3]的慘敗：「其他國家根本無法想像，戰敗虛弱的法國，還能夠……像以前一樣躋身列強地位；但是，法國國會剛剛撥下必要的基金；法國對任何犧牲都不會遲疑，只要能夠幫助科學院維護國家的科學榮譽。多虧了議會的真知灼見和慷慨，法國天文學家將可以和其他領先國家一樣，驕傲地參與這場所有崇尚科學的國家都嚮往的世紀天文競賽。」[4]

人們對攝影寄予厚望。一方面，天文學家肯定，在人們推薦的各種方法中，只有攝影才能符合必要的精確。另一方面，雖然不敢直言，但是人們還是暗自希望攝影能夠有意外的發現，能夠帶來一些驚喜。

觀察金星的計劃不是唯一可以重振法國榮譽的科學事件。人們還熱切期待法國在一七九五年由國民公會通過採用的以公尺為基礎的測量系統，將受國際採用為公制。人們期待法國國家檔案館中保存的白金公尺，將成為國際公認的標準。一八七二年，當時的內政部長堤耶爾（Thiers）還為此目的，召開一場有二十多國代表參加的國際會議。

事實上，在一八七〇年代初期，英國人在天文攝影方面大大超前法國。瓦倫‧德‧拉路（Warren de la Rue）和路瑟

2 引自弗拉馬里翁（C. Flammarion），〈金星之旅與測量不可到達的距離〉（Le prochain passage de Venus et la mesure des distances inaccessibles），《大自然》（La Nature），一八七四年十二月二十一日。
3 譯註：普法戰爭色當戰役。
4 引自法耶（H. Faye）在一八七二年十一月二十五日向法國科學院進行的報告。

福（Rutherford）都拍攝到「令人讚嘆」的月球照片。特別是路瑟福，他拍攝直徑達到五十公分的照片，用放大鏡可以看到連精密望遠鏡都看不到的細節部分。

美國科學家也同樣非常重視攝影方面的成就。他們在一八七四年組織了八支考察團，分別前往荷巴特城（Hobart Town）、凱爾古蘭群島（les îles Kerguelen）、紐西蘭、克羅澤群島（Crozet）、夏丹群島（Chatam）、長崎、弗拉迪沃思托克（Vladivostok）、以及太平洋岸等地，每一支隊伍都配備專門用於觀察攝影的望遠鏡。焦距經過計算，拍攝的太陽圖像可達四英吋。法國金星之旅再次抬高了攝影的身價：這是第一次攝影正式用作彌補人類視覺不足的觀察工具。

天文學家詹森和布拉克穆思基（Brackmuski）決心接受挑戰。他們製造出一架相機，拍攝的照片直徑可達約十一至十二公分。如果只拍攝太陽的一部份，他們認為照片還可能到達二十公分。因此，詹森覺得有希望獲得太陽**珍貴**的照片，拍到它表面翻滾的火浪和密佈的黑子。

科學意義

我們透過照片追求的，不只是對日蝕特殊現象的紀錄。照片的功能也不單是留下「當天我在場」的證據。仔細觀察日蝕的目的，是為了準確測量出地球與太陽間的距離。因為這個距離，可以作為計算出眾多其他天體距離的基礎。

人們從金星在一七六一年和一七六九年的兩次行經過程，已經估算出大概的距離，而且用哈雷（Halley）[5]在一七一六年提出的時間測量法代替了不太準確的視角測量法。一八七四年，地球與太陽距離的計算誤差是五十萬公里。必須減少到五千公里以下。「不久，人們將可以比較南北半球各地觀察者提供的數字，確認太陽的距離：我們會發現這個重要的距離是一億四千八百萬公里，還是一億四千九或一億四千七……。只有依靠攝影，我們才能達到……這樣的精確度！」[6]

假設時間測量得夠精準，那麼只要其中兩個數據就可以

5 譯註：哈雷（Edmond Halley, 1656-1742），英國天文學家，他從金星凌日的現象找到確定太陽距離的方法，闡明了彗星在橢圓軌道上環繞太陽運行。一七五八年，「哈雷彗星」的回歸證明了哈雷關於彗星軌跡的理論是正確的。
6 出自弗拉馬里翁，出處同註二。

精確地斷定地球和太陽的距離：就是必須準確測量觀察到金星和太陽影像接觸的準確時間。

如此即可由照片上測量出金星的中心點和太陽中心點的距離，加上已知金星的軌道方程式，就可以算出構成宇宙結構的基本數據。這不單只是一個距離的問題，而是如詹森所言，這是「……計算人類有史以來所發現和認識的最大刻度」。

詹森使用轉盤式快門相機的目的正是為了拍攝一系列間隔時間精準固定的連續照片。因此，兩個星球影像接觸的時間將準確地記錄下來。轉盤式快門相機裝設有塗銀銅板的銀板感光片，轉動一圈的時間是七十二秒。加上馬爾他十字齒輪[7]可以保證定時曝光。感光片前面有一個呈圓盤狀的快門，邊緣一圈等距排列著十二個小孔，圓盤轉一圈的時間是十八秒：是感光片轉速的四倍，轉動時轉盤經由小孔可以控制光線呈一開一闔進入，而且每一次停頓時，都停在用作暗箱的望遠鏡焦點上。

這樣每一秒鐘拍攝一張照片，在同一張底片上就可以拍到四十八個影像。

上述操作必須事前準備好感光片。將感光片放入相機後，觀察者應用視差望遠鏡仔細觀察金星的推移，決定啟動計時裝置的時間。隨後，拍攝工作即可完全按固定間隔時間自動進行。每一次拍攝的時間都會自動記錄。

當然，在濕板乳膠底片廣為流行的時代，使用銀板底片是一種奢侈，甚至有故作高雅之嫌。但是乳膠底片效果不夠精確，而且太過依賴攝影師的運作技巧和經驗。

使用轉盤式快門相機的目的不在於反映「運動」，而在於反映「瞬間」。整個世界都在動，包括觀察者所在的地球也在轉動，詹森追求的是捕捉這個動態世界的瞬間。在同一張底片上用七十二秒拍下的四十八幅影像中，只有一張是可用的（金星與太陽相接的那一張）：連續攝影的性質改變了。海軍上將帕里斯（Paris）在一八七二年已經提出這個想法，他認為可以在觀察金星凌日的時候，「用攝影記錄時間」。[8]

詹森與其轉盤式快門相機裝置。

7 譯註：馬爾他十字齒輪（engrenage à croix de Malte），製錶工匠用來調整發條鬆緊的精密齒輪。

8 出自海軍上將帕里斯（Amiral Paris），《金星凌日觀察和攝影記錄計劃》（*Projet d'incription photographique du temps dans l'observation de Vénus*），一八七二年十二月三日觀察金星凌日的回憶錄和資料報告，巴黎：Firmin-Didot，一八七六年。

宇宙意義

拍攝的照片不僅「幫助測量」或記錄一種現象，而且還讓人有意想不到的發現，因為它看得比肉眼更清楚，擴大了肉眼的可見範圍。人們期待看見意想不到東西。它「一定」要出現。

阿拉戈（見第八章）在一八三九年已經預感到攝影對天文學的意義。因此他強調不應該事先為攝影的科學應用設限。他說：「而且，觀察者使用新儀器研究大自然，儀器所帶來的一連串發現，往往大大超出他們原先的期望。這麼說來，人們應該特別注意那些意外的收穫。」[9]詹森的轉盤式快門相機讓卡密勒‧弗拉馬里翁（見第八章註三三）對阿拉戈的預言做出如下結論：「……我們說過，觀察金星凌日的過程中，可能會有別的發現，這個意外發現就是**金星的大氣層**……」

儘管一八七四年組織科學遠征隊的首要目的不是探測金星的大氣，但是「可能有意外發現」這個想法牢牢印在大家的腦海中，卻是不爭的事實。

在觀察金星凌日的準備過程中，夏爾‧克洛（Charles Cros）[10]曾在法國科學院發表談話：「金星上可能有人居住，在它的居民中可能也有天文學家，可能這些天文學家會覺得他們的星球經過太陽會引起我們的好奇心。而且知道許多望遠鏡對準他們的星球，最後可能會試圖向我們發出信號。」[11]而且，他還說：「他們可能會做出充分準備來接收我們試圖發出的信號，甚至他們中間很可能也有一位像我一樣的人，作出與地球相關的建議，就和我今天在這裡報告的金星建議完全一樣。」

這不只是個屬於個人的短暫夢想。之後，路易‧菲吉埃（見第八章註三四）也大聲疾呼：「如果我們一開始就抱著成見，認為不可能用工業方法整頓河道，恐怕我們永遠也無法解釋火星上運河的存在；同理，如果金星上的天文學家頑固認為地球上只有自然的力量，他們也就永遠無法解釋我們的鐵路網。」

一八七四年，詹森很清楚地想到金星上可能存在生命。

9 引自弗朗索瓦‧阿拉戈，《達蓋爾銀板照片》（*Le Daguerréotype*），一八三九年八月十九日科學院會議報告。

10 譯註：夏爾‧克洛，法國詩人、學者、兼短篇小說家。他對科學也有極大興趣。

11 引自路易‧菲吉埃（Louis Figuier），《科學和工業之年：第三十六年（1892）》（*L'année scientifique et industrielle, trente-sixieme année*），巴黎：Hachette，一八九三年。

但是作為一個嚴謹的科學家，他還不敢在沒有確切證據之前公開評論。

後來，科學擺脫了孔德（見第五章註十三）的實證主義，詹森對事實證據也不再那麼執著了，他說：「……即使在其他行星表面仍未直接見到生命的跡象，但是我們有充分理由相信，好幾個行星上都存在生命。所以讓我們這麼說吧，雖然肉眼還沒有直接解決問題，林林總總的事實、類比、和嚴格推論都已經解決了這個問題。這顆科學的果實已經完美成熟了，它是智慧的視覺，和感官的視覺同樣確實，但是層次更高更重要。」

今天人們可能會覺得奇怪，金星是否適宜居住這個問題，竟然會在高水準的科學期刊上引起如此之大的迴響，竟然值得在法國科學院匯報。然而，正是在科學最強大的時代，人們才會將思想（這裡屬於理性思想）往太空天文方面投射。在這之前，星體的空間一直由眾神佔據，在思想史上承先啟後的時刻，則由理智代替眾神。十七世紀末時是如此，在十八世紀和十九世紀以實證科學為主角的時代也是如此。彷彿思想容不得一點空白。外太空的知識佔據了科學革命留下的自由空間。

十九世紀的觀察結果支持美國天文學家史蒂文·迪克（Steven J. Dick）的假設：「……肯定外太空智慧體的存在，可以當作是科學革命後，一種對玄學的補足，是人類在對自然的認識中獲得許多偉大勝利之後，對人類的決定性一擊：它否定了人類在宇宙中僅存的最後一點獨特優勢：人類的才智。」[12] 結果人類不再是獨一無二的；地球之外存在生命的可能性，對人類自戀情結所造成的傷害，只不過是在達爾文一八五九年出版的《物種起源》所造成的創傷上灑了一把鹽而已。

詹森認為，各個行星所處的環境是一致的，因此其他行星像地球一樣都可能產生有智慧的生命生活在行星表面，這種估計完全合乎邏輯。然而，星球孕育生命的過程有些不同：雖然行星都有共同的起源，它們的年齡卻不盡相同。並非所有的行星都已到達一定的地質演進階段，允許行星表面

12 引自史蒂文·迪克，《複數的世界》（*La Pluralité des mondes*），Arles：Actes sud，一九八九年。

生命的出現和發展……

在地球的「姊妹星」金星上發現大氣層，激起人類對自身起源的探詢。詹森轉盤式快門相機的重要性遠在連續攝影之上，它具有科學上、國際上、以及精神上的價值。轉盤式快門相機讓我們期待終於可以定位地球在太陽系的位置，同時也期待它最終能夠解答這個令人不安的問題：「我們在宇宙中是孤獨的嗎？」

轉盤式快門連續攝影的正式和非正式意義就這樣難分難解地糾纏在一起。正式而言，它是為了測量地球和太陽的距離。非正式而言，這之間交纏著千絲萬縷的成敗問題：國際競爭、起源探尋、以及起源所代表的各種未經證實的機制。

詹森完成遠東的「偉大」任務後，決定在巴黎近郊的默東（Meudon）建造一座天文臺，同時建造幾間大型實驗室，研究地球和其他行星的大氣層。[13] 但是，這項行動在科學上的主要創舉，還是在默東建立的太陽攝影實驗室。

到十九世紀末，默東天文台已經擁有「四千幅任何其他地方都找不到的完美大型太陽照片」。這些研究成果推動了天文台後來拍攝恆星和月球的工作。

轉盤式快門相機的神話

如詹森所言，「照片是學者真正的視網膜」。照片彌補了感官無法客觀觀察的缺點。天文學家使用轉盤式快門相機，就像一隻機械的大眼睛，只要一按開關就會自動運作。而且一般的照片模糊不清，也沒有什麼可看之處，相比之下，按程序自動拍攝的照片給當代的人留下的印象自然深刻許多。詹森的轉盤式快門相機就像是一種視覺的自動裝置。

作為測量工具，照片可以量化影像。作為視覺工具，它可以把肉眼、望遠鏡、或天文望遠鏡都看不見的東西變為可見。除了這兩項主要功能，攝影還摻混了政治領域、戰略利益、個人動機、以及更私人的「影像愛好」等等因素。

雖然詹森用銀板底片沒拍到幾張金星的照片，但至少這些照片已經成為一種新的視覺，甚至可以說是為一種新的文

13 譯註：默東（Meudon），與巴黎同樣位於法蘭西島省（Ile-de-France），在巴黎西南部。這裡的默東天文台即前面提到的巴黎天文臺，全名巴黎—默東天文台（l'Observatoire de Paris-Meudon）。一八七六年，詹森成為默東天文臺臺長。

字打下了基礎：這是一種剪裁成七十二秒一段、可以分解現象、只能像閃光一樣間歇式地觀察、按時間順序排列的文字，一種解讀動態宇宙的文字。

詹森所代表的是普法戰爭時代的觀察者。他創造新工具，帶來新的影像和新的問題，他是國家在科學上的偉大希望之一。他也是一個實踐者、一個實際的人，是十八世紀偉大的博物學旅行家們的繼承者，他們曾經「以科學之名」毫不猶豫地踏上前途未卜的無盡旅程。

天文學家兼旅行家詹森一生熱愛冒險，然而在這個世紀的最後三分之一的時間裡，他主要的角色還是一個天文學家，其次才是旅行家。他仍然屬於學者之列，但已經是一個從事科學研究的學者。他獨立，但是肩負管理天文台的重任。他既理性，卻又服從於熱情衝勁。

和從前的旅行家兼天文學家不同，詹森充滿了現代氣息。攝影在他給予自我的形象中佔有不可忽視的地位。

一八五六年，詹森赴「君士坦丁堡、小亞細亞、和埃及」進行一次長程的「休閒旅遊」。第二年，他走遍北美和南美，目的是確定磁場赤道的位置。他在自傳中說自己差點死於熱病。一八六二年和一八六三年，他去了義大利。一八六七年又到希臘的聖托里尼群島（Santorin）觀察火山爆發。次年，他到印度。後來，在一八八三年前後，他去了南太平洋的科洛林群島（Iles Carolines），回程在夏威夷群島停留，孤身一人在噴發的火山口旁過了一夜，只為了比較火山噴發的現象和太陽表面有無相似之處。

這些都不算什麼：一八七〇年十二月二日清晨六點，詹森乘坐熱汽球離開遭普軍為困的巴黎，經過普魯士軍隊的上空，在羅亞爾河（la Loire）[14]河口著陸。這次旅行的目的？為了去阿爾及利亞觀察日蝕。行動成功了，詹森的名氣也大增。

一八七四年出發往日本的時候，詹森已功成名就。後來他甚至還想在白朗峰上用木頭建造一座天文台——後來也的確如願以償。

無庸置疑，一八七四年的觀察家詹森是信心滿滿，勇往

14 譯註：羅亞爾河（la Loire），法國最長的河流，縱貫法國東南到西部，經西部海口城市南特（Nantes）出海。

直前地來到日本。他相信西方科學的優越性，相信理性主義優於其他任何思考方式。一八七〇年前後，他還完全依靠觀察所得的事實，不敢在科學界表達屬於自己的想像和感覺。要他將違背科學主義的抒情一面光天化日暴露出來，還需要一段時間。之後他宣稱自己信仰可以保證道德的科學：「人類支配大自然、降服物質的力量，只不過是科學的初步成果。科學還爲人類準備了其他更高尙、更珍貴的果實。它鼓勵人們進行美好的研究，爲人類開展更寬廣的前景，它讓人類看到宇宙法則和和諧世界的壯觀景象。科學將使人們擺脫眼前一味講求實效的操勞，並且以一種全新的形式和無上的規模，使人類重拾理想，這是人類心靈最迫切的需要，一旦放棄必會遭逢危險和困境。」[15]

　　因爲科普報紙的大量報導和傳播，使攝影的價值受損，但是轉盤式快門相機由於帶有神秘的色彩，反而贏得人們前所未有的一致支持。此時已經帶有虛幻形象的轉盤式相機，之後更被人們當作攝影機的始祖，讓盧米埃兄弟（frères Lumière）[16]的發明有了天文學的起源。

15 出自于勒‧詹森，〈行星天文史上的各個時期〉（Les Époques dans l'histoire des planètes），爲一八九六年十月二十四日星期六在法蘭西研究院（Institut de France）召開的五大學院公開年會上的演講，巴黎菲爾曼─迪多公司（Firmin-Didot et Cie）負責排版印刷。
16 譯註：盧米埃兄弟，哥哥路易（Louis）和弟弟奧古斯特（Auguste）兩人在一八九五年發明了第一部攝影機。

第十四章　裹屍布上的印記

賽貢多·皮亞[1]，一八九八年

在十九世紀最後三分之一的時間裡，攝影的科學地位更加鞏固。基督裹屍布事件顯示出攝影已經成為一種新的範例：在新影像的影響之下，眾人的目光從裹屍布上轉移了。事物的認證機制起了極大的變化。

事件的意義

自一三五七年出現在法國香檳區（Champagne）特魯瓦城（Troyes）附近名叫利雷（Lirey）的一個小村莊後，基督的裹屍布就成為一件困擾教廷當局的事件。先後有兩位主教都嚴令禁止供奉這塊在基督受十字架酷刑後，可能包裹過屍體的麻布。其中一位主教致函教皇的信，促使教皇頒布一項諭令：「這塊裹屍布只是一件仿製品，只是仿造包裹聖體的

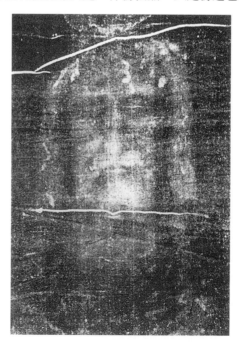

聖體裹屍布，近照。負片，賽貢多·皮亞攝於一八九八年
(D.R. collection personnelle)

1 譯註：賽貢多·皮亞（Secondo Pia, 1855-1941），義大利業餘的攝影愛好者，在一八九八年五月二十八日為本文中的裹屍布拍下第一張照片。

裏屍布，而非眞品。」隨後，這塊麻布離開利雷去了薩瓦省（Savoie）[2]。先後在一些有權有勢的人手裡流轉。「它變成，或者說恢復到普通麻布的地位。」[3]人們對它的興趣也漸漸變淡。

到了一八九八年，當第一張可能是基督遺體印記的照片問世，一切都改變了。照片取代原本的裹屍布，使得人們終於可以進行仔細的分析。尤其是它揭露一些意想不到的事實，令舉世爲之震驚：負片上明暗倒轉，明顯出現一個臉形。影像之眞實程度令人難以否認：正片上眼睛部分的白色圓圈，在負片上恢復正常的模樣。而且，就像眞的臉一樣，鼻影的深淺隨高低起伏漸層轉變，中間部分最明亮。麻布上的污漬和印記，變成一個「眞正的人」，從半明半暗的背景裡浮現出他的頭部。攝影負片就像眞實的模擬；相反地，麻布本身反而比較像不眞實的負片。

照片是技術的產物、是崇拜的對象：負片雖然是人造的，但人們還是將它當成聖物——彷彿它可以爲基督代言。

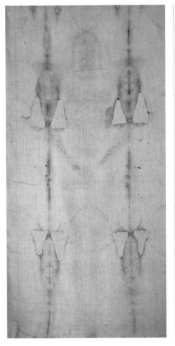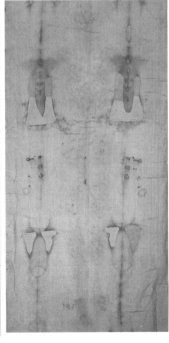

杜林裹屍布的正面和反面。兩條垂直線是燒焦的痕跡，三角形小塊是一五三二年的大火造成的痕跡。

2 譯註：薩瓦省（Savoie），法國西南部省份，位於法義邊境。
3 出自維尼翁（P. Vignon），《基督裹屍布的科學研究》（ *Le Linceul du Christ. Étude scientifique* ），巴黎，一九〇二年出版。

此外，作為一個新的範例，照片提供一個更普遍的方式，讓學者們可以將遠古的印記當成科學事實一樣來研究。對我們來說，這個事件反映出十九世紀末，攝影術的蓬勃發展所引發的證據地位大動盪。

一三七〇年，最初的衝突發生在利雷的教長和駐特魯瓦教廷當局之間。前者展出裹屍布，吸引大量朝聖者來到利雷村；後者則希望控制這股冒竄的勢力。

特魯瓦教區主教亨利・德・波瓦堤耶（Henri de Poitiers）為避免利雷村的教長名聲過於膨脹，下令禁止朝聖和展覽聖物。他的理由是裹屍布真偽難辨。結果這塊麻布就這樣離開教會的寶庫。整整三十四年，沒有人聽說它的下落：戰爭和瘟疫使香檳區人口銳減，人們還有許多其他的事要擔心。

一三八九年，這塊麻布又再次展出。特魯瓦的新主教皮耶・達爾西（Pierre d'Arcis）再次頒布禁令。結果引發了牽涉三方的衝突和訴訟：包括亞維農（Avignon）[4]的教皇克雷蒙七世（Clement VII）[5]、利雷的議事司鐸、以及特魯瓦的主教。特魯瓦主教下令不准談論裹屍布或上面的圖像，不准對它頌揚也不准貶抑。他在身邊一群神學家委員會的幫助下，起草一份備忘錄，並在一三八九年年底寄給教皇克雷蒙七世：備忘錄指控利雷的教長教唆他人假造裹屍布、導演治病的把戲、並且展示假聖物激起偶像崇拜。

事實上，利雷的議事司鐸並未斷言裹屍布是真的，只是讓人覺得確有其事。至於教皇，在提到這塊麻布時，也模糊地說「一件仿製或表現聖主裹屍布的東西」。一三八九年，法王查理六世（Charles VI）下令停止供奉這塊裹屍布。一三九〇年一月六日，教皇克雷蒙七世也要求特魯瓦的主教皮耶・達爾西「永遠保持緘默」。教皇批准議事司鐸繼續展出這塊麻布，條件是必須當作仿製品而非真品展示，並且還必須遵守一些規定：神職人員不得在顯供時穿戴任何禮拜儀式用的衣服和飾物，不得點火炬或大小蠟燭，也不得使用任何照明用具。最後，在人多的時候，還必須有人清楚大聲地告訴信眾，展示的物品不是真正的基督裹屍布，只是仿作。基督的裹屍布正式成為一件贗品。

4 譯註：亞維農，位於普羅旺斯地區的阿爾卑斯濱海省。十四世紀教皇克雷蒙五世因為派系鬥爭出走羅馬，選定亞維農為駐在地。

5 譯註：克雷蒙七世（1475-1534），在位期間為一五二三年到一五三四年。前任教皇貴格利十一世（Gregory XI）去世後，亞維農的克雷蒙七世和羅馬烏爾班六世（Urbain VI）都自稱天主教正統，因此產生同時有兩位教皇的窘境。

照片證明

一八九八年五月一日，有一個宗教藝術展覽在義大利杜林（Turin）舉行：義大利的恩貝爾國王（Humbert）批准展出裹屍布。這件事非同小可：近三十年來，沒有人見過這塊布。它一直保存在一個金屬箱子裡，上了重重精密的鎖。這也是裹屍布第一次被拍成照片。

「自動」拍攝的照片影像，不帶任何主觀性，具有證據的價值：「以照片作為論據，無非是想確認一個事實。」[6]杜林展覽會的主辦人不怕反對的聲音，大加讚揚照片的作者：賽貢多·皮亞（Secondo Pia），他因為出色的作品，「在義大利好評如潮」。他對科學的忠貞也和他的能力一樣卓越。然而，紛至沓來的大批論證，也不足以證明裹屍布的真實性。於是負片被送交巴黎索邦大學[7]，交由「以質疑傳統為己任」的科學家們研究。照片是現代的產物，將交給言論自由的人去鑑定。

於是，在十九世紀和二十世紀的交接點上，堅持實證的科學家和害怕偶像崇拜的教會當局兩方針鋒相對。但令人費解的是，前者堅信裹屍布的真實性，後者卻不惜任何代價要證明它是假的。前者以照片為依據；後者則援引文獻資料，將中世紀一位專製假畫的畫家向特魯瓦主教坦白作假的證供，作為他們的論證依據。

不過重點是，根據皮亞的照片進行的分析是客觀的：它撇開基督受難的情況，單只談論「用這塊裹屍布包裹過的人」。這是受實證主義典型用詞遣字的影響：基督的裹屍布重新成為「一大塊麻布，長四公尺十公分，寬一公尺四十公分，因為年代久遠而泛黃，有幾處破損，被大火薰過，上面有一些模糊的印記。」透過這些謹慎的措詞，科學家們想在辯論中讓麻布擺脫宗教的色彩。污漬形成一個模糊的人影，大家對此沒有異議。問題中心更清楚了：麻布或者是中世紀畫家的作品，或者是裹屍布。

努力想證明裹屍布真實性的學者們認為必須向照片方面尋求幫助。從此，關鍵在於證明裹屍布上的影像是直接源於

6 出自維尼翁，出處同註三。

7 譯註：索邦大學（Université de la Sorbonne），今天的巴黎第四大學，為歐洲最著名的大學之一，也是歐洲最古老的學校之一，它不僅在科學上，同時在神學上也具有權威地位，中世紀多場重大的宗教裁判皆由索邦大學負責。

身體和麻布之間「自然」而且是「外力」的作用。只有「自然」，也就是在排除人為的情況下，這個圖像就已經存在，這樣才能統一相信科學和相信神明兩方人的意見；照片扮演兩個角色，它既是原因，又說明原因。「最直接最單純的觀察，證明這些圖像不是出自某個畫家之手，而是自然的印記。」索邦大學一舉排除了藝術家製作假畫的說法：一個中世紀的人，有辦法畫出一幅形同照片的畫嗎？

經驗證明

透過照片確立證據並非易事。即使在負片上的臉看起來像真的一樣，卻仍然存在很多難以解釋的怪事：深色的血跡和一五三二年大火薰過的痕跡，本來在負片上應該比較陰暗，但是卻呈現白色。於是人們選擇進行實驗。他們特意請來克洛德·博納（Claude Bernard）醫生，並援引和生理學家喬治·第米尼（見第十二章註七）和醫生保羅·里歇（見第十章註十二）等人的研究成果。這兩位醫生曾用紅色粉筆塗紅共濟失調症病人的腳底，讓他們在長條形的紙上走路，請他們用腳板寫字，就像他們的病況紀錄。他們發現腳板越是重壓，紅色的印子也就越深。從足弓內側部分的輕觸，到腳跟和大拇指根部關節的重壓，產生印記的顏色深淺和形狀各不相同。他們還把一位戴著假鬍子的科學家臉上塗上顏料，然後印在一塊布上。結果……唉呀！他本來鼻子挺直、面目端正，很多人都說他很像耶穌基督，可是印出來的結果卻十分粗糙，跟期望大相逕庭。

到這個階段，論證的技巧明顯進化。科學家意識到詞語會對論證的結構有重大影響，因此指出「負片」這個說法有誤導的嫌疑。他們斷言這個詞只有在攝影術發明後才有意義，不應該用在一塊中世紀時製造的麻布上，應該用「逆光」（contre-jour）來代替「負片」的說法。此外，人們還強調，不是利用光線取得的影像不應該以「照片」稱之，因為從辭源學上來說，「照片」即「光的紀錄」。後來，污漬斑斑的裹屍布在科學上的地位更加鞏固：如果裹屍布上的印記真的是

外力作用的痕跡，那造成這個痕跡的必然是一種化學作用，是屍體散發的氣體和防腐香料作用的結果。仔細分析布上的污漬，我們可以看到和身體凹陷部分對應的影像比較不清晰，與凸起部分對應的地方則比較清晰。只有外力的作用才能解釋這種凹凸現象。最重要的事情已經得到論證：杜林的圖像是自然力量的結果。

接著要做的工作是製作與裹屍布上的圖像類似的印記，並且對裹屍布進行考古學的實驗。除了光線之外，當時已知有倫琴（Röntgen）[8]射線，或稱 X 光，以及放射線，它們都可以改變底片的感光層。確實，貝克雷爾（Becquerel）[9]在一八九六年發現的自然界輻射，或者居禮夫婦在一八九六年發現具放射性的鐳元素，都無法為裹屍布的問題直接提出什麼解釋：因為身體發出放射性輻射的可能性不大。不過，放射線還是提供科學的論據，幫助了那些希望證明外力作用具有科學性的人。

想像一下包裹在布料裡的屍體，鋪滿了防腐的草藥和香料……蘆薈和沒藥在製造印記的過程中，扮演類似感光劑的角色。這個想法不算荒唐：任何受酷刑折磨的屍體，都會產生尿素[10]，這些有機氣體都可能使蘆薈的濃汁氧化。

辯論到了這個階段，科學家不得不停下腳步：實驗的方法不是萬能的。一個在出汗的人不太可能在圖像製作的過程中，保持必要的完全靜止狀態。拿屍體作實驗也沒有比較容易：要等關係友好的醫院有尿毒症病人的屍體才行。[11]而且找到屍體又怎麼樣呢？衣服和床單一定都把病人的汗水吸乾，期待的氧化作用也不可能產生了。再說，要在死者還沒清洗沐浴之前就在臉上蓋一塊布，能得到批准嗎？即使很幸運地克服上述重重困難，除了已經知道的事情，我們還能得到什麼新的知識呢？

化學證明

光說這是一塊裹屍布還不夠：科學家們還肯定裹屍布上確實是基督的印記。「我們研究他身上傷口的滲出物作化學

8 譯註：倫琴（Wilhelm Conrad Röntgen, 1845-1923），德國物理學家。他在一八九五年發現 X 光射線，一九〇一年獲頒諾貝爾物理獎。

9 譯註：貝克雷爾（Antoine Henri Becquerel, 1852-1908），法國物理學家，因發現放射線，在一九〇三年與發現放射性鐳元素的居禮夫婦（Pierre et Marie Curie）一同接受諾貝爾物理獎的榮譽。放射線的單位 Bq 就是取自他的名字。

10 譯註：人體在受極大壓力與感到恐懼時會產生尿素，排出的汗液就會含有高量的尿素。

11 譯註：尿毒症的病人體內亦含有大量尿素。

分析，發現他滿身的創傷非常特別，因此可以立刻確定這塊裹屍布包裹的是基督的遺體。」各種解釋紛至沓來：有人說頭頂四周髮根部位的棕色污漬是荊冠的痕跡。印記左側，也就是死者軀幹的右側，一處長約四點五公分的小型圓盤狀印記是基督胸部被刺的傷口。在背部、大腿、和小腿等處，一系列特殊的傷痕，是羅馬人皮鞭前端的金屬圓球造成的。還有，右肩上可以找到扛著沉重十字架的痕跡。還有在大祭司該亞法（Caïphe）[12]家裡被捕的那晚臉上挨打的痕跡。這塊麻布包裹的確實是在十字架上受難的人，身上帶著基督所受的傷。

然而，論據仍然不足：難道沒有可能有人隨便找一具屍體，「假造一個基督」嗎？

印記的邏輯

到了這個階段，辯論依靠的是這塊麻布一些新的特性：「製作假畫的人不可能複製出這樣的痕跡；就算他想畫，也沒有這個能力……。對基督徒來說，絕對不允許畫裸體的基督，中世紀時的禮教觀念比現在嚴明的多。」因為，在裹屍布的印記上，沒有任何衣物的痕跡：裡面的死者應該是赤裸的。「全身上下十五六條鞭痕」也支持以下結論：麻布上的污漬並不遵循藝術的邏輯，只能用事實來解釋：「是的，這塊裹屍布曾經包裹的死者確實是耶穌基督。」

只有技術影像才能動員科學界對一件聖物進行坦然的研究。

這個故事是個例子，說明在十九世紀末，攝影的科學地位如何得以加強。攝影是「自然」的作用，給人實證的知識；它的影像是事實的重現，提出證據必須依靠它。作為一種視覺工具，與望遠鏡、顯微鏡一樣，它推動了對麻布進行的「客觀」研究。

攝影不僅是一種技術，也是一種解釋的範例。攝影負片和麻布之間的關係，為麻布和基督身體之間的關係提供了樣版：負片和麻布一樣都是印記。此外，攝影和X光、磁性、

12 譯註：該亞法，審判基督的猶太大祭司。

或者放射性一樣，都可以證明外力的作用超乎人的想像空間。不僅如此，攝影也顯示這種外力作用可以保存明暗變化和形狀。十九世紀的科學家認為，攝影是辨識物體的途徑。同樣地，人們也可以用看待照片的方式來觀察天下萬物。

第十五章　空中景觀

一九一四年至一九四四年

空中戰爭

一九一四年到一九一八年：汽車的使用深刻地改變了戰爭。從此，人們可以毫不猶豫地將軍隊集結在戰場之外一兩百公里的地方。定點戰進化成為移動戰。

同時，人們的眼界升高，開啟新的觀察角度：飛機和航空攝影居高臨下，大大拓寬了視野。從重力解放的新視覺，可以「看見」所有的方向。產生的圖像沒有高低之分，超越了透視法則。所以，按照布萊希特（見第四章註二）的說法，戰爭：是「教導人們重新認識世界的偉大一課」。

航空攝影並非來自戰爭，但是軍事上的需求使它進步神速。它方便人們比較戰場的進退部署，移動戰和它正是志同道合。當最堅強的人在困境中都不能保持客觀的時候，航空攝影就能夠充分發揮它的作用。編年史家們曾經不無諷刺地肯定攝影之於肉眼的無比優越性：「一名誠實的轟炸機駕駛員報告，他看見炸彈擊中重點車站的圓頂，損傷並不大。但是當觀察員報告時，卻說他看見敵人的戰壕全被夷平，鐵路網已被摧毀。雖然炸彈造成的破壞沒有他想像中徹底，但是他的觀察卻可能影響進攻的成敗。」

一九一四年宣戰時，法軍毫無準備。人們匆匆裝備現有的飛機，將照相機和射擊武器一起裝上。直到一九一七年夏天，法國的布雷蓋九型（Bréguet 9）戰機才裝上真正合適的照相設備。而德國軍隊幾個月前就已經開始為攝影設計和製造專用的飛機，不再使用臨時改裝的飛機。

航空攝影同時也激發一門新的科學產生：航空照片分析。在戰爭舞台上，航空照片分析員多達數十人。人們從來沒發覺影像是如此迫切需要一門科學來分析和解讀：影像上的點、線、面，是進軍牢不可破的敵區唯一的突破口。一門分析形狀與痕跡的邏輯就此建立。反覆比對相片和實物有助

歸類分析：戰壕、拒馬、曲折的通道、交通的壕溝、砲台、補給點。地面變成一本可讀的書。不過模糊之處依然存在：照片上的下陷和突起的地方經常難以辨別。

一切都是那麼「妙不可言，清爽乾淨、令人陶醉！沒有垃圾也沒有污跡。距離可以讓人避開所有醜陋的事物。」道路、城市、森林，都變得像玩具一樣：「紅色灰色屋頂的小房子都像玩具……這些可能是鐵路的東西更像玩具……」[1]戰爭變得抽象化：不幸的是，戰爭變得更容易了。攝影不僅記錄行動，還能預言未來：第一次世界大戰的勝利，不論是技術上或者策略上的勝利，都是在解讀出航空照片上兩條可疑線條的那一天奠定的；正是這次分析避免了最後一場戰役。一方先發制人，阻止了敵人的計劃。

這些輕易拍下的航空影像，最初未經解讀，很快成為敵人設計的陷阱。德國人的假砲台、假車站吸引了偵查者的注意力，讓他們沒有注意到藏身在厚厚樹枝底下真正的工事：陣地針對這種航空偵查進行了改造。為了對付這些假象圈套，航空照片分析技術也突飛猛進。照片經過分析和修改，重點部分特別標示出來。人們繪製軍事專用的戰略地圖，圖上滿是箭頭和虛線。在建立和歸納各種分析的同時，這些「行動影像」徹底改變了戰爭的型態。

直到衝突結束，人們才想到將軍事航空攝影偵查機使用在民用地圖繪測上，結果這才發現器材如此不足，瞄準系統也過於粗糙。當時，民用地圖繪測要求的精準度已遠超過戰時的需要。地理學家接替了軍人的位置，在航空攝影上繼續前進。

絕對的活動性

一八五八年，納達爾已經乘坐熱汽球從空中拍攝地面的「平面」圖，相機已經完全脫離觀察者的眼睛。「所有的東西都『在同一個高度』。河流和山頂一樣高，平整的苜蓿原和高聳的百年橡樹林看起來沒有什麼差別……我們必須保持客觀，這一點極為明確而且必要。就算我們被模糊的夢想沖昏

左頁：依斯特爾（Istres），空中鳥瞰圖。美國空軍攝於一九四三年八月十六日，拍攝人姓名不詳。（Institut de géographie nationale）

1 引自納達爾（F. Nadar），《圖畫和文字》（Dessins et ecrits）一書，巴黎：Booking International，一九九四年。譯註：關於納達爾請見第七章註八。

了頭，但是，事實上只有毫無科學實驗頭腦的人，才會衝動地想要將這些美妙事物拍攝下來。」[2]不過雖然納達爾拒絕和戰爭部合作，但是他仍強調航空照片「可以幫助清除敵人的防禦工事，展開策略行動」。一八五九年開始，義大利戰爭[3]好像就已經用到航空照片。一八八五年，《大自然》雜誌社社長兼熱汽球飛行專家加斯東・堤桑帝耶（見第八章註三三）首次垂直拍攝巴黎的照片。從空中看世界，這個新奇的觀點大大衝擊了人們的想像力。

不過提高的視點、全新的角度、以及翻轉的景物，都不是航空攝影特有的東西，在現代的都市中也有這些。一九〇三年到一九一七年間，阿爾弗雷德・斯堤格里茲（Alfred Stieglitz）[4]和《攝影作品》（Camera Work）雜誌的美國攝影師們，同時發現可以由紐約早期的摩天大樓上俯拍景物。在法國，萊昂・詹貝勒（Leon Gimpel）[5]也從摩天輪上為《畫報》（L'Illustration）雜誌拍攝許多「空中」照片。

照片的力量來自它可以捕捉偶發狀況，可是它卻反常地將現實變為一個排除任何偶然、一切都嚴格規範的世界。照片已經從現實的痕跡，變成證明現實存在的證據；從單純的注視變成行動。

大戰雖結束，影像卻留存下來。航空攝影讓人們的視線脫離地面，刺激了藝術家的想像力，把大地變成一幅巨大的影像，也將影像變成現實的一部份。

攝影具有絕對的動力，它讓飛行的夢想擄獲了人們的心。視覺和世界都不再是固定的：兩者都在飄動，飄動中仍然彼此對應。照片的抽象讓人忘記了戰爭：人的視覺可以有和天使的視覺一樣。俄國畫家艾爾・里西次基（El Lissitzky）的《普魯恩》（Proun），以及馬列維奇（Malevitch）[6]一九二七年出版的理論作品《抽象的世界》（Die Gegenstandlose Welt），裡面都有航空照片。兩者都有一些幾何形狀在無邊無際的自由白色空間裡飄蕩。不管俯視圖或仰視圖，都是和空軍戰機有關的作品。一九一五年，馬列維奇創作了《飛機》（Aéroplane）這幅畫。一九一四年和一九一六年間，他的《表現飛行感覺的極致元素》（Éléments suprématistes

2 引自納達爾，出處同註一。

3 譯註：一八八五年拿破崙征討義大利的戰爭。

4 譯註：阿爾弗雷德・斯堤格里茲（1864-1946），美國現代攝影之父，也是女畫家歐基芙（Georgia O'Keefe）的丈夫。他長年從事影像創作，並發行雜誌《攝影作品》（Camera Work,1903-1917）擔任編輯工作。

5 譯註：萊昂・詹貝勒（1878-1948），法國攝影家，熱衷於實驗各種攝影科技，被視為法國新聞攝影的先驅。

6 譯註：馬列維奇（Kisimir Malevitch, 1878-1935），俄國抽象畫家，以純粹幾何圖形作畫，企圖讓繪畫與現實完全脫離，擺脫將繪畫視為現實的複製。

exprimant la sensation de vol）和《至高無上的構圖》
（*Composition suprématiste*）兩幅作品都賦予空間更廣泛的意
義。在文藝復興時期以來代代相傳與人體等高的視角以外，
又孕育出一種新的觀點。對角構圖成爲許多結構主義抽象派
畫家的明顯特徵。莫霍利・納基（Moholy Nagy）[7]的攝影作
品，尤其是《極爲接近的空中景象》（*Vues aériennes
raprochées*），就是以傾斜角度拍攝的。

　　前衛派人士在攝影中找到一種合理化的方式。他們充滿
熱情。影像將一直被視爲互不相容的特性集結在一起：雖然
抽象，「被拍攝的對象」卻眞實無誤，是客觀視覺的結果。

　　在藝術攝影方面，全新的觀點在一九二五年前後開始大
行其道。搭飛機旅行的潮流和抽象化的影像是同時代的產
物。

關於身分的自省

　　地理學家認爲，用空中的綜合視覺代替片段的視覺，結
果使「景觀科學」（science du paysage）應運而生。攝影地圖
集越來越多。在法國，馬賽勒・格里約勒（Marcel Griaule）[8]
就強調航空攝影是人種學家不可缺少的工具：不知道居民群
居的整體範圍，就不可能了解這些群體。然而，航空攝影不
僅帶來新的自由：它還激起不少關於空間和地域的言論，成
爲人們重新檢視自我身分的認證工具。在期刊《藝術報》
（*Das Kunstblatt*）上，羅伯・布洛依爾（Robert Breuer）已預
言「越來越快的運輸速度改變著人類，也改變著世界，它消
弭事物的界線，加強宇宙的統一性，而且空中影像也可能改
變了集體的視覺。」[9]一九三一年，歐根・迪索（Eugen
Diesel）利用航空攝影證明「德國人的家園」的合法存在
[10]：地理學以前所未有的方式，依照概括的概念融會了各種
不同領域的知識；它來自我們對土地、對人類家園的熱愛。
它的目光同時關注實體與精神兩個層次……直到今天，多虧
了航空照片，我們才能擁有這麼美妙的方法，將大地變成一
幅地圖，同時也將地圖變成眞正土地的模樣。兩年後，戈培

7 譯註：莫霍利・納基
（1895-1946），匈牙利籍
德國結構主義攝影大師。
特殊的拍攝角度（仰拍、
俯拍、傾斜角度等）與畫
面結構是他最大的特色。
8 譯註：馬賽勒・格里約
勒（1898-1956），法國人
種學家，人種學田野調查
的先驅。
9 引自羅伯・布洛依爾，
〈鳥瞰世界：評柏林航空攝
影 展 〉（ Zu den Aero-
Luftbild-Flugaufnahmen），
《藝術報》，一九二六年。
10 請見歐根・迪索著，
《德國人的家園》（*Das
Land des Deutschen*），萊比
錫 ： Bibliographisches
Institut，一九三一年。譯
註：歐根・迪索（1889-
1970），德國作家。

爾（Goebbels）[11]在德國柏林的《照相機》（Die Kamera）展
覽開幕式上發表演說，肯定他對攝影這個媒介的信賴，強調
它作為絕對證據的作用：「我們相信攝影器材的客觀性，並
且對所有透過口頭或書面傳遞給我們的東西深表懷疑。」[12]

11 譯註：戈培爾（Josephe
Goebbels, 1897-1945），德
國納粹時期的宣傳部長。
12 引自奧利維耶·律貢
（Olivier Lugon），《空中
景象》（La vue aérienne），
〈德國攝影文選〉系列，尼
姆市：Jacqueline Chambon，
一九九七年。

第三部　造影

第十六章　X光照片

安托萬‧貝克萊爾，
一八五六至一九三九年

手

　　X光照片是直接的印記：它**就是**個體，就是現實。它不
是普通的影像，而是放在透明感光板上，被射線**穿透**的「物

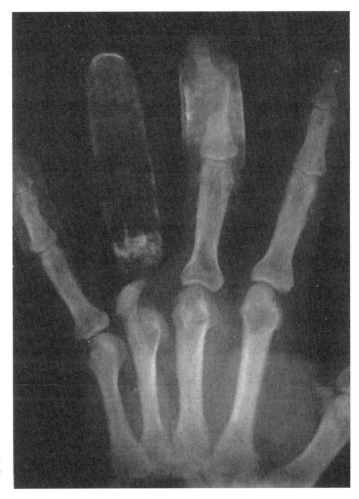

安托萬‧貝克萊爾的左手X
光片。（Archives du Centre
Antoine-Béclère, Paris.）

體／手」。這隻受傷的手是法國放射科學奠基者安托萬‧貝克萊爾（Antoine Béclère）的手。[1]其中一隻手指不見了，其他手指也即將失去。在安托萬‧貝克萊爾中心的檔案室裡，這塊感光玻璃和實驗室的紀錄手冊以及當時這位放射科醫生左手戴的灰色連指大手套放在一起。手指形狀的木頭填充了手套裡原本屬於三隻手指的位置。

貝克萊爾醫生終其一生受職業病的折磨，但是他始終保持「勇敢的沉默」。可是在他死後，傳記作者們卻這麼說道：「他還沒有經歷放射學工作者恐怖職業病的後期階段」。因為很多接受反覆放射線照射治療皮膚炎的患者，在最初階段就死了。

在此，X光照片與我們對話。製造影像的手，在自我展示的同時，也在自我摧殘。

X光發現於一八九五年底；一八九六年一月，這個消息便火速蔓延傳播開來。沒有人懷疑這個「黑暗中的影像」可能具有的危險。那些專畫諷刺畫作的人欣喜若狂：看見啦！**終於**看見啦！母親體內的胎兒、政治家們的思想、或是在房裡通姦的女人……一八九七年，貝克萊爾的合作人，烏丹（Oudin）和巴特萊米（Barthélemy）醫生已經敘述最初一些反覆使用X光對皮膚和內臟造成的意外事件。在世紀交替之際，隨著使用設備功率的提高，醫生的安全也不斷受到威脅。但是相反地，對病人的保護卻較快受到重視。

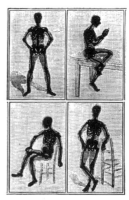

一八九六年的X光照片。

一八九五年十二月二十二日，物理學家倫琴（見第十四章註八）拍攝妻子貝爾塔‧倫琴的手，這張照片震撼了整個歐洲。全世界各大媒體聞風而至，使得該項發明迅速傳播。這是第一次人類的眼睛可以看到**活人**的身體內部。也是第一次攝影機看得比肉眼更清楚：感光片在一定距離之內可以接收到肉眼看不到的不可見光。戴著戒指的手的影像，就像普通的「景物」一樣，開啓了現實與射線製造機器之間的對話。

一八九六年一月二十日，亨利‧龐卡赫（Henri Poincaré）[2]向法國科學院匯報另一隻手的照片，這一次是由烏丹和巴特萊米拍攝的。接著，除了一般的手，很快也出現小孩的手、動物的「手」（野雞和青蛙）、以及病理學研究的手。在薩勒

1 參閱〈實踐〉（Pratique），出自《理想醫學筆記》（*Les cahiers de la médecine utopique*），一九九八年六月出版。
2 譯註：亨利‧龐卡赫（Jules Henri Poincaré, 1854-1912），法國數學家兼物理學家，一九○四年提出「龐卡赫猜想」（Poincare Conjecture）。

佩堤耶醫院（見第十章註三），攝影科主任阿爾貝‧隆德（見第十章註十三）也勇敢投入這項冒險事業。自夏考（見第十章註十一）在一八九三年去世之後，隆德便放棄拍攝歇斯底里病患這個成果乏善可陳的工作。一八九六年一月，他在短時間內就取得了製造X光的必要材料（這些材料在物理實驗室可以輕易取得）。經過他合理的安排，薩勒佩堤耶醫院的放射實驗室有一段時間一直是其他實驗室的建設典範。他拍攝六隻手指的X光照片，證明這是一個折衷的時代：一方面掌握了成熟的技術，另一方面又為了取得高對比度的影像而不顧危險地以放射線連續轟擊。如果說貝克萊爾那隻手，是一隻**陳述**自我故事的手，那麼倫琴的手，則如同由打開的窗戶看見的**自然實物**；至於隆德拍攝六支手指的手，完全是出於推銷機器的目的而搜羅的畸形症狀，已經屬於**獵奇**的性質。

體制大震動

十九世紀末出現的X光機，不僅產生新的身體形象，還將醫學視覺轉向新的對象，迫使人們必須重新安排醫學的地位。特別是，X光撼動了舊的等級制度。醫學X光的發明震驚世界。在發現無菌消毒法、防腐法、和麻醉法以後，在十九世紀的最後幾年，人們已經不再期待醫學上還會有什麼重大發現。但沒想到突然之間會出現一台如此神奇的機器。人們的期待多半放在電力學和衛生學方面。醫學的知識發展似乎已到盡頭，相形之下，汽車和飛機的前景似乎更加光明。

新工具X光的出現，引起醫學機構的深刻重組。貝克萊爾意識到操作機器的攝影師和物理學家獲得新權力的危險。他指出X光透視、X光照片、和X光治療之間界線模糊，並且堅持應該檢舉非醫學人士進行X光治療。最初的緊張關係出現在一八九六年的十二月：對蠆的一方支持專業的X光透視，另一方則支持技術較為繁雜的X光照片。爭論由昂貴複雜的機器而起，但是不言而喻，這場爭執事關非技術人員的醫生和非醫生的技術人員之間權利與知識的分享。爭論延續了幾十年。一九○六年二月七日星期三的《日報》（*Le*

一八九六年愛迪生外科用的X光裝置。愛迪生製造出透視用螢光屏，並將機器出售給醫院。

Journal）這麼報導：「禁止江湖庸醫拍攝 X 光照片是好事，但是由另一方面來說，讓醫務人員壟斷這個行業公平嗎？」

　　薩勒佩堤耶醫院的隆德和奈克醫院（l'hôpital Necker）的康德慕藍（Contremoulins）都不是醫生，但是都被任命為各自醫院的放射科負責人。衝突越演越烈。爭論的規模之大，甚至不得不請出當時的法國內政部長喬治·克里蒙梭（Georges Clemenceau）出面調停（他本人也是醫生）。調查進行了兩年。結果法國科學院認為沒有必要改革一八九二年十一月三十日頒布關於非法使用 X 光行醫的法令：只有醫生才能使用 X 光。但是衝突沒有真正平息，直到一九三四年三月十六日頒布新的法令，確認必須擁有醫生學歷證書，才能使用 X 光進行診斷或治療，不過一方面還是尊重某些非醫生的人士已經取得的專業地位。

　　新的醫學視覺慢慢地建立起來：診斷不再只是觀察病人，還要觀察影像。一個新的知識領域誕生了，無論就對象或方法而言都是嶄新的：它就是造影的專業領域。

第十七章 水中視覺

讓・班勒偉，一九〇七至一九八九年

攝影機的到來

如果沒有攝影機，只有照相機，讓・班勒偉（Jean Painlevé）絕對無法向當代人展示海馬賭氣似的翹嘴巴，或者像小窗格一樣的蝦尾。儘管班勒偉自稱他拍的是「生物學」的影片，這並不表示它們符合傳統紀錄片的標準。誠然，它們引導人們去發現海洋無脊椎動物的驚人型態，但是，如果「學習」指的是獲取課堂知識，那人們從他的影片裡是「學」不到任何東西的。傳授知識也不是這些影片的目標。班勒偉的電影總是在尋找、發明、打造某些東西。

相對而言，今天的觀眾對班勒偉的電影知之甚少；但是，它對戰前沒有電視的公眾曾產生過極大的影響。他拍攝的畫面使大眾發現海洋無脊椎動物的存在。一九三五年完成的電影《海馬》（L'hippocampe），大量使用擬人化的旁白解說，受到觀眾的熱烈歡迎。首飾別針、耳環、毛衣上的刺繡等等，驚人的海馬圖案隨處可見，好像聯絡的暗號或團體的標誌。事實上，生性愛開玩笑的班勒偉，很喜歡混淆事物的界線。他仔細研究雄性海馬如何照顧育兒囊裡的小海馬，以證明男女的社會分工並無生物學上的根據。人們滿街談論這種分工的混亂。在所有人心目中，海馬成了嚮往自由的象徵。

讓・班勒偉生於一九〇二年，死於一九八九年。他和電影剛好誕生在同一時期，一生穿越整個二十世紀，輝煌地抓住了這個世紀的歡樂，對於災難也未規避。他是名門之後：父親保羅・班勒偉（Paul Painlevé）是聲望卓著的數學家，同時也是愛因斯坦（Albert Einstein）的朋友，但他更是一位堅定的共和派政治家。從一九一〇年到一九三三年去世為止，保羅・班勒偉先後做過眾議員、教育部長、戰爭部長，競選過總統，後來又成為戰爭部長。

海馬如小窗格般的蝦尾。讓‧班勒偉攝於一九二九年。(Les Documents cinémato-graphiques, Paris.)

　　人們感到很驚奇：班勒偉的兒子完全有機會成為政界和文化界的精英，怎麼會一心一意去拍攝水母和龍蝦，做這種乏味又吃力不討好的工作？當然，章魚交媾或者海膽的移動都能夠激起人們的興趣甚至幻想，但是我們還是想弄明白：究竟讓‧班勒偉為什麼不去拍攝讓‧維戈（Jean Vigo）[1]、讓‧愛因斯坦（Jean Einstein）、安東尼‧亞陶（Antonin Artaud）[2]、曼‧雷（Man Ray）、加爾代（Calder）、達里烏斯（Darius）、路易‧阿拉貢（Louis Aragon）、賈克‧普雷維爾（見第七章註五）、菲力普‧豪斯曼（Philippe Halsman）、裘里斯‧依凡斯（Joris Ivans）[3]，以及其他許許多多的名人朋友？是什麼理由使這個醉心於二十世紀的人，不去履行今天人們所謂「記錄的責任」？為什麼他不去捕捉那些輕而易舉、主動送上門的鏡頭？

　　二十歲的時候，班勒偉懷著既叛逆又服從的雙重心情，受到些許慫恿，便拒絕了數學而選擇最沒出息的學科：動物學。他帶著「某某人的兒子」的頭銜，進入巴黎索邦大學「比較組織實驗室」。次年，他首次與人合作向法國科學院提交報告。當時，他向導演熱內‧斯帝（René Sti）表示希望拍攝一部紀錄片，但是導演勸他當演員，和米謝勒‧西蒙

1 譯註：讓‧維戈（1905-1934），法國導演。其父米該勒‧德‧阿勒梅瑞達（Miguel de Almereyda）為無政府主義者。與班勒偉的往來見本節後文。
2 譯註：安東尼‧亞陶（1895-1948），法國演員兼劇作家，他用詩的語言所寫下有關劇場的文章，以殘酷劇場理論（Théâtre de la cruauté）特別著名。與班勒偉的往來見下節「舞台」。
3 譯註：裘里斯‧依凡斯（1898-1989），荷蘭劇作家。與班勒偉的往來見後節「物質的安排」。

（Michel Simon）一起演出導演的第一部片。當時班勒偉二十一歲，電影才出現二十七年。操作攝影機就是時髦的象徵。

眾多報紙對班勒偉的這次冒險窮追不捨地報導。標題寫著：「保羅‧班勒偉的兒子投身電影界」，下面還編造了各種傳記般的故事，報導影響讓‧班勒偉的決定性事件。事情到此已經不可能退縮。雖然熱內‧斯帝的作品最後沒有完成，但班勒偉還是在該年拍了《刺魚卵》（L'Œuf d'épinoche），作為提交科學院的第二份報告的輔助資料。這部「科學研究」的影片引來不少評論。學術界人士懷疑這些活動的畫面，指控它們是騙人的東西：一個一個畫面拍成的電影，就像慢動作。記者和電影愛好者們則覺得這部電影非常有趣；只是（雖然沒有直說）怪它過於沉悶，不夠迎合大眾的喜好。

班勒偉和維戈的相遇很突然。見面的要求是維戈提出的。一九三〇年八月三十一日，因患結核病而必須在尼斯（Nice）調養的維戈寫信給班勒偉：「請原諒我的冒昧打擾。我知道您會明白，我這麼做為全是為了拍出更優秀、更著名的電影。」當時班勒偉已經拍攝了七、八部短片。兩位「讓」——一位是議長之子，另一位則是無政府主義者的兒子——都在嚴格追求真理。確實，憎恨「扼殺生命」的因循守舊，是維戈《劣等行為》（Zéro de conduite）一片的敘述主軸，這種憎恨在班勒偉的影片旁白解說中較為隱晦不明顯。但是班勒偉觀察章魚、寄居蟹、或海馬的嘲諷眼光，和維戈在《關於尼斯……》（À propos de Nice...）裡對富裕濱海居民的諷刺相比，完全有過之而無不及……

所以班勒偉雖然敘述的是章魚，但卻表現了對中產階級及該階級婦女的極端蔑視：「身著色彩斑斕的外衣，章魚太太閉上了眼睛……在慣於享受的女人沉重的眼皮之間，卻還是永遠露出一絲窺探的目光。這個庸俗的軟體動物和其他永遠瞪著驚訝圓眼的魚類不同，它擁有眼皮，可以調節自己的目光……她看得遠、瞄得準……教人怎能抵禦這種反覆的糾纏？」

人們常常把班勒偉的電影當作普通的科學紀錄片，適合青年學子觀看；但這是誤解。充滿求知欲的班勒偉拍攝這些

和我們如此相近的奇異生物，是有感而發。傳播知識不過是藉口，科學參考只是讓它合理存在的幌子。

事實上，他的演員們面目奇特，舉止怪異。和拉封登（Jean de La Fontaine）[4]的警世寓言一樣，因為是「動物」，所以可以自由表達觀點。我們看到的是一整組珍藏的人物肖像。對暴力，以及引起紛紛議論的人類中心說的譴責，都被「嚴格的科學真實影像」掩蓋。對大眾來說，只要他的電影表現事實，這就夠了。

舞台

除了海底世界本身之外，班勒偉建立的是一個舞台，台上表演的都是離奇古怪的演員們如「真實幻覺」般的生命，它們既是真正的生命，又是戲中的角色。班勒偉邀請我們觀賞的不只是一場電影，更是一場活生生的演出；他追尋的不是知識，而是真理。這齣不好不壞的戲，暴露出潛伏在生命中的殘酷。因為即使在淺水中，大自然也不見得溫柔。電影《淡水殺手》（Assassins d'eau douce）的旁白這麼說：「不慍不戀、不急不徐、沒有思想亦不講道德，必要的死亡日以繼夜地到來：它是一種需要。……在所有的謀殺中，我們都為受害者的苦苦哀求而動容，彷彿聽見它們求救的哭喊，但這只不過是因為我們不習慣罷了：在聖─阿莫爾（Saint-Amour）[5]，孩子們還會去看滾水燙豬呢。」電影歷史學家喬治·薩杜勒（Georges Sadoul）談到班勒偉的電影，說它們像「淡水殺手一樣兇殘」。

始於戰前，一九四五年完成的電影《吸血鬼》（Vampire）一片中，旁白解說對社會殘忍的表達不再遮遮掩掩：「溼熱令人喘不過氣……只有他完全看不見黑暗中的顫動……死亡正大舉來襲。體大如盤、複眼像貓一樣閃閃發光的飛蜘蛛殘殺著小鳥。攀藤滑行的蛇像箭一樣穿透美洲豹的喉嚨，或者吞噬正在掙扎叫喊的牛蛙。」

「這是吸血鬼的時代，是所有殺人者都成為傳奇的時代。」

4 譯註：拉封登（1621-1695），法國文學家。他用詩歌體裁寫成的寓言常以動物為主角，諷喻各種類型的人。
5 譯註：聖─阿莫爾（Saint-Amour），位於法國東部弗朗茨─孔代省（Franche-Comté）西南的城市。

在不惜代價追尋與揭示真理的過程中，班勒偉自己也變得殘忍。拉丁文的「殘忍」一詞意味著「使流血」；他毫不猶豫地拍攝嗜血成性的蝙蝠攻擊一隻毫無抵抗能力的天竺鼠的鏡頭，這樣的場景如今已令人難以忍受。

班勒偉年輕的時候，和投身舞台劇的安東尼‧亞陶有過接觸。一九二七年，班勒偉替熱內‧斯帝執導的《瑪土薩冷》（Mathusalem）拍了五、六場戲。那是超現實主義作家依凡‧高爾（Ivan Goll）創作的滑稽劇，男主角亞陶不久前才演出德萊葉（Dreyer）[6]導演的《聖女貞德受難記》（La Passion de Jeanne d'Arc）。班勒偉敘述拍攝的過程：「穿戴成茶壺模樣的瑪土薩冷太太走近窗戶，大叫起來：『唉呀！有人出殯哪！』」，片子上跟著出現一輛我駕駛的布加帝牌汽車，上面架著放靈柩的檯子。車後面跟著打扮成紅衣主教的亞陶和家屬們，也坐著小汽車。」

亞陶在一九三六年集結出版的文集《戲劇及其替身》（Théâtre et son double），解釋了班勒偉的電影，但是人們說不出影響到底來自前者或後者，或者只是來自一種廣為流傳的「文化」。班勒偉和亞陶都認為，語言是認識生命的障礙；班勒偉電影裡沉默的演員們以他們的形體，比有聲電影裡叨叨絮絮的人物告訴我們更多事情。班勒偉和亞陶都認為，應該在原始生命的自發性中追尋真理。應該向觀眾展示「夢境的真實沉澱。在這裡，夢境中的犯罪慾、情慾、野性、怪異形狀、以及對生命和事物的理想、甚至是同類相食的殘忍，不再只是假設和虛幻，而是從內心傾瀉而出的急流。」亞陶的這段文字完全符合班勒偉的電影。

在班勒偉拍攝的驚人場景中，他始終嚴格追求科學真實，不惜任何代價要讓人們看得完全，看得「真切」。這些場景透過攝影機，將「視覺推向頂點」，使事物變得不可思議，為不可預測的海洋更添了一種「超現實」感。過度追求科學真實的結果生成了這一種影像：攝影機比觀察者的眼睛看得更清楚，它看見的東西和肉眼完全不同。這種影像將我們送進另一個世界，一個尚合情理但充滿虛構事物的世界。

6 譯註：德萊葉（Carl Theodore Dreyer, 1889-1968），丹麥導演兼編劇，丹麥藝術電影的創始人之一。

物質的安排

　　為了證實這些鬆弛軟體動物的存在，必須克服估量的技術障礙。然而這件事情值得一試：在一個對技術成就評價過高的時代，它是一個具有極為重大象徵意義的成分。

　　班勒偉的青年時代是在進展速度近乎瘋狂的世界裡渡過的，現代生活正發生翻天覆地的變化。這位幸運擁有多部汽車的車主不斷換車，參加賽車活動；或者用極快的速度將飛行員們送往默東（見第十三章註十三）的森林，為他們在空中的表現擔心害怕。這位部長的兒子、航空業起步階段的熱心參與者，是他幫助高斯特（Costes）和貝隆特（Bellonte）[7]（在國防部！）找到了完成環繞世界壯舉的飛機。

　　製造影片同樣是技術的壯舉。燈光是拍攝工作不可或缺的東西，但是，導演要求拍攝章魚或刺魚的真實生活習性，燈光卻會干擾它們的時候，應該怎麼辦呢？技術上的搏鬥變得驚天動地：水族館爆炸、章魚飛出窗，掉在人行道上的路人腳邊……後來班勒偉乾脆自己動手，創造設備和攝影機。因為一切自己動手，所以班勒偉很清楚他所拍攝生物的身體動作。此外，技術也是一種取得合法地位和擺脫罪惡感的方式：拍電影不再只是消遣，而是一種專業。

　　勒普里爾（Le Prieur）指揮官發明自攜式水肺，以及水中攝影機的生產，是導致一九三〇年代文化震盪的兩大因素：水下的世界從此展現在廣大觀眾眼前。勒普里爾的輕型水肺激起各種夢想。利用普通空氣，不需要水面的輔助，不管用什麼姿勢都可以使用水肺潛水，甚至「頭下腳上」也可以。班勒偉認為，水中觀察的關鍵，是必須在這個知識的黑暗領域中保持信心、自由地前進，並且耐心警戒不測的事件。技術上的完善提供了必要的條件，讓班勒偉和他的朋友一起創建了第一所潛水學校。在戰前的那些年頭，潛水成為一種極受歡迎的休閒活動。

　　儘管對班勒偉來說往往是無心插柳，但人們對他的信任主要因為技術和科學為他做了認證。父親死後，班勒偉成為他的替身。一九三四年，他先後應召擔任駐奧地利和波蘭的

7 譯註：高斯特（Dieudonné Costes, 1892-1973）和貝隆特（Maurice Bellonte, 1896-1984），法國飛行員，在一九三〇年九月一日到二日之間，兩人成功由法國巴黎無間斷地飛到美國紐約，總共耗時三十七小時，飛行六千九百五十八公里。他們兩人是史上最早完成這項創舉的人。

觀察員，監視在當地崛起的法西斯主義。幾年後，他又創立並主持法國電影委員會，幫助西班牙的難民兒童。他加入人民陣線（Front populaire），參加讓·穆藍（Jean Moulin）[8]的抗軍組織，後來銷聲匿跡了一段時間。一九四四年，在他組織法國電影解放委員會的時候，被戴高樂（Charles de Gaule）政府任命爲法國電影學會會長。雖然一九四五年五月十六日，在巴黎脫離德軍掌控後一周，他就被解職了。之後，他又和裘里斯·依凡斯以及比利時導演亨利·斯托克（Henri Storck）一起創建世界紀錄片導演聯盟（l'Union mondiale des documentristes），爲紀錄片開闢了國際化的道路。

挑戰

所謂**歲月不饒人**。班勒偉也不得不向時間屈服：他的青年時期充滿機遇。他對處於大爆炸中的世界充滿好奇，新機器的誕生令人眼花撩亂，摩登時代扣人心弦，科學和技術的認證使他獲益匪淺，讓他得以規避現有的方式。他的影片頗具特色，拍攝的對象讓人覺得它們是科學紀錄片，實則不然。由於羅列太多的資料，使得這些影片偏離了純粹的外型研究。它們帶有潛在叛逆的印記，只能佔有極爲邊緣的超現實主義地位。它們深刻地繼承了《安達魯西亞之犬》（*Chien andalou*）[9]、《機械芭蕾》（*Ballets mécaniques*）[10]、《劣等品行》、以及「殘酷劇場」（*Théâtre de la cruauté*）的傳統，應該看作對中產階級社會的無情寫照。這種非同一般的電影內容豐富，正是因爲它無意討好別人。它之所以能夠存在，只是因爲表面上具有科學地位。

與表現主義電影相反，班勒偉的客觀電影追隨的是那些從一九二四年起即竭力和商業化製作分庭抗禮，膽大包天的導演們。這種新形式的電影藝術不是在巴黎的大電影院觀看的，而是在「專業」的放映室裡播放。在那裡出現了一種令班勒偉驚訝的現象：「觀眾在商業電影院裡噓聲連連、大喝倒彩的電影，拿到小放映室裡播放卻引來瘋狂掌聲。」觀賞場地的小小變化已經足以構成另一群觀眾。班勒偉的《海星》

8 譯註：讓·穆藍（1899-1943），法國二次大戰時期對抗德軍的英雄。

9 譯註：《安達魯西亞之犬》，西班牙導演路易·布紐爾（Luis Buñuel）一九二九年的作品。

10 譯註：《機械芭蕾》，一九二四年法國立體派畫家費爾南·雷傑和實驗電影導演杜德利·墨菲（Dudley Murphy）合作拍攝的電影。

（*L'Étoile de mer*）、《水蚤》（*La Daphnie*）、《海膽》
（*Oursins*）等等影片不但不再受觀眾拒絕，而且還成了他們
想方設法要看的片子。

在青年時代，班勒偉對各種機會都願意嘗試；年長一些
之後，他開始學會按自己的需要選擇機會。從此，他以歷史
爲己任，由當下開始建設歷史，親身打造歷史的鏈系：「…
…我在費爾南‧雷傑（Fernand Léger）[11]的油畫裡看到某些
熟悉的東西……黴菌和桿菌不可抑制的繁殖、藻類的入侵…
…從驚奇到災難，整個苦難的過程揭示在眼前，一個與幼蟲
變蛹、蛹變成蟲同樣苦難的歷程。」在他和雷傑的探索之
間，班勒偉認爲兩人有一種明顯的相似性：他們都面對一個
由「不受控制的衝動」支配的**真實**世界。

如果將班勒偉拍攝的對象僅僅當作參考（章魚生物學、
海星生物學……），如果只將這些影像當作科學資料，那麼你
很快就會放棄班勒偉的影片。它在現今的傳媒世界裡可能毫
無意義。但這些影片的意義不在這裡：它們的意義在於直接
依靠獨特的技術裝置，創造了一個世界 —— 海邊的世界；這
些設備是在專業網絡裡傳播影像的裝置，是以手工方式生產
影像的裝置。這些影片的意義同時也存在於它們留下的痕跡
之中：這些痕跡是一個人對前半世紀文化的觀察。

最後，這些影片的意義還在於影像與知識在技術和政治
上的交纏。就影片的對象而言，班勒偉的影片很容易被納入
科學紀錄片之列。就影片的文字而言，它們則屬於文化藝術
的新聞影片。就視覺管理而言，甚至就它們的存在本身而
言，這些影片又完全屬於某種新聞影片 —— 至於它們到底屬
於新聞影片的變化，或是反其道而行，這姑且不論。最後，
就它們種種特性的總和而言，這些影片的根源都在前半世紀
的技術政策之中。

11 譯註：費爾南‧雷傑
（1881-1955），法國立體
派畫家。

第十八章　創造另一種考古學

卡爾・沙根，一九七二年

先鋒號上的黃金刻板

　　一九七二年三月二日，探索太空船先鋒十號（Pioneer 10）航向木星。美國太空總署在阿波羅號數次結果不盡理想的登月任務之後，為了重振「大眾對太空的興趣」而進行了這項計劃。一個意念就此誕生，即希望探測船在完成木星任務後，能夠帶著地球與地球人的影像，抵達其他星系。這個意見源自康乃爾大學的卡爾・沙根（Carl Sagan）教授。他是美國太空總署星際自動太空船的研究小組成員之一，曾經利用水手九號（Mariner 9）探測船拍攝火星的照片，並進行分析，因此聲名大噪，備受推崇。沙根堅信外太空有其他生物，並成功地說服了美國太空總署的領導階層相信有迫切必要向其他星球的居民清楚表明地球探測船的來源。在他的建議之下，先鋒十號攜帶了一塊由鍍金的小金屬板，長二十二公分，寬十五公分。這塊幾乎不會變質的金板上刻了許多圖畫，目的是向隨機遇上的外太空生物傳達我們自己的影像。

　　黃金刻板的右半部刻了一個男人和一個女人。男人的目光坦誠而直接；雙腿站直，右手舉起，手掌張開，向未來可能觀察、閱讀、和破譯這塊黃金刻板的人表示歡迎。女人較男人矮一些，目光望向旁邊男子的方向，微呈三七步的姿勢讓她稍往後退。男女二人都是金髮，年輕、美麗、赤裸，且健康良好。他們的身材比例完美。女人的長髮散放沒有綁起，男人沒有留鬍子，頭髮微呈捲曲，留西方髮式。

　　不過卡爾・沙根強烈堅持他在這裡創造的人物並無種族之分：男人和女人並非金髮，只是刻印時勾勒輪廓所產生的結果。圖像中立、客觀、清楚、簡單明瞭，並且友善，意在拉起我們與「其他生物」之間的聯繫。由男女二人的臉部輪廓，可以推斷出人類主要種族的共同特徵。兩張綜合各種特

裝在先鋒十號船上的黃金刻板。長二十二點五公分，寬十五公分。一九七二年三月二日製造。（Nasa/SPL/COSMOS）

徵的臉，為人類特質的寫真，應該有資格代表全體的人類。

不過這些試圖抹去西方征服者顯著特徵的努力，卻都失敗了。既然必須以亞當與夏娃之名稱呼圖像上的男女，也就無法抹去基督教的印記。儘管有各種相似之處，恐怕大部份的人類，都很難認為圖像中那個像是生活在荒島、行西方招呼禮的裸體男人與自己是同類。

在黃金刻板的下方，圖示刻畫出探測船，模樣像玩具。它在太陽系中的航程簡單以一條曲線表示。太陽系的各星球排成一直線，間距完全一樣。一看即可明瞭這個圖案要表達的是探測船的來源：探測船由地球出發，繞過了木星，然後才離開太陽系。

不過佔了黃金刻板主要版面的，是許多匯集於一點呈放射狀的直線。中心即太陽。每一條線的長度不一，末端即其他的星系。這幅圖巧妙藉由一個無涉於觀者位置的座標系統，將我們自己的星系置於宇宙的中心。就邏輯而言，它必然可以讓外太空的觀察者定位探測船的來源位置。在上述象徵圖像的背後，我們不僅預設對方有能力傳輸信號來回應我們，而且亦有能力對這些符號進行解碼。如果不具有解碼的能力，這些符號即使對於地球人也一樣十分晦澀難明。這塊小小黃金刻板傳達信息的對象必然是進步文明中的精英、知

識分子，並且是在科技上已具備一定程度的文明人士。

在刻板的上方，是一顆氫分子的圖示，很簡單地由兩個原子表示，暗喻兩個穩定的物質球體，這個形象是十九世紀才確立的「球形」圖案。氫，是最簡單的分子，同時也是宇宙中最豐富的元素：僅氫一元素即佔了宇宙質量的百分之八十。當然，地球與大氣層中都含有氫元素，但根據視覺光譜顯示，氫也存在於其他星體；它在無線電光譜上的位置，顯示恆星物質中也存在氫元素。在這塊黃金刻板上，氫分子象徵著宇宙間大多數物體的共有物質，是我們可以與其他世界居民溝通分享的「共通語言」。人們認為這個陳舊的啞鈴形狀可以有效地傳達一種美好的意念：我們與全宇宙的其他星體同為一體。

鍍金碟片與形象的修正

在前述的自身形象仍使我們驚訝不已的同時，另一項事實可能會使我們更為驚訝：這塊黃金刻板可能直接源自對地球上庸俗電視節目的批判。關於這一點，沙根的論證非常符合邏輯：地球上傳播能力最強的無線電波，就是電視。

電視的播送在一九四〇年代末期已具相當規模，其電波以地球為基點，產生了一塊波面，在太空中以光速前進。沙根懊惱地表示：「我們只能盼望那些可悲幼稚的電視劇不會被解讀出來。……國際間的危機、家庭中的骨肉相殘，這些就是我們的電視在宇宙中散佈的主要訊息。宇宙中的其他居民對我們會有什麼想法呢？」電視傳送的訊息以光速前進，無法追回，也不可能用另一個更快的訊息來將它取消。不過沙根認為，鄰近星球的居民如果文明進步，應該可以在這堆紛亂的電波中，輕易地分辨出兩種不同的電視訊息：其一是重複播送的訊息，例如各頻道的台呼和廣告，另一種則是全球各地同時撥送的訊息，例如美國總統在危機時期發表的演說。要想修正我們自己散播到其他世界的電波所給予的錯誤印象，僅存的方法可能只有靠太空科技、探測船、以及黃金刻板上的圖案。

為此，旅行者號探測船（Voyager）在一九八○年代末期，被送往太陽系的邊緣，並從此定位在航向其他星球的航道上。當時船上即載著一片銅質鍍金、表面有許多如唱片般溝紋的碟片、一個細胞、以及一小段文字。美國的科學家在其中錄製了他們對「我們的基因、大腦、以及圖書」的說明。美國太空總署希望藉此向未知的生物傳達關於人類特性的概念。

　　在這段錄音中，關於腦部結構的敘述佔了很重要的地位：地球人對自己的大腦感到很自豪。有相當長的說明是在敘述邊緣系統與大腦皮層。人類誠然亦屬於動物界的一份子，但具有較其他動物更為優越的智力。不過對於一般地球人的定義，不可能僅止於物種特徵的描述。個人的特性依然存在，因此必須透過聲音傳達關於人類情緒、感受、以及思想的概念。所以，美國科學家接著還在這個鍍金碟片上錄下了腦部、心臟、眼部、以及肌肉等等的電波活動。加上六十種不同語言的問候語，以及一些照片，內容是「全世界」的人類致力從事「勇敢且團結」的活動。還有一個半小時的音樂，表達我們在宇宙間的孤獨，以及一段座頭鯨的鳴唱，作為範例，傳遞愛的訊息。以上內容就是與電視區別而發出的更正訊息。雖然太空人都深信這些訊息不可能被解譯，不過重要的是將訊息發送出去。如今，旅行者號上的這些鍍金碟片帶著地球人快樂、好客、聰明、敏感的形象，已抵達星際間的太空。由於採取較為先進的形式來傳遞訊息，這些鍍金圓盤的壽命將會比地球上任何傳統的紀錄方式，如書籍、物品、建築物等都來的長久。為了維持數十億年而設計的圓盤，可能在人類滅亡後，依然倖存⋯⋯

建立回憶

　　人類對木星的印象，在先鋒十號與十一號的登陸後有了極大的轉變。之前對木星的大致印象，就是一團厚重不透明的灰色，如今根據新的影像，木星的形象變得鮮明，有氣流與沙層，並且流動著顏色深淺明亮不一的雲帶。加上一個大

紅斑，還有巨大的風暴漩渦，範圍可以毫無困難地容納整個地球。「幾近垂死邊緣」的先鋒十號，如今正在前往金牛星座的路上。一九九七年三月卅一日星期一，由於預算考量，美國太空總署被迫切斷與探測船的聯繫。一些荒誕的妄想就此產生：這艘探測船將在三萬年後會遇上第一個星球。在接下來的數百萬年裡，一路上它還會再行經十多個星球。即使我們的太陽死了，地球的生命也結束之後，探索船不死的殘骸還會繼續在寒冷孤獨的銀河系中飄蕩。

就這樣，太空科學以充滿創意的智慧，填滿了過去僅有眾神得以解釋的區域。中世紀的世界觀認為宇宙中的生物與地球居民大不相同，而且必須花費很大功夫才能移動星體。如今我們靠著太空探索船，即可將我們自負的理性形象傳達到其他星球，與中世紀的論點完全相悖。這些虛幻不實的夢想，反而源自於科學與科技的成就，他們推動了輿論、機構、國家、以及預算，催生了許多聞所未聞的大膽計劃，預先回答了我們來不及提出、甚至根本未曾想到要問的問題：「在太陽滅亡後，我們想要為我們的文明留下什麼樣的形象？」

在十七世紀初哥白尼地球公轉理論出現時，有關外太空生命的概念才在科學與哲學的論戰中爆發。笛卡兒的漩渦理論、牛頓的萬有引力說、如火如荼的大氣層研究，以及理性且統一的概念，這些都反而為接受外太空存在其他生命形式的想法鋪了路。全能之神的撤退，為建立宇宙一體的新觀念開啓了通路。太空船的發射以及伴隨傳回的一些革命性影像，都起了同樣的作用，推翻了我們的自我認識。儘管外太空生物的存在之說相當虛妄，卻不會與科學和工業的理性產生對立。甚至恰恰相反。他們的存在正為我們感覺難以忍受的空白天空增添許多色彩。而且在我們的想像中，這些未辨真假的生物，其智力必然極為高超。黃金刻板有效地傳達了宇宙中尚有其他居住世界的可能性。它的圖形密碼正透露了我們如何自行建立留給後世的史跡。

原卵

「宇宙大爆炸有影像了！」

一九九二年四月二十三日，由美國的宇宙背景探測衛星（COBE，Cosmic Background Explorer的縮寫）所得到的分析結果，引發了一場媒體的大事件。一九八九年九月十八日發射的這個衛星，外部披掛了接收器，任務是爲了分析最遠也即最古老的物體所發射出的微波輻射。這些輻射線似乎肯定了宇宙最初大爆炸的存在。由於確實地記錄了「來自盤古開天前」的輻射，探測衛星一向肯定爆炸溫度與預期相同，即爲約攝氏二百七十度，並且認爲整個宇宙中各處的溫度完全均等。然而大爆炸理論的激進支持者卻無法滿足於這個結論：如果當初整個宇宙的溫度均等，就無法解釋如今宇宙中星系不規則分布的狀況，除非當初那團爲行星與星系前身的「團塊」最初密度並不均等。然而如今的天空既不平滑，亦非均質：宇宙背景探測衛星紀錄下的這道古老輻射，在邏輯上應該可以佐證這個不均質的現象。

數年來，宇宙背景探測衛星測量到的溫度一直都很規律。直到一九九二年的四月二十三日，在將測量結果放大一萬倍後，終於顯示出極微小的溫度變化，差異約只有百萬分之三十度。這很有可能是物質極微弱的密度變化所遺留下的痕跡。這個結果在當時引起了相當大的興奮，加上影像的輔助，很快地就被媒體廣爲傳播。

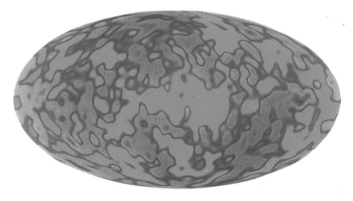

宇宙大爆炸。由宇宙背景探測衛星紀錄下來的古老輻射影像，顯示出宇宙中的溫度分布並不平均。攝於一九九二年四月二十三日。（Nasa/SPL/COSMOS）

影像呈現的藍色與粉紅色兩種色調並不是真實的色彩，這在科學領域不太常見。[1] 不過它賦予了宇宙的起源一個卵的形狀。

從此大爆炸便有了影像，成了可見的實體。更確切地說，我們獲得了一個影像，可以讓我們肯定地說：「這就是大爆炸。」，同時賦予它一個實際的存在。這個眾所期盼的影像，填補了一大塊無法表達的空洞。儘管是經過處理產生的影像，作用卻有如實體照片一般。儘管是人工建立的影像，卻有如真實的印記一般呈現。它就是證據，證明世間形形色色的差異都源自於同一個卵，所有的差異來源皆歸於一處。就像前述的黃金刻板一樣，這顆藍紅相間的卵，肯定了萬物皆為一體的概念。

不論其字源解釋為何，「大爆炸」這個詞是由一個名叫福瑞德‧霍依爾（Fred Hoyle）的劍橋天文物理學家所發明。他之所以採用 "big bang" 這個詞，正是為了取笑萬物始自一點，源自爆炸，認為所有我們的獨特性都是源自這個爆炸的理論……原來是無法展現的東西，終於體現在這一幀藍紅相間的卵形影像之中：它將宇宙起源當時那些令人驚慌、難以想像的情況納入了規範當中，並且賦予它一種美的形象。不然，要我們想像自己竟然源自隨機發生的事件，這根本不可能。

這個影像經由媒體的大肆傳播與評論，建立起全世界人類對宇宙的共同認知：它規範了宇宙的形象，同時也美化了宇宙，讓它聲名大噪。它是個合適的影像，而且與美感不無關係：宇宙（cosmos）本身也是需要妝扮美化（cosmétique）的。這個將宇宙之無限框限於一個卵形空間之中的魔法，深植於一派平靜的秩序之中。如果沒有這個魔法，人們對宇宙的感覺就只剩下焦慮與驚恐：表現宇宙起源的大爆炸圖像，理應如此沉靜。

與此同時，假設大爆炸存在一個簡單且規律模型的理論卻經常遭受批評。根據布拉格數學家都卜勒（J. C. Doppler）在一八四二年所提出的「都卜勒效應」，其他星體發射出的光芒在快速遠離地球的同時，應該會向波長較大的區域位移，

1 譯註：作者意思是說，這兩種顏色是經過特殊的影像技術呈現出來，並非一般照相拍攝的是實物，是真實的色彩。這裡的大爆炸影像並非大爆炸的「照片」，而是輻射影像，但是我們卻把它當成照片一般理解。

因此這些星星看起來會比較紅。在這個偏向紅色的位移過程中，我們不僅看到證據，證明星系的退行以及星系間的彼此遠離，而且還可以發現宇宙正在膨脹的證據。這樣一個關乎所有生物與無生物起源的事件，很可能讓決定論的哲學就此將它當作所有個體存在的起源。這對任何人來說都很難接受。專家們一下子將個人排除在外而進行各種論戰，是否合理？星系之間確實在彼此遠離，但這個事實並不會讓科學現實主義中，認爲宇宙萬物皆有同一起源的概念，就此有了不證自明的權威。

這個藍紅相間的影像，創造了大爆炸的實體。和小小的黃金刻板一樣，它不多不少，正是一種痕跡的建立，一種人工的製造。它對我們的自我了解不會有什麼幫助，但是卻會塑造我們，改變我們。它可以在太空與人類之間，製造一種令人心安的關聯性，將人類對無限空間的恐懼遠遠拋開。就算這個影像會造成恐懼，也屬於另一種範疇：一種無可避免的決定論所造成的不安。

第十九章　中了魔法的視覺

碎形，一九七六年

天然的變形

　　數字和偶然與意外都是相容的：一件小事，一個學生提出的問題，竟使法國數學家哈伯德（Hubbard）和道迪（Douady）在普通的方程式之外，發現一個意想不到的數學難題。一九七〇年代，哈伯德在課堂上講授牛頓法，原本是用來快速求出一個微分方程式的近似解，但是一個學生卻提問牛頓法在求解三次方程式時，會發生什麼情況。二次方程式的問題相對簡單得多。至於三次方程式，哈伯德允諾一星期內給予答覆。「但是一星期過後，甚至好幾個星期過去，哈伯德都沒能解答這個問題，因爲問題實在相當複雜。」[1]其實早在一百多年以前，英國數學家凱里（Arthur Cayley）已經與類似問題打過交道。

　　問題非常複雜，迫使人們求助於圖解法。當時的電腦對一條曲線的軌跡只能顯示出一百多個點；哈伯德寧願使用色鉛筆和方格紙。

　　他於是開始畫下這些複雜的曲線，當時還沒有「碎形」這個名稱。

　　一九七六年，波蘭裔法國數學家貝諾瓦·曼德布洛（Benoît Mandelbrot）公開宣佈，他將在這些被分數維度置於線與面之間的曲線上，建立一門新的學科。他創造了一個名詞來指稱這些曲線。Fractal（碎形）這個字結合拉丁文Fractus（不規則）和法文Fraction（打碎），表示「碎形」是破碎不完整的數學體。Fractal（碎形）在法文中原來屬於陽性名詞，它的複數形Fractaux聽來刺耳，數學家於是習慣用陰性複數Fractales，單數則仍保持陽性形式Fractal。

　　曼德布洛的「碎形」能夠引起轟動，是精心安排的結果；光是創造一個詞顯然不夠，還必須明確定義這個詞的相

1 引自西卡爾（M. Sicard），《碎形中有藝術嗎？》一書（ Y a-t-il de l'art dans les fractales?），出自與道迪的訪談〈研究員還是藝術家？他們在藝術與科學間夢想〉（Chercheurs ou artistes? Entre art et science, il rêvent），Autrement，一九九五年。

碎形圖，曼德布洛集合的細部：大象。阿德里安‧道迪 A. Douady 作。（A. Douady, Écoutez Voir）

2 當時是一九八〇年，「記得一九八〇年的時候，我告訴朋友說我將和哈伯德一起開始可變線叢二次多項式的研究。結果他們看看我，對我說：『你以為會有什麼新發現嗎？』但是，正好就是這個多項式簇才產生這些如此複雜的影像和物體——它們不混亂，相反地，還具有嚴密的組織。」——阿德里·道迪。

3 朱利亞集合（les ensembles de Julia）和曼德布洛集合（l'ensemble de Mandelbrot）的曲線是在可變線叢方程式的基礎上取得的：$Zn + 1 = Zn^2 + C$，其中 C 是一個不變線叢。朱利亞集合是在固定 C，同時使 Z 在複數場裡變化的情況下取得的。曼德布洛集合是在改變參數 C 的情況下取得的。複數是形式為 $a + ib$ 的數，其中 i 是 -1 的平方根（-1 的另一個平方根是 -i）。

4 在 $Z(n + 1) = Zn^2 + C$ 的方程式中，參數 C 是個常數，由 Z 變化所得的點決定動力面。在固定 $Z[o] = 0$ 之後，通過參數 C 變化取得的點屬於參數面。

5 參見西卡爾《碎形中有藝術嗎？》，出處同註一。

6 出自曼德布洛，《自然界的碎形幾何學》（The Fractal Geometry of Nature），紐約：W. H. Freeman and Company，一九七七年、一九八二年、與一九八年。

關概念。簡單來說，「碎形」就是不論遠近變焦、放大縮小，形狀大致都一樣的數學體。事實上，這裡所說的遠近變焦指的是數學的眼光：雖然是出現在電腦螢幕上的圖案，卻可以無窮盡地深入。不論由衛星觀察礁岩海岸線，或者用顯微鏡觀察其中一顆小小的礁石顆粒，觀察到的形狀都一樣複雜，都可以讓人們對碎形有直觀的概念。雪花的形狀不論用肉眼或用放大鏡觀察，輪廓都一樣是鋸齒狀的。這是另一個例子。然而碎形的數學定義卻非常嚴謹：它是一個整體，其豪斯道夫維數（dimesion de Hausdorff Besicovitch）超過拓普維數（dimension topologique）。一九八〇年[2]，道迪和哈伯德終於擁有功能較強的電腦。他們進行非線性二次多項式複迭代[3]，得到的結果令他們目瞪口呆。螢幕上出現的圖案極為複雜，卻又井然有序。它們不是靜止的，而是活動的。圖案的體系一點都不混亂，反映參數面上的點連續形成的系列軌跡[4]。各點根據速度的不同，以不同顏色表示。黑色表示點在原地跳躍。

數學家哈伯德、道迪、和希博尼（Sibony）把這個心型圖案稱作「曼德布洛集合」；他們當時還不知道，哈佛大學的兩位學生布魯克斯（Brooks）和麥妥斯基（Mattelski）已經發表過這個圖案。[5]「在當時需要分清楚動力系統和參數系統。在動力系統中，『朱利亞集合』已經預先給定。」（朱利亞是發現無切線曲線的數學家。）「曼德布洛集合」則屬於參數系統。

同時，曼德布洛宣佈新幾何學的誕生，它不再是冰冷無情的幾何學，相反地，它和生命習習相關，可以描繪雲朵、山脈、海岸和樹木的形狀。「雲朵不是球體，山脈不是圓錐體，海岸也不是一個個圓圈，聲波不是平滑的，光線也不是以直線前進。」[6]世界無法用圓形和三角形描述。概括而言，大自然需要一種可以接受不規則和破碎形狀的全新描繪方式。曼德布洛認為，不只物理學、數學，還有水文學和經濟學等方面所提出的最新問題都和碎形理論有直接關連。早在一八二八年，生物學家羅伯·布朗（Robert Brown）就已經確認細微粒子在液體中運動的物理性質，並且以此為基礎建

立了熱的運動學理論。人們認爲細微粒子（如灰塵）的運動極爲特殊，因此具有生物的特質，並且將這種運動稱爲「布朗運動」，但是布朗以前述粒子運動的物理性質反駁了關於微小粒子生物特性的論點。曼德布洛認爲，這些微小粒子依照典型的碎形軌跡移動。而且無論是月球火山口的形狀、星系在宇宙中的分布、還是島嶼的形狀，都離不開這種軌跡。

事實上，這些無切線曲線不是曼德布洛發現的。十九世紀的數學家們已經知道它們的存在，現在發現的東西算不上什麼新的建設。但是，依賴歐幾里德幾何學和牛頓力學模型的古典數學家們，很自然地將它們歸結爲「病態的形狀」。十九世紀的數學家威爾斯特拉斯（Weierstrass）還曾說：「遠離我！這些怪物！」當然，波浪和漂浮的白沫、棕櫚樹和樹蔭等等，在數學出現之前就已經存在。但是，曼德布洛巧妙地利用「自然的理性」，堅定地將自己的研究工作集中在達文西表現洪水和漩渦的圖畫上，集中在寫於一二〇〇年至一二五〇間的《警醒聖經》（la Bible moralisée）卷首的「宇宙測量圖」上。

造型藝術家、當代音樂家、新圖像的創作人等等，紛紛佔有這些彼此緊密嵌合的形狀，隨著觀察的深入，這些迷人的形狀卻一點不變，還是保持一樣。曼德布洛努力說服他同時代的人，要他們相信這種總體視覺確實存在。這些數學的研究對象可以構築千姿百態的自然現象模型，例如：雪花、河流、滲透現象、宇宙中的星系空間分布、或者如曼德布洛自己說的「地球、天空、和海洋」。因此，在令人著迷的圖像支持下，產生一種理想，認爲碎形可以描繪**一切**的形狀，無一例外。宇宙的圖像在統一的大理論中確立。它調和幾何學描繪和大自然的複雜性，在現象和科學兩者的分裂之間，在感性和理性之間，尋找「新的結合」。

在數學和自然的競爭中，前者最終勝出：它更爲生動、更富有希望。迷人的碎形再次令數學界興奮不已。碎形打開了從前只有專家才能涉足的領域，引發公開的辯論。而且碎形讓人們知道數學的作用不是描寫已經存在的世界，而是完整建設宇宙的邏輯。越來越多在精神上扮演探險家的數學家

山脈。經計算虛構的風景。一九九七年讓－馮索瓦·科洛納（Jean-Francois Colonna）作。（J.-F. Colonna, CNRS/LACTAMME）

們，也開始扮演起生產者與建設者的角色。

然而，不論是物理學家還是數學家，今天都不再探究碎形的理論領域，對此感興趣的哲學家少之又少。誠然，數學家創造並使用碎形曲線，但是這樣並不代表他們忠於碎形理論，只不過使用一種性質特殊的工具罷了。

數學，世界奇觀

然而碎形的影響十分深遠。它將幾何學和感性認知之間自啓蒙時代科學後變得疏遠的聯繫重新拉近，在科學家和公眾之間起著交流作用。碎形之美是效率的保證。邏輯上來說，「幫助重建世界」的碎形必然會產生寫實的圖像。山區風景、陡峭的斜坡、岩石遍佈的山谷、如夢似幻的湖泊、還有霧氣瀰漫的景觀等等，是碎形特別喜歡表現的對象。運用碎形，就是在不規則的表象和破碎的外型之外，以數學的方

式運用透視法則。

　　然而，碎形數學的做法和達文西的研究方法大不相同。達文西的眼光不加選擇，全盤接受漩渦、浪花、和湍流。他運用強大的視覺能力，從這些事物中揭示出簡單的形狀；透過仔細的觀察，由一片混亂中衍生出幾何學。碎形理論中的數學湍流則存在於自然主義的觀察之前。形狀的誕生是計算的結果。碎形描述儘管屬於數學的範疇，但較之實驗室的風洞或流體動力槽中應用的物理模型，它更接近自然的形狀。

　　並非圖像令人想到山，就非要有一座真正的山，圖像才能存在。圖像可以單純只是數學實驗的結果——就像這裡一樣。第二次世界大戰前，圖靈（Turing）[7] 發明的純理論通用計算機是電腦的先驅之一，因而也算是某種視覺數學的先驅。這件事看起來好像不合理，然而電腦上的數字計算確實產生了一些奇妙的工具，深刻地改造了數學的某些分支，比如將複雜動態系統的研究推向首席位置，使它成為人所共知的領域。

　　螢幕圖像是實驗的對象：參數的改變透過形狀和顏色反映出來。在這門新的實驗數學中，視覺不可或缺。它將讀者引向螢幕的彩色區域，也就是引向充斥數學難題的曲線區域。「啊！這裡有某些東西需要證明！」圖像引發猜測，促使問題的形成和提出。「眼睛是一架功率超群，可以顯示構造的機器。」[8] 圖像以圖畫的方式展現複雜的數字，表現難以想像的概念性形狀。它支援思想，與實際的物體無關，不需要物體也可以存在。而且顯然同一個數學體可以有好幾個不同的圖像，各不相同。數字的實驗掩蓋了這些圖像沒有領地、不能觸摸等事實。它證實圖像具有替代實驗室實驗的作用。

　　這些計算得出的理論圖像有定義上的問題。一切東西的存在不再是毫無理由的：包括顏色、形狀、和規則。一切都是構築和生產的結果。甚至顏色的規則絕大部份也都是主觀規定，沒有客觀標準。數學的圖像並不試圖模仿某個可見的形狀，而是暴露出隱藏的特性。那些沒有徹底選擇圖像普通定義的人，有權考慮一下：這些具有美感的平面二元圖像，

7 譯註：圖靈（Alan Turing, 1912-1954），也譯為杜林，英國數學家，電腦科學之父。

8 引自西卡爾《碎形中有藝術嗎？》，出處同註一。

不是對實物的模仿，也沒有具體所指，到底還能不能算是圖像？

　　價值標準顛倒了。抽象的概念領域變得直觀而具體。圖像過去一直以來被認為是實物的複製、幻想、最多不過是記錄，如今構成一個新的現實，一塊新的「領地」。德國科學家海因里西・赫茲（Heinrich Hertz）在上個世紀指出：「人們一定會發覺，這些數學程式有自己的生命，它們比發現他們的人更有學問，我們可以從中發掘的知識比一開始所想像要多出許多。」[9]

　　形狀和色彩都令人目眩的碎形圖像再次令人類感到心痛：人類本來已經知道自己無法控制世界，如今又發現他失去對數學的控制！在相對而言較為簡單的方程式背後，螢幕的圖像揭示出完全超乎人們想像的複雜性。我們創造世界，自己卻天真無知。我們從此明白，用數學建造出的物體發揮著強大的複雜作用，我們永遠也不可能完全認識它們。

9 引自科洛納（ J.-F. Colonna）著，《虛擬圖像》（ *Images du virtuel* ）Addison-Wesley，一九九四年。

第二十章　構築史跡

帕西[1]，一九八○年

構築史跡

　　解讀圖像的人應該好好向考古學家學習，像他們一樣進行調查、尋找資料和物證。像他們一樣將平面的遺跡變成可判讀的文獻。閱讀是選擇的結果：你可以讀，也可以不讀，它是一種表態。確實，我們必須對遺跡所反映的事物已有大致的概念，才有可能發現遺跡：為了解一個已消亡民族的生活，我們必須將它的物質殘餘納入某種實證邏輯之中。我們只看得見我們準備好要看見的東西，陶片之所以成為文獻，實際上是我們早已決定如此。

　　不過我們一樣不能倉促地肯定說，我們只看得見已受邏輯歸檔的東西。的確，只有透過比較和學習，我們才能發現進而構築史實。但是認識同樣產生於意料之外，產生於期待和發現之間的落差──而且可能尤其如此。考古學家尋找重複的結構和資料，但是他們行動的深層動力來自對差異的期待：差異令人驚訝，史跡於是顯露。藉助航空攝影將視覺升上天空，發覺肉眼看不見的紅外線反射，帶來發現史跡的希望；人們對這些超乎想像、替代肉眼的視覺期待甚殷。

　　考古學家們認為，解讀物質的碎片是一種建構的過程。眼睛貼近地面移動、和透過航空攝影來觀看，兩者的建構結果大不相同。如果不保持一定的距離，我們就看不到什麼東西；但是如果不夠靠近，又什麼都看不到。不斷調節距離的技巧是能力重點，甚至需要同時既有知識又單純無知。

　　考古學家因此面對一個兩難狀況：構築史跡之後，還必須讓它發揮史跡的作用，它必須能夠自我表達，為消逝的民族發言。雖然按理應該先有資料，才加以解釋，而非反過來讓解讀存在資料之前。

　　史跡就這樣構築起來了，同時產生於未知物的突然出現

1 譯註：帕西（Passy），位於法國中部偏東的榮納省（Yonne）的一個區域。榮納省位於勃根地區（Bourgogne）北部，榮納河貫穿全省。雖然多瑙河未流經本省，但因地理位置相近，此地在史前時代亦屬多瑙河流域文化。

古蹟。航空攝影，萊希堡（Richebourg）的採砂廠，位於榮納河谷，帕魯佐（P. Parruzot）拍攝。該地的挖掘工作由卡雷（H. Carre）、豐東（M. Fonton）、和杜阿梅爾（P. Duhamel）負責，從一九七八年進行到一九九〇年。該遺跡由三十幾座墳墓組成，各別大小長二十公尺至三百公尺不等。這些墳墓的佈局呈束狀，一端向東散開，另一端成圓形。種種配置令人想到這是墓地的入口。（Cl. Delor/Pellet, musées de Sens.）

和對已知事實的記憶。

　　一九五〇年代，對榮納河谷進行地毯式的航空攝影，讓人們看到一些筆直的長條結構，這是在地面步行的人從未發覺的。大家很自然地將攝影器材顯示的輪廓歸結為大自然的傑作。在將近三十年間，完全沒有人察覺異樣。

　　然而，一九七八年在帕西（Passy）的採砂廠中發現三座多瑙河流域文明（danubien）的村莊遺跡。在榮納河的另一邊，又發現了可能是陶器工廠的第四處遺址。谷地的遺址已遭受部份破壞，搶救工作因此顯得很緊迫。[2]考古學家得到增援，結果在新石器時代的群居點附近，發掘出一個家族小墓群。人們因為擔心工業化的採砂場會破壞古跡，所以加快工作。

　　一九八〇年，礫石山（les Graviers）[3]上村莊的發掘工作已經展開兩年，推土機在寬七十公尺、長約三百公尺的地面上進行大規模的考古清理工作。一些較淺的坑穴很可惜從此消失無蹤。「……即使有墳墓，也和廢土一起被清掉了。」[4]雖然如此，推土機還是發掘了四條平行的溝渠。

　　一九八二年，新的航空攝影行動提供了新的遺跡。發現的遺跡越來越多，似乎兩兩成對排列，彼此距離約為十到十二公尺左右。然而在地面上卻完全看不到：一是因為人們的視野過於狹窄，二是因為耕作、土壤侵蝕和沖積等等作用抹去了這些印記。空中攝影保存了「空間」的記憶。它「看見」這些溝渠、柱子、和古水道。空中攝影「知道」這個地方從前四面環水，位於常約四公里的河洲上。考古挖掘隊伍需要增援。

　　一九八三年，由於採砂公司改變經營方向，人們於是強烈希望追回被耽誤的時間。考古學家開始進行大規模的清理工作，發現十二條兩兩平行成對的溝渠。第一個發掘地點包括兩條各長一百一十二公尺的溝渠。由於發現一座墓地和相關的其他遺跡，使人確信河洲中央有一個長度超過一公里的廣闊墓葬群。其中一個墓地極為巨大，因為不斷有新的死者加入而多次中斷建設，甚至在完工之前還在重新規劃，它的長度達三百多公尺。

2 參閱卡雷－桑斯（H. Carre-Sens），《一九八九年帕西的計畫性搶救工作報告》（*Comptes rendus du sauvetage programmé de Passy 89*），現存於桑斯博物館（musée de Sens）。

3 譯註：礫石山，位於榮納省的山丘，高五百六十八公尺。

4 引自卡雷－桑斯，〈採砂廠 ZA42 區，一九八三年行動，多瑙河文化村。長條結構的新石器時期墓葬〉（La Sablonnière parcelle ZA 42, campagne 83, Le village danubien(fin), Les structures longues et les sépultures néolithiques），出處同註二。

判讀航空照片之後，考古學家繪製出略呈梯形、頂端突起的長條狀結構圖。他們在圖像和實體之間往來考察，推斷墓群四周被深溝包圍，而且這些溝壑在突起的一端更深更寬。所有墓地的東邊全都有一個斷口，無一例外。

專家們的眼光從此得以發揮：空中勘查者在榮納盆地的河谷中發現新的墓地，而且全都位於靠近河邊的地方。單在帕西一地就找到三十多對墓地遺跡。在諾曼地地區（Normandie）[5]發現兩個類似的遺址，在馬恩河谷（la Marne）[6]也發現一個。這些墓地有時非常之大，裡面的墳墓數量稀少，通常只有一座。死者仰躺，頭部被一個可能用易腐材料作成的「墊子」枕起。墓中的陪葬品相當簡陋：幾件用不會腐敗的金屬製成的首飾、箭簇、「鍋鏟」、陶罐等等。成年人按性別分葬似乎並非偶然：有男性（包括男童）的墓地，也有女性（包括女童）的墓地。[7]有人認為帕西的墓地專門埋葬有身分地位的人。陪葬品的簡陋毫不表示相關人士生活貧困：在居住地發現的陶器數量和墓地陪葬的陶器數量都明白顯示出這一點。

所有這些殯葬禮儀都和以往的做法截然不同。

遺跡將我們置於謎一般的世界面前。作為物證，它催促我們去重建「事實」。在推動我們仔細分析的同時，也迫使我們不斷地放棄。[8]所以它們是推土機的清理和考古刷子的掃除之間的比賽。人們必須留意最細微的資料：那些可能被攝影圖像遺漏的東西。這些被拋棄的細節就刻畫在地面這塊更大的螢幕上。而最大最美的東西並非總在最全面的調查中現身。結果出現一個有悖常理的事實：沒有遺跡也是一種遺跡。它指示村子以外的地方，那些阻礙出入的障礙物或者一件物品在地面的位置等等。

雖然史跡在物質上減到「零」（但什麼都沒有也算是一種痕跡）。將史跡削減到虛無的地步，反而會激發想像，促使人們去建設一個邏輯的世界。正因為沒有痕跡，所以這個世界可以有「一切」解釋。但是這裡又出現另一個難題：為了充分發揮痕跡的作用，它必須保持「零」的狀態。

確實，既然史跡受實物的直接影響，那麼也就是「實物

5 譯註：諾曼地，法國西北部沿海省分。
6 譯註：在馬恩河谷（la Marne），位於法國西北部的香檳—亞丁區（Champagne-Ardenne），勃根地區北方。
7 參閱杜阿梅爾和莫頓（D. Mordant），《塞納河—榮納河盆地的賽爾尼古代大墓群》（Les necropolis monumentales Cerny du Bassin Seine-Yonne），發表於一九九四年五月九日、十日、十一日在奈穆爾舉行的國際賽爾尼文化研討會資料彙編，出自法蘭西島史前博物館學術論文集，一九九七年第六期。
8 參閱勒華—古爾昂（A. Leroi-Gourhan），〈重組生命線〉（Reconstituer le fil de la vie），《時間線、人種學、與史前歷史 1935-1970》（Le Fil du temps, Ethonologie et préhistoire 1935-1970），巴黎：Fayard，一九八三年。

的本身」。但是兩者卻不大相像——頂多只能算是部份相像。實物和表現它的史跡之間沒有按照簡單的標誌符號對應關係，史跡更像是實物的代稱，只是間接指出實物。從此，向史跡提出的問題和從前我們對實物的標誌提出的問題不再相同。標誌反映實物的物質片段，提出的問題在於我們如何感知實物。至於史跡，因為負載的訊息不夠，只限於激發邏輯和想像：怎樣從遺跡綜觀全體？怎樣抵制以偏蓋全的誘惑，以防將孤立的片段提高成普遍的範本，把碎骨錯當成消失文明的整體象徵？

　　帕西墓葬群的發現是個很好的實例，說明了一種解讀方式漸進誕生的過程：它是史跡的構築過程，是在尋找和確立實物標誌之間，謹慎而巧妙地反覆往返的結果。在良好的控制和管理之下確立內心的圖像，可以使人們的狂熱適當降溫，但是仍然保持一定的熱情，因為沒有熱情，圖像就不可能存在。如果腦中的圖像過早變得過於精確，必然會引導研究方向。考古學家的專業在於不能滿足於一次解讀，而是必須在不同的層次產生不同的解讀；同時也在於記住標誌，直到認定它確實就是一種象徵。只要不去問那些清理大面積土地的人動機為何，溝渠便仍然是溝渠：不要倉促驟下結論說這就是古墓群。

　　人種學暨史前史家安德烈·勒華—古爾昂（André Leroi-Gourhan）認為，光是斷言從民居內部取來的赭石是血的存在證明，或者說它意味生命力，這是不夠的。因為，它究竟是繪畫的痕跡，還是屋內用具剝落的顏料？一切都還有待深入了解。構築史跡，事實上也是在放棄史跡，重視空白，「在假設中留下些許空洞」；最後，構築的過程還必須協調空白和圖像需求之間的關係。構築史跡，就是努力擺脫以偏概全的誘惑。

　　在建立結構的同時，遺跡也成為決定結構的東西。它成為一種人們必須接受的參照。解釋的體系就是這樣演進的。縱向地層學補足了水平解讀的不足之處。溝壑的發現則補充了歷史片段的破譯。

事實上，帕西遺址的考古學家們面對的是一種獨特的新文化，人們稱之爲「賽爾尼文化」（Cerny）。始於公元前四千五百年的「賽爾尼文化」標誌著該區新石器時代演變的一次大震盪。其特徵是新技術大量湧現，包括在糧食的收穫和儲存、狩獵、畜牧、新石器或陶器的製作等方面，還有交換流通式的改變、以及多瑙河流域居民的住房被更輕型的建築取代等。另一方面，墳墓也開始集中形成墓園。這種文化在法國的伊爾－埃－維蘭納省（Ille-et-Vilaine）、榮納河流域的賽納－埃－馬爾納區（Seine-et-Marne）、以及英國的蓋爾尼西島（Guernesey）都有發現[9]，我們可以看出這種個性獨特的文化有限地向南發展。

弗烈德利克・隆措（Frédéric Lontcho）敏銳地指出，考古學家長期以來都希望在新石器時代的定居社會中，看到一個他們夢想中的平等社會。[10]剛開始定居的居民們，都住在一樣的房子裡，都有一樣的墓地，耕作一樣大小的土地，大家機會均等。等級分化是後來才出現的東西。帕西墓葬群的墳墓徹底否定了這些理想模式。當然，裡面的陪葬品不算豐富，但是財產的象徵已經顯而易見。兒童和婦女的墳墓甚至讓人覺得已經有遺產的存在。

這些大型的史跡是巨大的土木工程，證明存在著具有一定結構的社會組織：建造帕西的大墓，必須挖起一千立方公尺的沙土，堆積起來達五公尺高。這種以大爲美的做法反映出新的社會等級的需要，是中央集權的表現。墓地也是做給人看。它們可能表示土地的佔有；門口的大洞或許是用來插上具象徵意義的旗杆。在大部分土地已經瓜分完畢的時代，追求巨大可能是不同集團之間競爭的表現。開始有餘裕儲存的農作收穫也和畜群一樣，成爲需要保護的財產。出於這種需要，在墓穴裡才會出現磨利的箭簇。所以，財產可能是墓地越來越宏偉巨大的原因之一。

史跡和解讀方法就是這麼建立的。橫向與縱向的整地工作，實際上就是構築一篇「連逗點都不遺漏」的文章。[11]這個新的篇章有待解讀、翻譯，視覺於是透過證據傳遞交流。該地曾經發生過某些事情，它和現實的關係需要重建。地面

9 譯註：伊爾－埃－維蘭納區，位於法國西北部布列塔尼地區（Bretagne）的一個省。榮納河流域的賽納－埃－馬爾納地區，位於法國中北部法蘭西島省（Ile-de-France）的一區（榮納河位於塞納河的上游）。蓋爾尼西島爲一位於英倫海峽的小島，屬於英國。

10 參閱弗烈德利克・隆措，〈新石器時代的巨大墳堆〉（Les tertres gigantesques du neolithique），《考古學家與新考古學》（Archéologue / Archéologie nouvelle）考古學特刊（Dossiers de l'archeologie），巴黎：Errance，一九九六年十一月。譯註：隆措爲該期刊的總編輯。

11 出自勒華－古爾昂著作，出處同註八。

史跡的作用，在於它做出選擇和決定投入研究的地方。

圖畫和照片補充物質的遺跡。作爲實物的記錄，它們就像一篇篇新的文章，和地面的文章一樣矛盾重重，有待解讀。它們和地面的遺跡一樣，既是人爲的，也是自發的。和遺跡一樣，它們引導視覺從一個跡象到另一個跡象；圖畫和照片是決定投入研究的地方，這一點也和遺跡相同。

然而，圖畫具有固定和凝結的作用。一九三六年，考古學家們犯了一個解讀的錯誤，這個錯誤因圖畫而延續了很久。在德國科隆（Cologne）附近的林頓塔爾地方（Lindentahl），他們將挖出黏土的洞穴和房屋的地基混淆，繪製出形狀不規則的房屋圖示，認爲這是些粗製濫造的棚房，不算是眞正意義上的房子。由於圖畫的關係，在將近四十年間，人們一直相信這個「虛構的棚房地基」。

遺跡的遺跡

考古學圖畫需要十八個不同行業的團體通力合作才能完成。從負責遺址及遺物整體記錄的建築師，到繪製出版用古石器圖畫的藝術專家；從電腦製圖專家到水彩畫家。這些圖畫是遺跡的遺跡，既包含一般的規則（起過渡和交流作用），也包含繪圖者定義的個人規則。因此，在圖畫中，鑿製燧石工具留下的刻痕符合一般的規則，而表現工具材質的繪圖手法（假設它存在）則完全是繪圖者的個人選擇。今天仍在使用中的某些規則，直接源自十九世紀版畫的手法，只不過含意改變了。在十九世紀的版畫上，平行條紋表示石器的明暗關係。它們使圖畫具有立體感。現代繪圖者今天依然使用這種手法，但是如今這些平行條紋還額外表現鑿刻原始石器工具的走向。

因此，現代的石器插圖要求做到追本朔源：它不僅表現形狀，而且表現物體的製造方式以及石器碎片的本源先後。它不是一張表現實物的圖畫，而是一種說明，一種智慧。由於繪製過程緩慢，考古圖總是迫使人們慢慢去深入理解圖像。圖畫可以有條不紊地顯示鑿擊石器的不同階段，反映出

製造者的手勢，這是快速生產的照片無能為力之處。圖畫的解讀，部份也是在繪製過程中形成的。

結果，圖畫本身的內容豐富超越了人們的解讀，它「包含更多的東西」；繪製者集中了可能被匆匆一瞥給忽略的整整一門知識。陰影、顏色、「鉛筆印」都是繪畫的附加價值，非單純的觀看所能得到，它為實物更添魅力：這種魅力對於研究工作的傳播是不可或缺的。沒有它，深入研究的艱苦將很快使研究者、贊助者、和審查機關感到氣餒。

繪製出來的石器工具是遺跡的遺跡。任何學術圖像都具有遺跡的價值。它先於任何語言解釋，出現在空白之中。白紙在召喚圖像，就像天空召喚彗星一樣。這種遺跡，和圖像一樣，只有在掌握破譯技術才算存在，必須經過解讀之後才

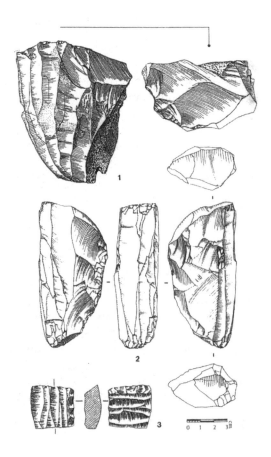

石器。現代鋼筆畫。畫中的石器必須反應鑿刻者的手勢。平行線條筆觸與鑿刻工具的敲擊方向垂直。只有在石器經過篩選，認為可以顯示石器的普遍生產和碎片形成的全部過程，這樣的插圖才可能會製出來。因此，和考古學家合作的繪圖者，責任非常重大。（M. Reduron, CREP-Meudon.）

有意義。斑鹿的角、廢棄的蝸牛養殖廠，種種遺跡不僅大聲呼喊：「某些東西到過這裡！」，也喊著：「這裡曾經發生過某些事情！」，等待著人們去建構史實。記錄越是精確，等待解開的謎團也越大。這種圖像遺跡讀起來像一個故事，就像在講述一齣戲或一個事件：它敘述的是事物的一般歷程。物質的圖像將時間妥善地包藏在內。

和遺跡一樣，知識圖像是一種向外的擴張力。它是兩種東西相互作用後不完整的物質殘餘，可見但細小：白雪和野兔、白紙繪圖的手、輪子和瀝青。知識圖像本身沒有意義，只是反映某種與它不盡相似、但卻使它得以誕生的事物。還有，畫在沙上和刻在大理石上不同；刻在木頭上和刻在銅板上也不一樣：前者稍瞬即逝，後者可存永久。它們不僅反映

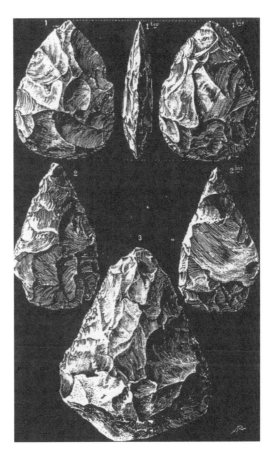

石器。十九世紀版畫。當代考古學家的作畫原則（平行線條筆觸）直接受制於古老版畫技術和出版的需求。需要表現的部份越暗，影線越緊密。表現石器的圖畫和地圖一樣，遵從「太陽在西北方」的原則。版畫上的影線在此僅用來表現石器的立體感。到了現代它們才同時表現石器工具的生產過程。
（Dr, collection personnelle）

過去發生的事情，而且有助於推測未來。由於這種預見性
質，這些圖像在建設過去的同時，也展望未來。

第二十一章　理論計算的照片

黑洞，一九九○年

　　黑洞的存在尚不能肯定。它們即使存在我們也看不見，又何來圖像呢？

　　明知它們是引力極強的時空區域，甚至光線也不能逃脫魔掌，我們又怎麼去揭示它們的存在呢？它們是獨一無二的，是已知唯一不傳遞任何訊息的物體。它們不反射任何光線，也不傳遞任何訊息，甚至包括它們自己是否存在的訊息。

黑洞。《理論計算照片》，選自讓─阿蘭·馬克的《勇敢的宇航員走向黑洞，一九九一年》攝影系列。（J.A. Marck, Observatoire de Paris-Meudon.）

創造黑洞的圖像是一個挑戰，足以動員科學研究工作者爲揣摩這個研究對象而傷透腦筋。如果我們帶著攝影器材接近某個黑洞，會發生什麼事？我們會看見什麼？科學的知識運用虛構能力：想像不可能的事物有利於理性知識的運用。「如果……會發生什麼事呢？」「如果我們進入一個由不同的自然法則支配的世界，會怎樣呢？」這些問題都是構築科學的重要組成部份。爲誤謬進行理性的推論，也有可能推導出眞理。我們不知道黑洞是否存在。即使存在，我們也看不見。而且，這趟太空旅行很有可能永遠無法實現。然而製造虛構黑洞的黑洞照片不僅只是爲了好玩。

　　人們對圖像的渴望越來越強烈：科學的主要活動集中於將無形變爲有形，科學甚至可以和物體的可見性劃上等號，不能讓這些用普通相對論方程式描述的物體長期缺乏圖像。使用電腦可以依照支配描述黑洞的規律，計算出圖像的每一個點，如此爲人們帶來滿足視覺要求的希望。因此，在天體物理學家讓—皮耶・盧米奈（Jean-Pierre Luminet）於一九九〇年建立數位圖像以後，天體物理學家讓—阿蘭・馬克（Jean-Alain Marck）也進行了走向黑洞的影像實驗。

　　黑洞確實是無形的；但是，圍繞它旋轉的發光發熱氣體可以顯示黑洞存在的可能性。因此，黑洞的影像必須通過周圍環境才能得到顯示。進行螺旋運動的氣體在黑洞周圍形成一個扁平的圓盤 —— 增積圓盤（le disque d'accretion）：土星環可以讓人對它的形狀有一個近似的概念。增積圓盤的顏色爲黃、橙、紅三色。黑洞本身在圓盤中央，是非常黑暗的區域。圖像計算已經考慮到這個吸力極大的區域造成的時空變形。所以，圓盤內氣體粒子發出的光，在黑洞周圍形成很大的偏移。有些光線甚至繞了很多圈子之後才進入吸力極大的黑洞中。這些光行差異導致「視覺假象」的產生。

　　在「黑洞附近」的觀察者眼中，物體不只有一個主要影像，還會有第二和第三副像。比如，黑洞旁邊細細的弓形就是主像清晰可見的增積圓盤的副像。從遠處看它，這個圓盤好像有兩個把手，一個「在下」，一個「在上」，實際上它們是增積圓盤「隱蔽後部」的兩個圖像。好比星星本身也可以

擁有兩三個不同的圖像，製作計算圖像時會將它們考慮進去，但是在滿佈星星的天空中，所有的星體都像一個個光點，我們很難察覺同一顆星星的第二和第三副像。

這幅環繞增積圓盤的黑洞圖像是數位動畫的一個片段，假設的「影片」觀者，正是進行太空旅行者本人。旅行者（絕對不會出現在畫面裡）接近黑洞直到深入其中。這些用預設觀者的主觀攝影機「拍攝」到的圖像，發揮了科幻電影的特色。

深入判讀這些影像，我們可以發現其中並無觀者的意識。這些反映無盡旅行的圖像遵從亞伯帝的中央透視原則，選擇全畫面的方式，使用漫畫一般的鮮豔色彩。「真實狀況」，假使它真的存在的話，根本沒有在圖像中表現出來。更糟的是，在分析的時候還可以清楚發現，「真正」的太空旅行者拍攝的照片，和這張照片有深刻的差別。這些數位圖像一定有所選擇，一定存在某些預設：黑洞被假設為一個黑色物體，還有，星星在天空的分布雖然經過計算，卻依然是種虛構。某些參數經過挑選，比如天空的顏色，其唯一目的就是要使圖像清晰。因為，解釋並非科學建構的完成結果，而是它主要的構成部份之一。

我們認為，這些所謂計算而得的「理論」圖像，在分析後可以發現它們充滿了個人和文化上的選擇 —— 比寫在紙上、規範嚴密的學術報告更能讓我們清楚發現科學家看世界的眼光。作為公共和私人投資的成果，這些圖像雖然沒有實質的簽名，卻具有「署名」作品的個人特質。然而，「計算圖像」卻堅定表明自己完全中立。我們認為，這些圖像既是製作者的專斷結果，又是理性的推斷；既有偶然的特性，卻又可以預見。當研究人員將思考轉向視覺領域，創造一幅圖像時，結果會怎樣呢？會產生什麼新意嗎？如果他事先知道自己的圖像將會走出科學界，走入廣大群眾中，他會怎麼打算呢？這種表面自稱是數學，卻又帶有美學和社會性質的實驗，會在圖像裡留下什麼痕跡呢？

然而，這些圖像是否模擬實物，是否完全和實物「一致」，這個問題並不重要。它們是生產過程重於外型的「模

型」。因為，生產這種模型讓人得以往返於圖像和數學之間，明白因星體崩潰而產生的強大引力區的運行方式。

我們可以重現生產這些科學圖像在傳記層面、歷史層面、和社會學層面的意義，重現製造這些圖像本身的重要性。計算圖像大聲宣稱自己的客觀性，卻擁有修辭和美學的特徵，它和作者、思想觀點、以及製造工具仍有密切關係。這些圖像帶著製造的痕跡，有許多人造的偽像。它們帶著特有的圖像生產和接收的特徵，是一種物質組織的結果，因而也具有地域性和時間性。不管維護它們的言論怎麼說，它們始終逃不過**地點和時間**的主觀影響。

走近黑洞之旅填補了插圖部份的空白，是西方看圖識字文化的結果。它的圖像很可能取得取得視覺參考的地位。雖然黑洞「不傳遞任何訊息」，它們的圖像卻激發著神話和想像。

科學事實上生產了大量虛構的東西。雖然德國邏輯學家弗雷格（Gottlob Frege）曾一再申明科學和虛構是水火不容的兩樣東西：「一句話對應一個意思，這對科學來說是不夠的；它必須有一種我們稱之為外延（dénotation）的真理價值。如果一句話有一個意思，卻沒有外延，它就屬於虛構，而非科學。」

當然，只要看到公認為「科學」的圖像，人們立即會本能地想到它的外延層面。觀眾會提出「這是什麼？」、「如何運作？」等等問題，這是科學生產的特點。如果他們問「誰做的？」或者「什麼時候做的？」，則屬於藝術生產的特點。但是圖像的傳播和接收配置對圖像的身分影響極大。如果將這些數位圖像陳列在畫廊裡，人們將會先提出「誰做的？」和「什麼時候做的？」這些問題，然後才會問「這是什麼？」、「如何運作？」。

這些圖像作為資料的價值和它們的虛構特性一樣來自圖像的解讀。它們掌握敘事工具和電影的手法，再現真正的世界，屬於虛構的範圍。所以，當我們判讀這些圖像的時候，想法既在我們視覺範圍之內，同時又超乎視覺範圍：我們看不見卻可以想像的東西，存在於圖像之外，是整個宇宙，是

其中所有的星星和星系。

　　至於資料性的判讀就不考慮視覺範圍的問題，它考慮的是畫面內外的問題。圖像以外的東西，本來我們看不見卻可以想像的東西，在此變成作者和他的計算、他的電腦終端機，或者說得更白一些，只是作者和他的攝影機。

　　因此，一幅寫實的科學圖像，你可以隨意選擇將它當成虛構影像或者資料來判讀，只需要將想法從視覺範圍之外轉移到畫面之外：從邏輯的建立轉移到圖像生產的現實狀況即可。

　　這些表現末日的陰暗圖像，和宇宙背景探測衛星創造的宇宙起源紅藍色原卵（見第十八章）剛好成對稱。黑洞來自星體的死亡；我們可以在依卡洛斯（Icare）墜入無底深淵[1]以及金太陽對抗黑太陽[2]的神話中，為黑洞找到神話的根源。沙特（Jean-Paul Sartre）曾寫道：「我們穿越形成中的世界，那是一個恐怖王國，有一個黑暗、沉重、極大無比的太陽吞噬著火焰和陽光，卻沒有因此變得明亮。」一個無底的深淵，任何物體都無法逃脫它的引力，老船長們，黑洞在邀請你們冒險。吞噬一切、不放過任何東西的宇宙大漩渦令人害怕，甚至令人毛骨悚然，但是還沒有讓人感到迫在眉睫的危險。對科學家和對非專門人士一樣，黑洞始終是科幻片的最好噱頭，讓你感到恐懼的時刻，僅限於一場電影的時間。

1 譯註：依卡洛斯（Icare，即Icarus），希臘神話中，依卡洛斯與父親因觸怒眾神，被罰囚禁荒島，父親用蠟製造一對翅膀讓依卡洛斯飛出荒島，但告誡他不可飛得太高，以免翅膀受太陽照射融化。依卡洛斯未遵照父親指示，結果從高空跌落摔死。

2 譯註：黑太陽（soleil noir）對抗金太陽（soleil d'or）的神話，是一種神話模型，意指兩種對立力量的存在，在大部分的文化中都有此種神話。

第二十二章　人體造影
超音波掃描，一九九七年

前所未聞的人體

自從 X 光發明以後，醫學視覺深入到人體內部，求助於比我們「看」得更加清楚的機器。一九九八年五月，在巴黎勃魯賽醫院（l'hôpital Broussais）實現首例遠距開心手術後，我們從此知道，自己可能受人「操控」，在完全不知道觀察我們的醫生在哪的情況下，接受他做的遠距手術。一切都在改變。人體在變，我們對自己的看法在變，醫學的分級、機構、和責任也在變。不僅醫學在變，疾病也在改變。

醫學造影和火星圖像或「大爆炸」圖像不應相提並論。我們看著自己的 X 光片，不僅是在觀察我們寄居的身體，我們本身**就是**自己觀察的身體。圖像在物質方面之「微小」，與它潛在的影響之大，兩者的距離在此變得極為巨大：小小圖像竟有如此影響力！傳播不當、判讀不確、描述有誤、或者出現圖像不受控制的糟糕情況，一幅醫學圖像就可以破壞人的一生。機器生產的圖像和判讀時的情感衝擊，兩者的差距非常值得注意：因為，圖像絕對不會是一份健康的證明。它最多保證沒有出事。當然，它也顯示積極的進展，但它更加擅長的是顯示病理變化，有時甚至顯示在出現任何症狀之前。

單在法國，醫學造影每天就生產將近一千萬張人體圖像。求助於掃描儀不再只是**偶爾為之**：病人在醫院走廊等候掃描儀空檔，已經司空見慣。

首先進行的是「拍攝」，然後才是觀察、傾聽、和問診：造影的濫用，顯示醫學有事先篩選診療對象的現象。此處所創造的人體——由生物性軀體組成的圖像，是前所未聞的。

直至一九六○年代末期，X 光片還是醫學造影的主要來

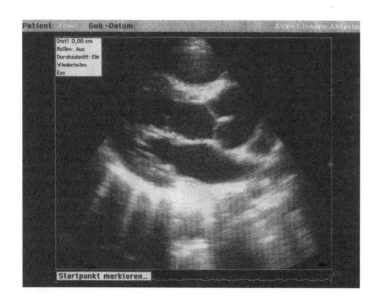

Patient: Geb.-Datum: AVK-1 Innere Abteilu...

Dist1 0,00 cm
Rollen: Aus
Durchschnitt: Ein
Wiederholen
Esc

Startpunkt markieren...

心臟超音波掃描照片。馬里
安姆・馬尼（Mariam Manni）
攝於一九九八年。（M.
Manni, collection personnelle）

源。今天，醫學造影卻可以按照技術特徵分成四、五個主要
類別，各自使用專門的儀器，這些類別有：X光放射、超音
波掃描、斷層掃描、核磁共振造影、以及核子醫學。將微型
攝影機導入人體的內視鏡技術也特別有利於對患處的直接觀
察。這些技術當中，歷史最悠久的首推X光照片，約佔醫學
造影的百分之七十。

　　透過最佳的視覺儀器，理想的醫學檢查得以完成。我們
漸漸變成各種軟硬物體的組合，變成液體、固體、和氣體的
巧妙結合。器官根據「製造圖像」的能力傾向重整聚集，產
生新的分類。在液體方面有：血液、體液、尿液、和腦脊髓
液。實心器官有：骨骼、肝臟、脾臟、和大腦。空心器官
有：血管、鼻腔、消化道。氣體方面，則有：肺氣、消化道
氣、鼻竇氣體、和鼻腔氣體。

　　各個部位被導向各種不同的醫學造影部門。做X光透視
的多為手部（骨骼和軟組織的界面）、肺部（空氣和軟組織的
界面）、還有鼻腔（空氣和骨骼的界面）。做斷層掃描的器官
包括大腦和肺部（前者因為有顱骨保護，後者因為有空氣，
所以超音波無法看清）。進行核磁共振造影的器官有：大腦、
神經系統、肘部、膝部、髖部（因為實心、不透光）。最後還

有核子醫學，它在需要觀察的器官裡注入微量的放射性物質，可以追蹤這些物質的進行和變化。

圖像檢查的處方正處於蓬勃發展的階段，適用的範圍不斷地在擴大。

措手不及的醫學

從前早有人指責照片，說它太過沉默可親，讓人忽略了痛苦呻吟的病人。然而，現代造影在規模上跟照片更加不可同日而語：使用的重型機器複雜昂貴、比肉眼準確、並且可以代替直接觀察。讓人頗感矛盾的是，這種影像醫學雖然視覺裝備精良，卻仍舊大量依靠過去的症狀醫學：即望聞問切。然而在今天，一位醫生如果沒有電腦、不開處方要病人拍拍X光片或做核磁共振檢查，結果會怎樣呢？應該會令人感覺非常奇怪。

造影儀器介於醫生和病人之間，在這樣的醫學中，醫生和病人的關係有了新的性質。從前，希波克拉底（見第二章註三）一直強調醫生親自到病房看診的重要性。「進去以後，要記住坐有坐相，要謹慎、要注意衣著、要莊重，言語要簡短明瞭，要鎮靜自若……要答覆不同的意見，善於自我控制，避免突然失態的事情發生，嚴格壓制混亂的出現，誠心誠意地做要做的事……」一九五○年代，亨利‧蒙多（Henri Mondor）[1]也提醒醫生們，臨床診斷本身就具有鎮靜的作用。觸診不僅是了解病情的方法，也（已經）是一種對病情的緩解。「看見一隻僵硬粗暴、不熟練的手伸過來，不僅令人感到難受，也預示這將是一次無益的檢查。相反，當你看到一雙聰明能幹、溫柔靈巧、不斷有所發現、給予病人信心、給予周圍人教益的手，則是令人愉快的情景……看見十隻手指在探詢，靠著耐心和敏銳的觸覺，終於發現沉重的真相，這正是顯示醫生職業崇高的重要一刻。」不過，要求醫生接近病人，並不代表取消所有距離：臨床生理學的成功，同樣來自於將人體轉化為視覺和觸摸對象的結果。

現代的圖像氾濫令人不知所措。這種情況前所未有，令

1 譯註：亨利‧蒙多（1885-1962），法國內外科醫生，兼文學史家與科學史家。

人措手不及。圖像上明顯有一個腫瘤，但是該怎麼對病人說呢？如果不能肯定是否看清楚了，又該怎麼說呢？如果病人以為圖像已經顯示全部的事實，你該如何裁決？面對核磁共振或超音波掃描的螢幕圖像，醫生別無選擇，只能說些非常克制的話，拋棄所有情感，對病因不置可否。圖像顯示在螢幕上，描述的話語非常審慎節制，所用的專門術語有嚴格的規定：中性話語具有鎮靜的力量，但是另一方面對醫生而言，它也有推卸責任的作用。然而，這是兩種對立的邏輯：對病人來說，影像顯示的是清晰可見的證據；對醫生來說，影像則是他不能確定的痕跡。

那麼，怎麼肯定「沒有事」呢？螢幕圖像同時起著顯示和掩蓋的作用，它沒有能力肯定健康與否。因為，醫生對自己看不見的東西又能知道些什麼呢？醫學造影把健康的標準置於高不可攀的境地。臨床檢查有開始、有結束、有過程、有方法。但是造影卻是開啟一個永無完結之日的過程。一切都變成潛在可見的東西，沒完沒了；凡是看得見的東西都應該可以治癒，但是我們卻知道自己永遠也無法看盡全部。醫學可以製作動脈流破裂的彩色影像，卻無法預防、治癒、使病人康復，人們對這樣的醫學作何感想呢？從前家庭醫生可以用令人放心的平靜口氣說：「沒有問題」，但是現在，和螢幕上不確定的圖像打交道的專家，卻只能說：「我看不出有什麼東西」。然而令人安心的「沒有問題」卻是治療的第一步。

科學的步伐

超音波掃描——尤其是心臟超音波，是最講究醫生能力的造影技術之一。對心臟的描述應該是動態的：它必須有即時性。因此，透過圖像，醫生不僅必須描繪出因人而異的明顯形狀差異，還要評估供血量、心臟各部份的運動、體積的變化、還有瓣膜的狀況。這種動態的分析非常困難，因為心臟超音波掃描顯示的只是一個立體器官的幾個斷面，這個器官的功能又特別複雜。因此，醫生應該在心中按照心臟的整

體形象重建圖像。比如，只有經驗才能判斷顯示的掃描剖面是否經過心尖。須知冠狀動脈炎往往發生在心臟下端。判讀不可過分自信，否則可能導致忽略最嚴重的動脈瘤。盲目信任圖像的判讀可能危急生命。

儀器使醫學給人一種精確無誤的印象。但是朝表面上的確定發展毫無用處：在規律、數字化、以及客觀描述掩蓋下的醫學，或者局限於「線上」診斷的醫學，都是十分嚴謹的「科學」，但是實際上並不有效。主觀症狀來自病人的口述，客觀徵兆則是醫生在觀察、觸診、和分析圖像後得出的結論，儀器至上的醫學混淆這兩者，結果根本不能減輕病人的痛苦。叫出疾病的名字不等於緩和痛苦。因為疼痛並非人人相同，「看得見」的徵兆和「說出來」的症狀不一定總是一致的。一個人可以很痛苦，但是卻沒有病理跡象。另一個人可能表現出病理跡象，但是卻不痛苦。[2] 美麗、實用、不可思議，甚至成為經濟或醫療制度基石的現代造影，有可能提高徵兆的價值，從而貶低自覺症狀。

病人的陳述有時候會比影像更快幫助我們做出判斷。胸骨後面的灼熱感、受到強冷刺激或運動後的壓迫感，這些陳述可以使醫生很快作出冠狀動脈狹窄的診斷。

當視覺醫學取代對話醫學的時候，傾聽的功能即逐漸減弱。但是，即使聽不到「心音」或「肺音」，我們仍必須極其用心地傾聽病人的訴說。

圖像令一些人欣喜若狂，對另一些人來說卻是苦難的開始。面對自己的心臟圖像，看見它在心腔與瓣膜的複雜作用下跳動，病人會感到驚奇：心臟這架機器比他們想像的要複雜得多。面對身體受損的圖像，他們後悔莫及，大嘆早知今日，何必當初。影像反映出人體不可避免的嚴重衰敗，但是在此之前，儘管外表已皺紋滿佈，人們總以為自己的內部是完好的。

影像不管人們有視而不見的權力，只顧揭露真相。懷孕的婦女從此幻想破滅，取代美好幻想的是伴隨雜音的圖像。相對於未來的憧憬，圖像始終顯得貧乏。但是，人們畢竟看到了，看見**他**了。醫生不再傾聽母親的訴說，他的眼睛直盯

2 參閱蘇爾尼雅（J.-C. Sournia），《醫學診斷的歷史》（*Histoire du disgnostic en médecine*），巴黎：Édition Santé，一九九五年。

著機器。有人激進主張將一切不可見的東西都用圖像取代，但是他們或許高興得太早了：被圖像中的各種明暗差異取代的孩子，真的仍然包含著成年人歷來的夢想嗎？[3] 然而，仍處於孕育階段的**他**，已經在家庭相簿裡佔有一席之地，已經有了名字。超音波掃描儀動搖了倫理和法律的規則：當胎兒的圖像出現在公共地方傳播的時候，這個胎兒到底屬於誰？萬一出現糾紛，萬一人們被推入進退兩難的可怕境地，誰有處置他的權力？是父親、是母親、還是醫生？如果需要作出涉及這個圖像物體的決定，誰必須負責？

然而醫學著作卻僅將對影像的解釋局限於深淺灰色的變化。

其實，普通的圖像已經足夠。超出這個範圍，象徵意義的衝突就會大大增加。在西歐，一個孩子簡直不可能沒有經過超音波洗禮就出生。我們在接收超音波影像的時候，充滿了難以言喻的快樂和不安，看過之後，腦中的印象卻只剩下那些奇怪的雜音。早在孩子誕生之前，超音波掃描就已經幫哥哥姊姊的忌妒、父親的不負責任、還有主治醫生的輕忽都找到了藉口，也可以算是一種奇蹟。

十九世紀的醫學攝影將我們表面化，把我們變成含意深遠的平面，分解成各種動作和姿勢；它為表象而掏空身體，棄細節以觀全面，提高了視覺在臨床上的重要性，同時加強了「視覺」醫學和「觸覺」醫學，把聽覺和語言的醫學遠遠拋在後面。在將人們的注意力引至可見徵狀的同時，它也在尋找內在病因的道路上設置了障礙。至於現代造影，它拋棄表面，深入內臟；拋棄外觀，轉看縱斷面；放棄現實，注意抽象；放棄現場，重視距離。如果可能，它也會取動態影像，棄固定影像，取即時而棄延時。

在文藝復興時代的版畫上，醫生出現在解剖的屍體旁邊。在達蓋爾照片和其他早期照片上，醫生轉而站在接受麻醉的病人身邊。今天，醫生容光煥發地出現在報章或電視上，旁邊總是有一架「電腦控制的自動裝置」。病人從圖像上消失了；他離得更遠，已不在圖像之內。

3 參閱費魯（M. Fellous），《第一張照片》（*La Première Image*），巴黎：Nathan，一九九一年。

第二十三章　視覺全球化

探路者號，一九九七年

希阿帕雷利的記錄

　　一個世紀以前，我們還認為火星上住著我們「我們未曾謀面的兄弟」。[1]他們完全不是只有靈魂沒有身體，或只有身體沒有靈魂的生物，而是能活動、有思想、會推理、生活在社會和家庭之中、組成國家、建設城市、並且也征服藝術的生命體。他們的視覺和聽覺本質上和我們沒有差異，如果有天我們經過他們居住的地方，說不定會停下腳步，陶醉在裡面傳出的悠揚旋律之中。

　　火星是構築神話的溫床。除了月亮，它是最接近我們的天體。火星的一天和地球的一天一樣長，自轉軸心的傾斜度也和地球一樣。火星上的一年等於地球的兩年。每隔四十七年，會有一段觀察火星的最佳時期。每十五年有較佳的觀察期。每七百八十天會出現一次不錯的觀察機會。除了在這些特殊時期火星會處於較佳的近地位置之外，其他時候就比較不容易用中等品質的望遠鏡來觀察火星。觀察機會不多，讓期待和報導變得更加狂熱，連帶觀察的結論也過於倉促。人們過於信任望遠鏡、天文望遠鏡、還有探測船等觀察儀器，導致觀察結果個個不同，後來探路者號（Pathfinder）傳回的火星表面的岩石圖像，反而像是新近才發生的突變。用肉眼或品質較差的透鏡觀看火星，和配備接收器的機器在火星表面跑來跑去所得到的觀察結果大不相同。觀察的技術系統和製造圖像的系統緊密相連，構築了我們的知識，並且引導著我們的想像力。

　　火星上無法住人。這種斷言在豐特奈爾（Fontenelle）[2]看來極其荒謬，好比一個人站在巴黎聖母院（Notre-Dame）的塔頂沒有看見居民，就肯定聖一德尼（Saint-Denis）[3]是座空城一樣。火星沒有像月亮一樣可以在晚上照亮它的衛星。

1 引自卡密勒・弗拉馬里翁（C. Flammarion），《大衆天文學》（*Astronomie populaire*），一八八〇年。
2 譯註：豐特奈爾（Bernard Le Bovier de Fontenelle, 1657-1757），法國哲學家兼文學家。
3 譯註：聖一德尼（Saint-Denis），巴黎近郊。

然而一顆行星沒有光亮就不可能穿透夜晚的黑暗讓我們看見。但是爲什麼不能想像火星表面到處都是巨型的燈架，可以把黑夜照得如同白晝，就像美國那些讓人在晚上也可以讀書的燈架一樣？

實際上，豐特奈爾在一六八六年發表的《關於世界多樣性的談話》（*Entretiens sur la pluralité des mondes*）是一場離經叛道的行動。他根據哥白尼學說，以幽默的方式動搖了基督教理論的基石：他認爲地球不是宇宙唯一的中心。人們很容易建立各種假設：在十七世紀末，天文望遠鏡的不足之處讓人們可以自由遐想，讓過去想像中因戰火紛飛而火紅血腥的模糊火星，也變得充滿光明。

直到一八七七年九月五日，高品質的光學儀器才能夠與有利的觀察條件相遇。當時天文學家阿斯夫·霍爾（Asph Hall）的二十六寸望遠鏡爲火星找到了兩個月亮。這件事很重要。因爲火星沒有衛星這一點，總是令世界多樣說的支持者十分爲難。地球有一顆衛星，所以地球有人居住。如果火星也有居民，就應該跟地球一樣有顆衛星。

一八七七年九月五日，聲譽崇高的義大利天文學家希阿帕雷利（Schiaparelli）開始製作火星圖。繪製工作不能含糊：必須命名、描述，建立精確的圖像。火星被簡化成許多斑塊組成的系統；在將它與圖像清楚的月亮類比之下，人們很自然地把明亮的區域稱爲「海洋」，陰暗的區域稱爲「陸地」。天空像一片螢幕，寫著大自然的文章。這個螢幕同時掩蓋了很多祕密，也揭露出許多眞相。天文學家抬頭看著火星，看見了無形的文章。準確的線條替代了模糊的輪廓，強烈的對比取代深淺不同的灰色。這些線條既主觀又客觀，是判讀生產出來的結果。

一八六七年，亦即在一八七七年火星近地點來臨的前十年，天文學家普羅克特（Proctor）就已經發表了一張火星圖，與地球驚人地類似。火星的外貌早已確定下來了。

攝影的用處好像不大，人們更偏愛圖畫。照片沒有提供人們期待中的意外：它太小，除了望遠鏡已經觀察到的東西之外，沒有別的東西。確實，天文學家早在一八四〇年代就

已經開始利用攝影，可是照片的缺陷和低劣的穩定性，直到十九世紀末期都還阻礙著攝影在科學上的應用。一八七九年，當天文學家于勒‧詹森（見第十三章）宣稱「照片是學者真正的視網膜」，這句話不僅是描述一項事實，同時也宣佈過去只在藝術和工業方面供人玩樂的攝影，也具有科學上的認證作用。

一八七七年，希阿帕雷利沒有拍攝照片；他從事繪畫。在火星圖上，除了陸地和海洋、湖泊和凹地，他還畫了一條條他稱之為「海灣」（canali）的深色長線條。法國的天文學家們迫不及待地將它翻譯成「運河」。火星圖的準確程度有如實物的指標和反映，邀請人們開始觀察。而天文學家們確實看到了圖上畫的東西！在兩年間，他們發現了許許多多挖掘得非常精巧的運河，它們縱橫交錯，形成一個個「湖泊」和「水池」。希阿帕雷利的火星圖廣泛流傳，更讓運河的數量與日俱增。於是開始了一場奇妙的集體視覺錯誤的歷史：火星變成一個結構緊密的運河網，一個在想像中自然河水滿溢的地方。

這些痕跡是希阿帕雷利製造出來的。人們對新的望遠鏡充滿了信心（尤其是德國光學專家約翰‧馮‧弗朗霍芬〔John von Fraunhofer〕製造的望遠鏡），結果助長了這種製造痕跡的考古學。圖像製造出來的運河，從此成了行星表面運河的真實反映。

火星開始有了各種顏色。綠色和藍色斑點不時地轉變成洋紅、淡紫、和棕色，與紅色或黃色的波紋互相消長。這些斑點變化無常，唯一的解釋就是它們很可能是有機物受到光線和溫度變化影響的痕跡。既然火星充滿水分，一定有生命。全世界的望遠鏡都瞄準著火星的荒漠，結果荒漠中生出了綠洲。但是里昂（Lyon）天文台台長卻出來潑冷水：火星上的運河要讓地球上的人觀察得到，必須達到一定的寬度，而且如果運河真的像天文學家說的那麼多，其面積應該比地球還大。一八八八年，希阿帕雷利宣佈它們不是單線，而是雙線的運河。並行的運河相距兩、三百公尺，長度達到四、五千公里。它們的自然起源再度受到質疑。結果輿論開始動

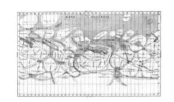

希阿帕雷利繪製的火星地圖。

搖：假使金星的居民用天文望遠鏡觀察地球，他們難道不會犯下重大錯誤，把我們的鐵路線當作一種自然的地質現象嗎？毫無疑問，火星上一定住著智力超群的人，遠比我們有本事：他們在自己的家園裡進行規模巨大的工程，「為我們這顆鄰近行星上造橋鋪路的工程人員贏得了最高的榮譽」。[4]

　　一八九四年，深受希阿帕雷利火星圖影響的美國天文學家帕爾西沃・羅威爾（Percival Lowell）一個人就把運河的數目由七十九條增加到兩百條。他拋棄歐洲人有關鐵路線的說法，認定這些運河是灌溉系統。他在位於波士頓附近火星山（Mars Hill）上的大實驗室裡，建立了外星生命的理論。他認為，火星有點像美國的西南部：在沙漠化的過程中變得越來越乾燥。火星卓越的居民們飽受乾渴威脅，於是開挖大量的引水渠，將水由冰帽地區引導到熱帶沙漠。在那裡上演的悲劇，正好反映出地球上正在醞釀的悲劇。英國博物學家兼探險家阿爾弗雷德・羅素・華萊士（Alfred Russel Wallace）對此提出尖銳的批評。但是效果甚微。羅威爾的理論深得人心。

　　地球上此時正在展開各種大規模的工程。橫貫美國東西部的大鐵路、蘇依士運河（Canal de Suez）、科林斯運河（Canal de Corinthe）、還有巴拿馬運河等，都在一八六九年和一九一四年間陸續完成。大湖區的船閘、紐約州的運河、西南部的灌溉渠道等，都建設於十九、二十世紀相交之際。羅威爾堅稱看見了火星上無數的運河，因為「它們像劃破天際的閃電一樣不容置疑」。

　　一八九七年，火星人開始突然出現在文學作品中。他們隨著小說家科特・拉斯維滋（Kurt Lasswitz）之筆登上北極。隨後一年，他們又隨著英國小說家威爾斯（H. G. Wells）一起散播恐怖。從此，在人們構築行星的過程中，學術觀察的結果和虛構的故事變得難以區分。畢竟它們來自同一個神話泉源，又有同樣的邏輯，兩者並不互相排斥。虛構的故事描述的是「如果⋯⋯將會怎樣」。科學報導則依據所謂的**事實**。但是顯然沒有任何力量能夠阻止科學探詢虛構的故事所提出的可能性，也沒有什麼可以阻止依據**事實**的虛構故事。

4 引自呂多（L. Rudeaux），《在別的星球上》（*Sur les autres mondes*），樂如絲（Larousse）出版社，第二版。

我們需要知道的是，絕非憑空捏造、完全反應事實的文獻，是否比虛構故事提供更多有關世界的真實訊息？

在十九世紀末的法國，論戰出現了新的轉折。一八九二年八月七日，《小報》（*Le Petit Journal*）發表了一篇文章，認為根本從未有人真的觀察到什麼並行的運河，全是義大利人的胡說八道。一向精於推動狂熱科學的卡密勒·弗拉馬里翁（見第八章註三三）激烈反駁說：「最近，幾乎全法國的報紙都刊登了一段不知出自哪個無知者之口的小小評語，宣稱人們觀察火星，從來沒有看見什麼神祕的線條……那些所謂的圖形只是某個義大利天文學家的無稽之談。叫人真正惱火的是，成千上萬的讀者都讀到了這篇如此卑劣、對當代最卓越的天文學家缺乏起碼敬意的愚蠢文章。」弗拉馬里翁自己也觀察到一些標記：海拉斯十字（la Croix de l'Hellas），是火星上最引人注目的幾何圖形之一，它剛好位於垂直相交的兩線交點上，不可能是自然的圖形。這個痕跡引人萬千遐想：「人們可能對它有各種幻想，因為它確實和冒險小說一樣有趣。」[5] 剛從埃及執行任務回國的英國學者洛基爾（Lockyer）則認為，火星上的運河很像尼羅河的支流：有時是狹窄的河道，有時是被淹沒的山谷。他覺得，倫敦城裡每天晚上照亮一萬二千平方公尺夜空的燈光，可以用來向火星發出信號。不過這個假想被否定了：英國首都當局不支持這個計畫。與此同時，尼斯（Nice）天文台的天文望遠鏡顯示，火星上有一些顏色鮮豔、極為明亮的隆起，噴發出如血的火焰。這種情形後來只觀察到一次，但是諷刺挖苦的反對已經不停增長蔓延。法國科學院的貝爾朗特（Bertrand）就諷刺說道，這可能是火星人在向地球發出信號，目的是為了獲得火星科學院獎勵與其他星球互通信息的六萬法郎賞金！

有人利用實驗結果證明人的眼睛也會出錯：一條線可能看成兩條線。他們在金屬板上畫出火星，然後用一塊細軟的輕紗隔在眼睛和金屬板中間，結果在三者都置於陽光下的條件之下，眼睛可以觀察到兩個影像：觀察者同時看到金屬板上的火星和被輕紗截取的影像。因此，沒有證據顯示火星上的運河一定成對並行，也沒有證據證明特別先進的生命體建

5 引自弗拉馬里翁，出處同註一。

設的鐵路線：沒有證據證明希阿帕雷利說的是事實，也沒有證據證明他的觀察是正確的。

光學儀器的缺陷帶給我們錯誤的希望，它必須對臆造的形狀及伴隨而來的興奮情緒負責。

直到一九〇九年，火星著名的運河才正式受到質疑。五年後，天文學家貝爾納·里奧（Bernard Llyot）才徹底破除這種假設。但是，取而代之的空白，卻很難清除想像在人們心中根植的結果。一直要到美國的水手四號探測船（Mariner 4）在一九六五年飛越火星上空，才正式終結關於直角交叉十字、筆直浩瀚運河等等幻想。所以，只有把人類的視覺托付給操作複雜的探測船，才能夠終結這些對事實的否定。

希阿帕雷利和羅威爾的運河，與天文探測船所揭露的火山或地質結構完全不符。然而，火星運河的說法卻在過去上百年間引導著天文學家的視覺。後來，運河理論沒有被納入正統的科學史，彷彿當代科學和這些虛構的幻想從來沒有一點關係，彷彿這些幻想從來沒有像實驗室的卓越發現一樣，具有解釋科學的功能。

因為只有無可辯駁的科學，才能夠提供外星人存在的論據。確實，在醫學最昌明的時代裡，「別的世界」是有人居住的。十七世紀、十九世紀、還有二十世紀後半葉，都是人們最相信（或假裝相信）火星上存在生命的時候。科學造成的空白令人無法忍受。神明退出的空間無邊無際，不容閒置：它們一定充滿了和我們一樣的其他生命。學者和科學家請上台的友好外星人，到了電影或文學之中，卻變成恐怖而危險。觀察的位置突然間顛倒了。我們不再用眼睛、望遠鏡、或天文望遠鏡觀察他們，反而**他們**在觀察我們。我們被比我們更聰明的人控制、統治、操控。其他的星球在觀察我們。那些我們永遠到不了的地方，激起我們各種關於自我身分認定的奇怪幻想，以及各種恐懼和希望。人們終日汲汲營營，想不到有人在觀察自己，就像學者專心觀察顯微鏡下小水珠裡的微生物。確實，諸多世界中都居住著其他的生命，這種想法也與我們相安無事；但是在產生這種想法的同時，也讓我們想到自己巨大的缺陷，想到我們極端自負，妄想統

治物質世界，並且相信自己偉大不朽的荒謬信仰。

火星探測車

一九七〇年代末期，維京一號和二號（Viking 1, 2）傳回的近距離影像，既令人驚訝，又讓人失望。在我們想像中應該是血紅或藍綠色的火星，應該被海洋和燈心草覆蓋，或者佈滿螢光大燈架，可是卻變成一個乾燥混沌的表面。地球對這顆星球太親密，有太多熟悉的幻想。星球表面普通的石頭，尤其是透過塵埃滾滾的大氣層透出的光線和漸層的陰影，儘管未經取景，卻像極了那些受到忽略的火星照片，以致於業餘的攝影愛好者們急忙將這些照片沖洗出來。圖像透過無線電波一個一個相素傳送，再一條線一條線地在地球的螢幕上重組出來，幾乎可以算是直接的圖像，看起來就像普通照片一樣。在螢幕上出現的第一張火星傳送影像右下角，清晰可見探測船的一根腳架。四周的地面上遍佈多角的石塊。攝影機的視點幾乎和人類觀察時的視點一樣。

維京一號的登陸船在七月二十日著陸時，距離仍在軌道上的探測船先前預定的目標還有二十八公里。這次火星之行風波不斷：原先預定在七月四日美國獨立紀念日進行的登陸行動因故被迫放棄。置於登陸船腳架的二號攝影機在著陸後二十五秒鐘開始運作，「拍攝」三號腳架附近的地面。其目的不僅在獲取行星上的一般景色，更重要的是要帶回火星土壤的圖像以及標本：火星的岩石。

火星於是具體化了，具有確切的地點和自己的地質特性，是一塊歷史有待探詢的土地。但是，沒有任何奇異的動物經過攝影機附近。沒有發現任何生命的跡象：這令人相當失望。但是技術方面的描述緩和了這個缺憾。七月二十五日，探測船的一隻操作手臂鬆動，固定梢子脫落。十九點十分，一張「照片」拍攝到它掉落地面；在圖像的左邊，清晰可見負責採集標本工作的機械手臂張開掉落在地；地面呈橘色，天空則呈黃色。七月二十八日，負責在火星上尋找生命的維京一號開始執行指令，伸開左臂挖出一條長十七公分、

寬六點三公分、深五公分的小溝。

維京一號軌道太空船在一九八○年八月七日完成使命。維京二號則因為儲備燃料用盡,早在一九七八年七月二十四日即結束了任務。它們總共拍攝了五萬一千多張照片。它們搭載的生命探測器可以發現任何呼吸現象和光合作用,但是它激發的希望最終也完全破滅。在火星上沒有見到任何類似生命體的東西,也沒有任何像是有智能的生物創造的物體。總之,尋找外星生命的努力沒有結果。但是還遠遠不到放棄尋找其他世界的地步。夢想的經營不光是建構在幻想上:它已經是國家內部政策的一部份。多虧這些圖像,才能將這些具有活動關節的生命形式 —— 探測船 —— 送上火星。這些圖像滋養了幼稚的想像,為各種衍生產品打開了絕佳的市場。

探路者號空洞的圖像

據說探路者號的行動空前成功。在維京一號和二號之後二十年,探路者號登陸火星,著陸在看起來像是乾枯的舊河床中。這次行動順利地在美國獨立紀念日進行。那一天,一億多位網路使用者連接上相關的網頁,必須不停地疏通連線。在幾個星期之內,地球人接收了成千上萬幅來自火星表面的圖像。一九九七年七月二十二日星期二,噴射推進實驗室(Jet Propulsion Laboratory)的科學家們眼花撩亂,先後出現的線條漸漸組成一幅橘紅色的全景圖。全世界的報紙和電視都報導了人們的熱情。

由無線電波傳送的影像,在十幾分鐘內穿越了一億九千

火星上的阿雷斯峽谷。美國太空總署攝於一九九七年七月。中景氣墊消了氣的探路者號火星探測船,正在展開腳架並啟動攝影機。近景是火星偵察車旅居者正以每秒一公分的速度靠近一個小石塊。這幅圖片是電腦重組的拼圖。(Nasa/SPL/COSMOS)

一百萬公里的路程。在地球螢幕上重組的圖像,被大眾當作絕對證據接收下來。比起彩色,黑白兩色使它們看起來更像照片。人們看不到一個個相素的組成,也看不到相素變形。它們被當作自然出現的圖像,為我們帶來一個早已存在的世界的消息,探路者號「純粹的資料」保證完全具有科學的客觀性。在幾個星期之內,行星的新圖像就被全世界所接受,成功地抹去了過去的模糊褐色形象。

然而,火星上實在沒有什麼可看之處,只有佈滿石頭和塵埃的表面和光線柔和的粉紅色地平線。探路者號探測船和「在行星表面行走的第一架探測車」旅居者號(Sojourner)陸續傳送回火星佈滿岩石的景觀照片,和撒哈拉或蒙古常見的沙漠淒涼景觀比起來,也沒什麼特出之處。更糟的是,尋找外星生命已經排除在行程之外了。維京探測船似乎為已經為發現生命形式的希望劃下最終的休止符。火星上的景色比尤金·阿傑(Eugène Atget)[6]拍的照片還空洞,這樣的空白促使人們開始思索視覺的過程。圖像不再只是單純的文獻:它是個謎,卻也是物證。和沙漠一樣,既讓人看到海市蜃樓,又看到事物留下的痕跡。

塵土堆積成極具特色的圖形,是大風刮過的標記。圓形的卵石是流水沖刷的記錄。石塊的尖角是隕石撞擊產生的碎片。深入地下的巨石是更為穩定的母岩。當然,圖像反應不出嚴寒,也反應不出颶風:和圖像對話的大自然,與行星表面堅定不移、勇往直前的探路者所對話的大自然,兩者很不一樣。但是它們都在記敘:記敘一種起源。單從圖片上的卵石要得出理性或幻想的結論,可能多得超乎我們想像。

6 譯註:尤金·阿傑(1857-1927),法國攝影家,以拍攝巴黎城市風光聞名,並影響了不同時代的攝影師。

非專家的人，也開始說話了。為了方便解謎，人們給事物取了許多名字：小機器人**洛基**（Rocky）的第一個目標是卵石**貝爾納克勒‧比爾**（Barnacle Bill）。隨後還有**約吉**（Yogi）、**凱斯柏**（Casper）、和**斯酷比杜**（Scoubidou）等等名字。一九九七年的夏天，火星沙漠的荒涼影像以及空洞的圖像，比和平號太空站（Mir）的太空人困難重重的真實處境吸引了更多觀眾。洛基自由自在地「前進」、「呼吸」、「拒絕前進」。按照噴射推進實驗室的說法，它是「比好萊塢電影便宜的超級製作」中的明星。

透過網路廣泛傳播的互動火星影像，源自直接普及影像的誘惑。網路使用者可以自己扮演太空人和學者：好像登陸火星的是他們，在加州的巴莎迪那（Pasadena）噴射推進實驗室裡接收探測船傳回影像的也是他們。這場遊戲讓每個人都能坐上操作者的位置，也將網路使用者變成社會生活的潛在角色：他們會有一種可以發號施令的錯覺。因此，火星的空洞的圖像反而有利於說明和圖像管理：這些圖像在發揮展示外形的功能之前，還是種傳播工具。機器人彌補了沒有發現外星生命的缺憾。洩了氣的氣墊、太陽能板、以及升降梯等設備出現在圖畫的邊緣，雖然次要但不可或缺。圖像讓人看到它本身的技術和組織。在講述世界之前，它最先介紹自己。

這次任務取得的成功有兩方面。其一，探路者號宣告太空政策新紀元的來臨，它執行的任務比載人太空船更快、更便宜。其二，在美國人精心策劃出網路圈套的同時，也是在利用前所未有的方式進行社會實驗。新的內容必須使用新的圖像傳播技術。現代性是技術革新和社會期望微妙結合下的產物，因此這樣的社會實驗是必要的代價。太空總署需要國民的支持，這種支持就是透過太空飛行所必需的圖像管理來實現的。沒有圖像，就沒有太空。它們才是遠征的真正動力。

美國太空總署必須重整家業。一九六二年以來進行的二十次太空遠征行動，就失敗了十三次。國會通過的大筆預算必須得到認同，那些多災多難的歲月也必須遺忘。一九九八

年一月二十八日，挑戰者號上的七名太空人在成千上萬的觀眾面前殉職，舉世爲之震驚恐懼。失敗的圖像造成嚴重的後果：國民開始感到懷疑，獻身科學的人少了。哈伯望遠鏡（The Hubble Telescope）因生產過程的疏失造成的缺陷、一九九三年火星觀察者號的失蹤、以及預算縮減、人員解雇等等，都讓美國太空總署領導人所主張的「文化革命」腳步更加緊迫。降低成本、加快步伐、技術輕型化，以及首次動員網路的圖像政策：對美國太空總署來說，探路者號肩負著爲全人類服務的偵查任務。一九六五年在莫斯科簽署的星際條約，更認可了地球對太空的佔有行動：「火星是太陽系的行星之一，事實上是全人類共有的財產。」

在火星上發現奇怪動物的希望已經落空，但是人們的殖民野心始終沒有改變。機器人對紅色沙漠的殖民，與通過探測船佔領太空相應，是透過單一的圖像對地球實行的殖民。

在網路的伺服器上，雷・布萊德伯里（Ray Bradbury）的科幻作品《火星紀事》（*The Martian Chronicles*）和科學考察報告混合在一起。資料訊息和虛構之間的區別變得非常微妙。過去美國太空總署要求國民相信太空人不偏不倚，不受任何神祕主義影響的時代已經非常遙遠了。肯定自己的太空人「從不做夢」的時代已經消逝。提出報告、創作小說、激發想像、認清象徵意義等，都牽涉到太空政策的核心，而且正慢慢地將太空事業轉變成文化工業。太空人愛德溫・艾爾德蘭（Edwin Aldrin）的抑鬱和阿姆斯壯（Neil Armstrong）的沉默直接造就了第一架探測行星表面的遙控探測車旅居者號的成功。過去人類在月球上踏下第一步，如今探測車則將在火星上開動。從此在我們的想像庫中，行星塵土上留下的探測車履帶印記，和月球表面的人類腳印並排而行。

科幻電影利用了交雜著不安和希望的宇宙征服過程：人的世界和電影裡機器人與電腦的世界遙相呼應。一九七七年，在《二〇〇一太空漫遊》（*2001 l'Odyssée de l'espace*）[7]之後十年，喬治・盧卡斯（George Lucas）拍攝的電影作品《星際大戰》顯示最早數位太空效果開始產生影響：形式的現代性保證了內容的現代性。然而，人類社會和機器人的關係

7 譯註：英國科幻小說家、皇家天文學會的主席亞瑟・C・克拉克（Arthur C. Clarke）一九六八年的作品，同年他與美國導演庫伯力克（Stanley Kubrick）共同改編拍攝成同名電影。

並非總對前者有利。《星戰毀滅者》（*Mars Attacks*）就像是詹姆士·威爾（James Whale）的電影作品《科學怪人》（*Frankenstein*）的現代版，片中的機器人主角殺死了創造它們的美國總統。

火星探路者號的網路寬螢幕圖像，其中的空白就像一種電影的懸疑，將我們帶往奇異卻又合乎邏輯的地方。圖像模仿電影，又像電影一樣發揮它的作用。

視覺啟程，登陸行星

行星和其他星球，這些不可觸及又揮之不去的物體，呼喚人們的視覺登上太空船（太空探測船或載人太空船），呼喚人們登陸行星（人或固定／活動的機器人）。它們尤其要求大量生產行星的具體代表：圖畫、版畫、照片、或者數位模擬……這些描繪無形的圖形，負有高度的責任，反過來構築實物。因為圖形會經過調整、挑選、比較、聚焦、和改造：月球任務把黃金彎月變成塵土，旅行者探險船把土星變成了稀薄的彩色層疊。太空圖像和觀察與記錄的技術密不可分，它們在構築視覺的過程中，受到圖像生產或傳播的物質裝備影響更大。

遍佈岩石和塵埃覆蓋廣邈平原的火星，是網路廣泛傳播和空洞圖像的共同結果。火星圖像一無所有的地方，就像曼·雷依照杜象《大玻璃杯》（*Grand Verre*）的角度拍攝的《飼養灰塵》（*Élevage de poussière*）一樣，讓人覺得就像一個充滿預兆的空間。人們看到火星表面，就像看到掉在地上偶然形成字母形狀的橘子皮一樣，或者像曼·雷的小繩子，由於完全偶然的原因，在地上畫出一個吊死鬼的模樣。火星是個預兆。

知識圖像和荒漠一樣，形成的過程就展示在觀眾眼前。和荒漠一樣，充滿供人閱讀的符號和說明；和荒漠一樣，打開理解過去或未來的小路：就像一部自動記錄的儀器。當痕跡使人產生夢想的時候，抹去人的存在反而會造成不安。圖

像的著重點不在顯示，而在於論證；它不求主動地解釋圖像，而是藉由單純的圖像展現，讓觀者自行推敲其中的意義。它們的科學地位有助於這種視覺的運籌配置。圖像在大範圍內對人進行有計畫的管理，也是過分技術化的科學和越來越遠離科學的大眾繼續對話的希望所在：它是一種政治實踐。

　　一幅金色彎月的版畫，既是月亮，也是木刻板。圖像是**實質的人造成品**，具有備忘的特徵，和安德烈‧勒華－古爾昂（見第二十章註八）的燧石製品一樣，具有傳遞知識和技術的功用。圖像是**表現**、**記錄**，反映外表，沒有外表就無法存在，它提供我們關於外表的訊息。圖像是**聲明**，單純通過它物質和美學的特徵，肯定自身的存在。它是一種**象徵**，可以顯示一些共通性。它也是**遺跡**，讓人看到物體，也看到生產和傳播它的技術或制度。

　　許許多多我們熟悉的物體、過程、和現象，都是我們通過圖像才認識的。然而，依靠性能優越的望遠鏡直接觀察到的火星，和網路上發佈的圖像並不一樣：它們歸納出不同的夢想，引發不同的幻想。各種知識圖像就是直接進入現實的方式，具有純粹的客觀性。它們是透明的，具有**教育的作用**。但是「資料」（document）[8]往往受人輕視：與藝術創作相反，資料只是功用性的圖像。這種顯著的透明度，這種受到輕視的回報，導致人們避而不談中介的作用。然而，從技術和制度面考量的圖像，它的知識意義正在於此。「為什麼？」，圖像藉由哪些運作程序，而能夠在他人失敗之處，成功地引導集體的再現（les représentations collectives）呢？

　　一個人認為是圖像的東西，另一個人可能不認為是圖像。因為，圖像只有在文化、物質組織、美學、和判讀慾望四者趨向的共同作用之下，才可能誕生。接受同一幅圖像的方式，每個人都不同；我們以自己的方式判讀它。然而，每個人都會從中接受一個共同的、具有凝聚力的部份。這種分享的關係幫助我們建造出集體的知識，確立彼此同屬一種文化的感情。探路者號圖像在邀請我們遨遊火星的同時，也把我們變成美國人，這是最差的情形；或者把我們變成世界公民，這是最好的情況。

8 資料（document）一詞源自拉丁文的documentum，是動詞「教育」（docere）的派生詞。

中介研究的起點

　　圖像沒有厚度：甚至無法包含任何物體。溴化銀非常脆弱，數位資料稍瞬即逝。儘管脆弱，圖像卻照樣發揮影響：這個影響不直接，始終保持著一定距離。以**小擊大**，以**少勝多**，圖像的力量正是因為它在物質層面微不足道。如果說中介研究（médiologie）關注的是「三個層面要求透明」[1]所造成的強大影響，而圖像 —— 這個人造物、象徵力量的工具，正處於挑戰的核心。如果說中介研究著重了解三者之間的聯繫，那麼輕薄浮動的圖像正是它的分析工具。

　　這項研究探詢技術和文化間的決裂，圖像既屬於技術，又屬於文化層面的矛盾性質，正適合作為中介研究的對象。

　　版畫是工匠們鑿刻的成果，和攝影的技術圖像，兩者固定的視覺並不相同。照相機的喀擦聲、專家們掌握的數位軟體、或者個人無法擁有的「大科學」（big science）才能具備的昂貴工具，它們創造出的世界都是不同的。

　　視覺的歷史必須仰賴圖像和視覺裝置的歷史。

　　這裡對版畫、攝影、以及造影的區別，超越了切割科學生產和藝術創作的分類學。我們不再任由既非藝術、也非科學和工業，沒有明確地位的圖像自生自滅。這裡的分類讓人可以感受每一幅圖像，把它當作一個解讀時不可分割的整體。版畫、攝影、造影：每一個類別內部都凝聚了技術與工業的轉變，以及文化的歷史意義。時間或長或短，曇花一現或永垂不朽。圖像產生初期的不完美正是我們汲取知識的泉源。只有在技術尚未固定，還很容易受到細微變化影響的時候，視覺裝置構築視覺的作用才最明顯。十五、十六、十九、二十世紀，版畫、攝影、和造影提供的「新」圖像，就像技術考古學的一座座實驗熔爐。

＊　　　＊　　　＊

1 譯註：指前言提及的圖像製作過程、技術籌畫與組織安排。

很久很久以前（絕非黃金時代〔l'age d'or〕），藝術、

技術和科學之間尚未存在分化的問題。「藝術」只是一種和技術不可分的本領；系統化生產尚未和個別創作對立競爭。到十六世紀，工業化生產湧現、手工業者的社會地位江河日下，迫使那些不甘落於人後者樹立起「藝術家」的旗幟：以脾氣暴躁聞名的貝爾納‧帕里西是這一轉變的指標性人物。這些新型藝術家在繼承和爭取認同的過程中，被迫慢慢脫離學者的做法。藝術家們從事物質生產，向尊貴的參觀者開放工作坊。學者們則從事思想生產，舉行研討會，進行寫作和辯論。在最初的時候，科學還未受技術的限制。

版畫則結合這兩者，促進了交流。此外，它還進行整理，就像印刷廠字盤一樣，將世界萬物安排得井井有條。它把事物和周圍環境區分開來，是製作目錄、清點、和編寫基礎讀物的工具。版畫的線條尤其清晰，善於展現事實和傳遞訊息。這種強調圖像的直觀方式，強迫人們進行觀察，最終要求人們把世界看作一幅遵循亞伯帝透視法則的風景畫。十八世紀，透過圖像掌握大自然仍顯得是一種幻想，人們傾向極端的選擇：狄德羅和達朗貝爾便企圖在《百科全書》中總結人類創造的成果，將全部的自然科學放進微不足道的短短幾個章節之中。燒陶的窯爐，生產絲襪的機器：佔有一席之地的視覺被納入人工控制、組織的世界中，技術是其中一個受控制的豐富泉源。版畫成就輝煌，它將不同的時間集中在同一個頁面空間中：明礬生產的不同階段、採礦或去除水垢的不同程序，這些都可以集中在同一張書頁之上。知識的傳遞是版畫圖像的起因。

*　　　*　　　*

十九世紀，攝影術的誕生引起了混亂。當然，人們期待它能幫助清點和總結知識。此外，它捕捉偶然現象的能力出眾，作為自動的圖像，它可以用作絕對的證據。由於攝影無法將事物和周圍環境分開，所以始終離不開地理學和人種學。攝影傳遞知識的同時也傳遞視覺，傳遞事實的同時也傳遞不安，從而證明人體和世界其實屬於易於毀滅的物質，賦

予它們一種可悲的現實性。攝影特別擅長反映悲劇：自然災害、戰爭或事故。

同時，攝影將視覺從陰暗的內部轉移到光明的外部，從深層轉移到表面，鼓勵人們進行實驗。這項新技術起了統一作用：藝術家、科學家、醫生、業餘愛好者、工業家……誰都離不開攝影。結果，新的圖像走出醫院來到藝術工作室，走出實驗室來到美術沙龍，從一個知識領域到另一個知識領域。思想也隨著圖像的移動而遷移了。

從一八六〇年起，隨著巴黎大型照相館的建立，攝影業跨大成為一種文化產業。在一八七〇年戰敗後，它的科學地位和遍佈全國的範圍更受到正式肯定。天文學家于勒·詹森寫道，照片是學者真正的視網膜，他的陳述有事實為證。一方面，插畫作家則鞏固自己創作者和藝術家的地位以為因應。攝影業失去了美好的統合功能：科學圖像、藝術圖像、和工業圖像之間的區別又日益加深。

第一次世界大戰促進航空攝影的發展：地球表面轉變成一個符號系統。與此同時，新興的科學造影又取代了攝影在科學方面的重責大任。反之，藝術攝影卻為新的材料與觀點開闢了新的實驗道路。

照片既是有心又是無意的結果，傳遞訊息的同時，也在危險地接收訊息；它既是藝術創作，又負有客觀記錄的責任：攝影之所以大受歡迎，正是因為它有能力調和出現在同一幅圖像裡的各種矛盾。此外，簡易的技術也增加了人們對它的支持。新生的攝影視覺從此站穩了腳步。攝影作為範例，影響之大，使我們經常將人造影像當成照片來理解，彷彿不需要什麼機關，大自然只憑光線就可以自我表現似的。

*　　　*　　　*

十九世紀末，隨X光攝影誕生的造影技術引起社會重大的重組。操縱新視覺機器的需求迫使新的分工。掌握技術的技師和掌握知識的醫生之間的衝突，貫穿了整個X光攝影的歷史。圖像整體來說已經放棄追求形狀的相似，轉而要求能

夠顯示科學的特徵：吸收或反射紅外線或 X 光的能力等等……人們又跨越了一個階段：我們應該相信能夠看見肉眼看不見的東西的機器。失去對圖像生產儀器的控制，我們等於是失去了判斷的能力。

　　同時，數位圖像也考驗著依靠眼睛和有形世界來反射視覺的觀點。極端地說，數位圖像只表現形狀和顏色方面的一些特性，不需要對照實物也能夠存在。

　　同時，電腦卻反而開闢了一種新的寫實主義道路，推動了科學幻想的部份。走向黑洞或深入人體，在肋骨、心臟、和肺臟之間穿梭，完全可以媲美最離奇的電影情節。三元醫學造影已經向喬治·盧卡斯和《侏儸紀公園》（Jurassic Park）借用軟體；醫學造影仿造電影傳播的時代為時已不遠。視覺公益技術加速發展，研究的時間越來越短，受到認同的過程也大大地縮短了。

　　然而，圖像卻第一次開始批評自己的生產方式。由形式數學（mathématiques formelles）和數字邏輯產生的圖像，開始與感性的感知方式和實際的現象恢復聯繫。人們拋棄漫畫般的刺眼色彩，轉而採用達文西手稿裡更加柔和悅目的顏色。人們醉心於裱畫、鑲框、展覽造影圖像。宏觀的視覺重新登上科學舞台：樹木生長、湧浪推移、陸地龍捲風的漩渦、疾飛的蒼蠅……技術圖像開始脫離技術。山脈圖和它們的大氣透視圖，是過度技術化的科學轉向社會之舉。然而，這些圖像不僅賦予世界，也是賦予科學本身獨特的魅力。它們是科學奇觀，所施展的誘惑力已經主宰視覺和思想。

＊　　　＊　　　＊

　　印刷業改變了我們的記憶習慣。版畫插圖的推廣促使學者「起而觀察」，直接接觸事物。如此造就了人們的幻想：全面清查所有事物的幻想。

　　攝影創造了聯繫，把各種知識領域集中在一起，促進了交流和混合。發展了絕對證據的理想。

　　數位造影再次為科學的虛構部份帶來機會，而且這種虛

構可以和科學理性並行不悖；它促進新的實驗性實踐，同時也為極端制式的科學發展出一種裝備精良的全球化視覺。但是，造影這種新的圖像處理技術，既沒有消除人們進行全面清點的幻想，也沒有消除它們爭取絕對準確的理想。

科學在世界面前展開的螢幕，從清查發展到證據，從證據發展到虛構，它的任何主張，不論是清查性圖像還是證據性、虛構性圖像，都從未被人遺忘：它們所構築的是整體的知識圖像，層層疊疊，反過來又建設新的視覺機器，改造我們的生活環境，成為產生新視覺的溫床：就這樣，美學與物質之間來來往往，永不間斷。

而問題的解釋則永無止境。

視覺工廠——圖像誕生的關鍵故事

作　　者　莫尼克‧西卡爾（Monique Sicard）

譯　　者　陳姿穎

總 編 輯　李亞南

責任編輯　張貝雯

圖片編輯　蕭雅陽

美術設計　葉佳潾

發 行 人　涂玉雲

出　　版　邊城出版 城邦文化事業股份有限公司

　　　　　台北市信義路二段213號11樓

　　　　　電話：(02)2356-0933 傳眞：(02)2356-0914

發　　行　英屬蓋曼群島商家庭傳媒股份有限公司城邦分公司

　　　　　台北市中山區民生東路二段141號2樓

　　　　　讀者服務專線：0800-020-299

　　　　　24小時傳眞服務：02-2517-0999

　　　　　讀者服務信箱E-mail：cs@cite.com.tw

　　　　　劃撥帳號：19833503

戶　　名　英屬蓋曼群島商家庭傳媒股份有限公司城邦分公司

香港發行　城邦（香港）出版集團

　　　　　香港灣仔軒尼詩道235號3樓

　　　　　電話：852-2508-6231 傳眞：852-2578-9337

馬新發行　城邦（馬新）出版集團

　　　　　Cite(M)Sdn.Bhd.(458372U)

　　　　　11, Jalan 30D/146, Desa Tasik, Sungai Besi,

　　　　　57000 Kuala Lumpur, Malaysia

　　　　　電話：(603)90563833 傳眞：(603)90562833

初版一刷　2005年8月17日

版權所有‧翻印必究（Printed in Taiwan）

ISBN 957-29915-8-2

定價：320元

國家圖書館出版品預行編目資料

視覺工廠：圖像誕生的關鍵故事 莫尼克‧西卡爾（Monique
　Sicard）著；陳姿穎譯. －－初版－－台北市：邊城出版：家
　庭傳媒城邦分公司發行， 2005[民94]
　　面： 公分

譯自：La fabrique du regard
ISBN 957-29915-8-2（平裝）
1. 視覺藝術

960   94010009